숨비의 환생

노령 장편소설

청어

숨비의 환생

작가의 말

장편『숨비의 환생』은 다섯 번째 작품집이다. 그러니까 작가의 말도 다섯 번째로 쓰는 셈이다. 그럼에도 불구하고 소설책을 출간하려 할 때마다 늘 망설여진다. 이유는 간단하다. 나의 창작 동기와 소설에 담은 메시지가 독자들께 제대로 전달될지 자신할 수 없기 때문이다.

작품을 시작할 때마다 가슴을 뛰게 하는 창작에 대한 희열이 있을망정, 삶의 감동이 담긴 수작을 쓰겠다거나, 독자의 반응을 전제하지는 않는다. 매번 내면에서 저절로 분출하는, 그래서 쓰지 않고는 견딜 수 없는 간절함에 응답하는 심정으로 펜을 들곤 한다. 이 장편소설도 그렇게 시작하고 맺었다.

장편『숨비의 환생』은 처음부터 연작으로 구상했다. 4부로 나눈 장마다 화자를 달리했다. 제1부는 4·3사건의 희생자 가족인 제주 토박이 할머니가 화자가 되어 이야기를 끌어간다. 제2부는 가습기 살균제의 피해자 딸이 화자가 된다. 제3부는 권력으로 국민을 겁박하는 가해자 아들의 시점에서 이야기를 이끌어간다. 마지막 제4부에서는 세월호 사고로 딸을 잃은 부모가 화자가 된다. 그렇게 각 장마다 다른 화자들이 자신이 겪은 이야기를 풀어내고, 세상을 비판하는 형식을 취했다.

이 소설을 쓰던 때에 회자되던 말이 '이것이 나라냐'였다. 지금까지 국가가 국민에게 어떻게 했는지 생각하게 되었다. 수많은 사건들이 머릿속을 어지럽게 했다. 그 많은 고난 속에서도 국민은 참으로 오랫동안 견디어 왔다. 그래서 자연스럽게 우리가 겪어낸 삶의 고난과 갈등에 초점이 맞춰졌다.

"용서란 단순히 있었던 일을 없는 것처럼 덮는다거나, 피해자가 아픔을 간직한 채 힘겹게 살아가야 한다는 뜻이 아니다. 세간의 오해와 달리 용서는 부당한 행위에 대한 기억과 비판, 분노를 전제한다. 정의롭지 않은 일이 발생했을 때, 그 원인을 생각하고 정의를 세우기 위한 노력은 반드시 필요하다."(강남순 『용서에 대하여』에서)

그런데 저들은 세월호 참사를 일개 교통사고라며 이제 그만 잊어야 한다고 주문한다. 국가폭력에 대해 유족들은 아직 비판도 분노도 다 표출하지도 못했는데 덮어버리라고 윽박지른다. 원인을 파헤치고 정의를 세우려하는데 이제 그만 모두 잊으라 한다. 이 모든 과정을 하나도 거치지 않았는데 어떻게 가해자 국가를 피해자 국민이 용서할 수 있단 말인가. 성찰적 분노 없이 어찌 화해를 꺼낼 수 있는가.

"처참한 모습으로 떠오른 선체를 차마 마주보지

못한다. 모든 것이 내 잘못인 것만 같아서다. 좀 더 일찍 정신을 차리고, 눈을 부릅뜨고 세상을 살펴야 했다. 그러지 못해서 우리는 지금 많은 불행을 겪고 있다. 어머니가 겪은 4·3사건, 내가 겪은 세월호 참사, 그리고 아이의 엄마가 당한 가습기살균제 사건들이 별개의 사건처럼 보이지만 결코 그렇지 않다. 되풀이되는 국가권력의 횡포는 깨어 있는 국민만이 막을 수 있다. 그래야 내일의 세상은 진실이 힘을 얻는 사회로 바로 설 것이다."(본문 중에서)

제4부를 끌어가는 화자, 미소의 아버지 오진국은 처절하게 반성한다. 이렇게 깨어있는 국민만이 건강하고 인간다운 삶이 가능한, 건강한 국가 사회를 이룰 것이라는 희망을 공유하고 싶다.

소설에 묻힐 때마다, 그 소설책을 낼 때마다 항상 힘

을 보태주는 油然 님이 고맙다. 그리고 내 삶의 울타리
가 되어 주는 아들 내외, 사랑스러운 손주들 璘·多·朗
도 바르게 자라주어 고맙다. 좋은 책으로 엮어주신 '청
어출판사' 이영철 대표님과 편집진에게도, 아울러 소설
집을 낼 수 있도록 마중물을 부어준 '전라북도문화관광
재단'에도 감사를 전한다.

2019년 8월
愚居〈璘多朗〉에서 魯玲

차례

제1장: 숨이 막히다

숨이 막힌다.

지금까지 이런 적은 한 번도 없었다. 참 별일이네! 물 밖으로 나가려고 몸을 솟구치면서 속으로 중얼거린다. 손에는 작은 전복 하나가 달랑 들려있다. 호오이. 참았던 숨을 내뱉는 입술이 바르르 떨린다. 수경을 통해 주위를 살핀다. 같이 물속으로 들어갔던 해녀들의 모습이 보이지 않는다. 오늘따라 별스럽게 두려움이 몰려온다. 은진이 엄마의 우려처럼 이제 정말 물질을 그만두어야 할 때가 되었나보다. 하긴 여든 살 나이에 물질을 한다는 것은 그리 흔한 일은 아니다.

오랫동안 나이를 잊고 살았다. 아니 나이를 생각하고 말고 할 여유조차 없이 지금까지 왔다. 그날 이후 오로지 목숨 하나 건사하기 바빴다. 어찌하다보니 가족이 생겼고, 새로 생긴 가족을 위해 즐거운 마음으로 물속에 들어갔다. 살다보면 어찌 기쁜 일만 있었겠는가. 다만 그날과 같은 참혹한 비극은 다시는 없을 거라고 그러니 웬만한 일엔 슬퍼하지 말자고 입술을 앙다물며 살았다. 두 번 다시 그런 황망한 일을 겪지 않기를 빌고 또 빌었는데……, 용왕님도 참 무심하시지! 저절로 입에서 터져 나오는 탄식에 자신도 모르게 깜짝 놀란다. 물질을 하는 해녀가 함부로 부를 수 없는 신성한 존재를 그만 입에 올리다니! 이 무슨 불손한 태도란 말인가. 자책하는 마음에 혀를 끌끌 차며 다시 주위를 살핀다.

물발이 세지 않은 고래머리 쪽에서 물질을 익히고 있는 은진이의 머리가 보인다. 반갑다. 제법 떨어진 곳이어서 보일 리가 만무했지만 습관처럼 한 손을 높이 들어 흔든다. 예상대로 손짓을 발견하지 못한 아이는 이내 물속으로 자맥질하여 모습을 감춰버린다. 물질하는 아이를 볼 때마다 어린 시절 자신을 보는 것만 같다.

열 살, 저 아이와 같은 나이에 나는 물질을 시작했다. 사실 물질을 시작하기에는 너무 어린 나이였다. 물질을 하고 싶다고 떼를 쓰는 내 고집에 어머니는 한심하듯 바라보며 이렇게 중얼거렸다.

칠성판을 등에 지고 가는 길이 뭐가 좋다고 이리 보챈다 냐? 앞길이 참으로 고단할 것이고만.

근심을 가득 담은 표정으로 어머니는 별 수 없다는 듯 손수 태왁과 망사리를 만들어 주었다. 지금은 스티로폼으로 만든 태왁을 쓰지만 그 시절에는 콕태왁을 썼다. 어머니를 졸졸 따라다니며 콕태왁 만드는 방법을 구경하였는데 지금도 눈에 선하다.

먼저 햇빛에 잘 익은 박을 따서 꼭지를 피해 구멍을 낸 다음 거꾸로 매달아서 두세 달 동안 말린다. 박이 마르면서 차츰 속이 비면 막대로 씨를 파내어 안을 텅 비게 한다. 그런 다음 구멍 낸 부분으로 물이 들어가지 않게 막아야 한다. 대개 소나무의 진을 이용하는데 어머니는 찢어진 고무신을 찾아와 불에 녹여서 구멍을 막았다.

망사리는 억새인 '미'로 만들었는데, 처음 어머니에게 받은 것은 '미역망사리'였다. 미역망사리는 헐렁하게 짠 것으로 미역, 톳 등 해조류를 담는 용도로 쓰인다고 알려주었다. 어머니가 쓰는 망사리는 촘촘했다. 이름은 '헛물망사리'라고 했다. 주로 전복, 소라, 성게 등을 담는 용도로 쓰인다고 일러주었다. 그 외에 오분자기 등 자잘한 해산물을 따로 보관할 수 있는 작은 망사리의 이름은 '조락'이라고 했다.

아무래도 오늘은 그만 물질을 거두어야 할 성 싶다. 이렇게 숨이 막힐 때 욕심을 부리다간 큰일을 당하기 십상이다. 젊었을 적 하마터면 죽을 뻔했던 아슬아슬한 순간이 있었다. 그날을 생각하면 지금도 눈앞이 노래진다. 용왕님의 가호가 없었더라면 죽은 목숨이었지! 자신의 생각이 당연하다는 듯 고개를 주억거린다. 물숨을 마시고 살아난 사람은 거의 없다. 그런데 그날 물숨을 마시고도 기적적으로 살아난 것은 쌍둥이처럼 같이 움직이던 동갑내기 순덕이의 끈질긴 구조덕분이다.

오 년 전 저승으로 훌쩍 떠나버린 순덕은 살아있을 때 그날의 순간을 이렇게 말하곤 했다.

넌 용왕님이 점지해 주신 해녀였나 봐. 그렇지 않았다면 그렇게 캄캄한 곳에서 의식을 잃고 쓰러져 있는 너를 내가 어떻게 발견할 수 있었겠냐?

그녀의 설명에 의하면 내가 물 속 20m 깊이에 있던 덤장 그물에 걸려 있었단다. 아주 기능이 뛰어난 상군해녀가 되어야 수심 20m까지 잠수할 수 있었다. 그녀는 그리 뛰어난 해녀는 아니었다. 그런데도 불구하고 목숨을 걸고 깊이 잠수를 했었노라고 말끝마다 공치사도 빼놓지 않았다. 서너 번이나 물 밖을 들고 나던 순덕이를 다른 해녀들이 한사코 말렸다고 한다. 이제 그만 하라고, 그러다 같이 죽을 수도 있다고, 이제 떠오르기를 기다리는 수밖에 달리 도리가 없다고.

말리는 해녀를 뿌리치고 순덕이는 마지막으로 한 번만 더 찾아보겠노라며 깊이 잠수했었단다. 그녀가 물 위로 떠오르던 순간까지 동료들은 갯가에서 초조하게 기다렸는데, 해녀들은 하나같이 물속으로 자맥질한 그녀처럼 숨을 참았다고 했다. 이윽고 물을 박차고 떠오른 그녀의 손에 내가 축 늘어져 끌려나왔을 때 해녀들은 한꺼번에 참았던 숨을 내뱉었다는 것이다. 해녀들의 숨비소리는 파도소리마저 죽였다던가. 불턱으로 옮겨 놓고 한참동안 인공호흡을 시키자 드디어 부스스 깨어나더란다. 해녀들의 기쁜 함성이 오랜 시간 갯가를 흔들었다고, 그 순간을 그녀는 눈을 반짝이며 되뇌곤 했다.

고령임에도 불구하고 젊은 때와 다름없이 지금까지 물질을 할 수 있었던 것은 바로 그 순덕이 덕분이다. 내가 아직까지 물질을 멈추지 못하는 까닭은 또 있다. 깊은 물속은 언제나 어머니의 자궁처럼 따뜻하고 편안하다. 그래서 물속에서 작업하는 때가 내겐 가장 행복한 순간이다. 물속에 들어있을 때에야 살아있음을 느낀다. 깊이 잠수하는 그 순간 육체에 가득 차오르는 생명력을 어찌 말로 표현할 수 있을 것인가. 이제 물질을 그만 두고 뭍으로 나와 같이 살자고 아들이 권하지만 그럴 마음은 전혀 없다.

끔찍했던 사고 전날 손녀 미소의 목소리는 통통 튀어 올랐다. 기쁨에 달떠 행복에 겨운 손녀의 목소리였다. 늦었는데 자지 않고 왜 전화했느냐고 묻자, 손녀는 으으흥, 어리광을 가득 담은 목소리로 대답했다.

할머니, 저 내일 수학여행 떠나요. 그런데 어디로 갈까~요?

장난기가 잔뜩 묻어났다. 장단을 맞추려 일부러 엉뚱한 답을 골랐다.

음-, 서울 경복궁?

에이- 할머니, 내가 초등학생이야?

그럼, 경주 불국사?

거긴 중학교 때 다녀왔단 말이에요.

아, 참! 그랬지. 그럼-. 아, 알겠다. 이번에는 배를 타는구나?

빙고! 할머니가 사시는 그곳으로 간다고요. 단체여행이라 할머니를 찾아뵙지는 못할 거예요. 그래도 모처럼 손녀가 가까이 있으니 기운 내셔야 해요. 알았죠?

끊긴 수화기를 들고 한참을 멍하니 앉아 있었다. 비행기를 타면 한 시간도 채 걸리지 않는 거리인데 아들, 며느리, 손녀가 참으로 먼 곳에 있다는 생각으로 살았다. 아들내외는 한 푼이라도 더 벌려고 시간을 내지 못했고, 손녀는 공부에 매달려 있느라 방학도 없이 지냈다.

태확을 밀고 천천히 갯가 쪽으로 향한다. 사월이지만 윗물은 몹시 차갑다. 한기가 들어 부르르 몸이 떨린다. 이럴 때 필요한 것이 불턱이다. 불턱은 해녀들이 옷을 갈아입고 바다로 들어갈 준비를 하는 곳이다. 또한 작업 중 휴식하는 장소로도 쓰인다. 돌담을 둥글게 에워싼 모양으로 가운데 불을 피워 몸을 덥힐 수 있도록 만들어져 있다. 이곳에서 해녀들은 물질에 대한 지식, 물질 요령, 바다 밭의 위치 파악 등 물질 작업에 대한 정보 및 기술을 전수하고 습득한다. 그런가하면 이곳에서 해녀 상호간에 협조를 확인하고 의사결정이 이루어지기도 한다.

고무로 만든 모자와 옷을 입은 은진이의 앙증스런 몸이 불턱으로 뛰어 들어온다. 아마도 내가 하는 행동을 유심히 관찰하다 보고 따라온 것이리라. 아이는 눈치가 빠르고 행동이 기민하여 상군해녀를 위시하여 모든 해녀들의 귀여움을 독차지하고 있다. 요즈음은 물질을 배우려는 초보해녀가 거의 없는 형편이라 아이는 이곳에서 인기가 무척 높다. 더군다나 요즈음 아이들과는 다르게 인사성도 바르다. 어머니를 대하는 태도 또한 남달라 해녀들 사이에선 칭찬일색이다.

"짱~할망, 벌써 물질을 끝내려고요?"

아이가 묻는다.

나는 말없이 고개를 끄덕인다.

아이가 곁에 놓인 내 망사리에 시선을 두며 다시 묻는다.

"짱~할망, 오늘은 어째 해산물이 영 부실하네요?"

어린애의 입에서 나오는 말이라 할 수 없을 언어구사다. 아마도 어른들 속에서 지내다보니 말부터 애어른이 되어가고 있는 것 같다.

바라보던 아이가 표정이 어두워지며 다시 묻는다.

"할망? 어디 아픈 건 아니지요?"

정말 걱정이 되는 모양인지 억양이 다른 때와 사뭇 다르다.

아이더러 왜 짱~할망이라 부르느냐고 물어 본 적이 있었다. 아이는 배시시 웃으며 엄지손가락을 치켜들며 대답했다.

할망이 해녀의 짱이잖아요? 그러니까 짱~할망이지요.

아이의 설명에 그만 웃고 말았다. 아이는 나를 부를 때 으레 그렇게 불렀다. 그런데 지금 짱을 빼고 부르는 것으로 보아 아이는 내가 아픈 것이 아닌가 하고 꽤나 걱정이 되는 모양이다. 아이가 건강에 대해 유달리 예민한 것이 아마도 제 어머니 때문이겠지.

이제 마흔인 아이엄마는 지금 많이 아프다. 오 년 전 다섯 살 아이를 데리고 이곳에 올 때만 해도 그리 심하지 않았다.

옆집에 살던 순덕이가 세상을 떠나 집이 비어 있었는데, 서울에서 살던 젊은 댁이 아이를 데리고 그리 이사를 온 것이다. 그렇지 않아도 절친한 친구를 저 세상으로 보내고 마음을 잡지 못하고 있던 터라 무조건 반가웠다. 이웃사촌이라는 말이 있듯이 서로 정을 주고받다보면 떨어져있는 가족보다 나을 것이라고 생각했다.

할망, 할망 부르며 아이는 잘 따랐다. 은진이 엄마는 아이를 바다에 나가지 못하게 한사코 말렸지만 아이는 물을 무척 좋아했다. 내가 물질을 나갈 때마다 따라나서는 바람에 아이의 엄마로부터 어린애를 꾀어낸다고 오해의 질책을 듣기도 했다. 그러나 결국 엄마도 아이가 애기상군이 되는 것을 막지 못했다. 따로 가르쳐주지도 않았는데 아이는 모래 동에서 모래건지기, 돌멩이 건지기 등 놀이를 즐겼다. 그러더니 이내 물속에서 오래 잠수하기 등을 터득했고, 얼마 되지 않아 얕은 곳에서 물질을 시작한 것이다. 이제는 제법 이력이 붙어 미역을 따오는 초보해녀가 되었다.

그에 비하면 아이 엄마는 낯을 무척 가렸다. 자신의 초라한 모양새를 보이고 싶지 않아 그러는지 다른 사람들의 시선을 부담스러워 했다. 찾아오는 것도 싫어했고, 물질로 수확한 해산물을 나누어 받는 것도 달갑게 여기지 않았다. 마을

주민들 사이에 아이 엄마에 대해 좋지 않은 평판이 떠돌기 시작했다.

섬사람이라 무식하다고 상대하지 않으려 하는 게지.

그럴 리가 있겠어? 건강이 좋지 않으니 신경이 날카로워 사람들을 대하고 싶지 않은 걸 거야.

그래도 우리의 진심을 그렇게 받으면 안 되지. 어린 것 데 리고 고생한다고 전복이며 소라를 가져다주어도 고맙다는 말 한마디에 그리 인색하던 걸, 뭐.

그래. 맞는 말이야. 은진이가 싹싹해서 우리가 한번 씩 들 르는 거지. 아니면 가고 싶지도 않아.

나도 같은 심정이야. 그런데 은진이 엄마가 앓고 있는 병명 이 무엇이래?

의사도 알아내지 못하는 희귀병이라지. 아마?

아이가 물질을 익히는 동안 엄마의 병세는 점점 심해졌다. 사실 얼마간 시간이 지나 아이엄마가 조금 마음을 열고나서 알게 된 사실이지만, 그녀가 이곳으로 내려온 까닭은 앓고 있는 병 때문이었다. 어느 날 갑자기 아이의 엄마는 숨을 쉴 수가 없었다고 한다. 자신이 근무하던 병원에 입원하여 여러 가지 검사를 받았다. 담당의사는 불행한 일이지만 치료방법 이 없는 불치병이라 진단을 내렸다. 같이 근무했기 때문에 잘 알고 있던 의사의 말이라 의심 없이 믿었다. 공기 좋은 곳에 가서 마음 편하게 지내면 혹 낫지 않을까 요행을 바라는 마음으로 찾아온 것이 바로 이곳이라 했다.

고무 복을 입은 은진이가 자신의 물질도구를 챙기기 시작한다. 아이의 망사리 안에는 미역이 제법 많이 들어있다. 나는 아이의 망사리 안에 오늘 채취한 해산물을 모두 부어준다. 아이가 왜? 하는 표정으로 눈을 커다랗게 뜨고 바라본다.

"이곳엔 '게석'이란 풍습이 내려오고 있지. 게석이 무엇이냐 하면 너처럼 초보해녀들에게 상군해녀들이 미역을 한 바구니씩 넣어주는 풍습이여. 그러니까 선배가 후배의 용기를 북돋우기 위한 일종의 상인 게야. 오랫동안 내려온 풍습인데 그것으로 인해 해녀들 간에 저절로 규율을 지키게 되고, 공동체를 이끌어가는 힘이 되는 거지."

"그러니까 짱~할망은 선배, 저는 후배가 된다는 말이네요?"

무엇이 그리 즐거운지 아이가 까르르 웃으며 대답한다.

"물질이 그리 좋으냐?"

"예, 짱~할망."

"네 어멍은 이제 걱정하지 않고?"

"어멍인데 어찌 걱정이 안 되겠어요? 그래도……."

아이가 잠시 말을 멈춘다. 생각이 너무 어른스러워 마음이 짠하다.

어깨에 망사리를 들쳐 매던 아이가 갑자기 생각났다는 듯이 나를 향해 말한다.

"어멍이, …… 짱~할망을 만나보고 싶다고 해요. 시간이 나면 한번 들러주시라고 전해달래요."

궁금한 눈초리로 나는 아이를 바라본다. 까닭은 모르겠다는 표시로 아이가 고개를 가로젓는다. 은진이 엄마를 보지 못한지 꽤 되었다. 그동안 내 감정을 추스를 여력이 없어 관심을 두지 못했다.

열 살 때 겪었던 죽음에 대한 트라우마를 겨우 벗어나는가 싶었는데, 생떼 같은 삼백여명의 목숨이 수장되는 현장을 생중계되는 화면으로 생생하게 목격하면서 나는 다시 무너져 내렸다. 실낱같은 희망은 실종자의 명단에서 손녀딸의 이름을 확인하면서 끊어졌다. 칠십여 년 물질에 길들여진 나도 물에 들어갈 때마다 두려움에 휩싸이는데, 그 어린 목숨들은 그 순간 얼마나 무서웠을까?

아들은 이미 알고 있었다. 내가 그 사건의 현장을 보면 절대로 감당하지 못할 것이라는 사실을.

그래서였는지 아들은 뭍으로 나오지 말라고 결사적으로

말렸다. 말 안 듣고 기어코 육지로 온다면 자신도 물속으로 뛰어들 것이라 엄포성 발언도 서슴없이 내뱉었다. 눈에 넣어도 아프지 않은 손녀가 수장된 그곳을 오지 못하게 하는 아들의 권유는 날 위하는 마음이라는 것을 잘 알지만 서운했다. 그냥 잠자코 계시는 것이 자신을 도와주는 것이라 애원하는 아들의 말을 거역하지 못했다. 수화기를 통해 들려오는 아들의 목소리는 죽음을 각오한 듯 결연하여 도저히 발걸음이 떨어지지 않았다. 아들 곁으로 가지도 못하고 오랫동안 혼자서 속을 끓였다. 벌써 삼 년이 되어가지만 사고가난 그날부터 아들의 목소리는 자주 들을 수가 없었다. 그래도 나는 아들의 뜻을 존중하여 사고의 현장에 찾아가지 않았고, 분양소도 찾지 않았다. 소식을 들은 이웃들은 그래도 아들 곁에 가서 작은 힘이라도 보태줘야 하지 않느냐고 등을 떠밀었지만 그러지 않았다. 그랬을 경우 아들이 어찌할 것인가를 너무나 잘 알기 때문이었다.

새카맣게 타버린 아들의 심장 한쪽엔 나에 대한 불만이 커다랗게 자리 잡고 있다는 사실을 나는 짐작했다. 나는 어린 아들에게 분노해야 할 대상자 앞에서도 참는 것이 제일이라고 가르쳤다. 이 세상은 혼자의 힘으로 절대 바꿀 수 없으니 순응하는 것이 최고라고 반복적으로 강조했다. 국가권력의 대척점에 서는 것은 목숨을 내놓는 바보 같은 짓이라고 우겼다. 죽고 나면 아무 소용이 없다는 것을 잊어서는 안 된다고, 어찌되었든지 목숨은 보존해야 한다고 강권하다시피 했다. 이 어미가 바로 산 증인이 아니냐고, 그러니 내 말을 허술하게 듣지 말라고 귀에 딱지가 붙을 만큼 반복했다.

그러고 나서 강조의 수단으로 으레 내가 열 살 때 겪은 사건을 예로 들곤 했다.

1947년 3·1절 기념식에서 기마경관의 말발굽에 어린아이가 차이는 사고가 있었다. 이를 본 시위 군중들이 기마경관에게 돌을 던지고 야유를 보냈고 경찰서까지 쫓아갔단다. 이에 경찰관들은 경찰서를 습격하는 것으로 오인하여 시위대를 향하여 발포했고, 이때 6명이 사망하고 6명이 부상을 당했지. 이것이 바로 제주 4·3사건의 발단이었단다.

이 사건의 경위와 진행과정을 아들은 줄줄이 꿰고 있을 터였다. 수십 번도 더 들은 얘기일 터니까. 사건의 얘기를 시작하면 아들은 벌써 알았다고 손을 휘휘 내저었다. 시위현장에는 절대 가지 않을 것이니 걱정하지 말라는 말로 나를 안심시켰다. 어떤 마음으로 그랬는지 속마음까지 알 수 없었지만 아들은 지금까진 그 약속을 잘 지켰다. 아니 항상 아들 곁에 있지 않았으니 내가 모르는 일이 있었을지는 장담할 수 없지만.

　내가 아는 한 아들은 정도를 벗어나는 일을 하지 않았다. 군대도 무사히 다녀왔고, 한눈 팔지 않고 대학생활을 마쳤다. 그리고 어렵지 않게 중소기업에 취직도 했다. 다행히 직장여성과 결혼하여 딸 하나를 두었다. 그리 풍족하지는 않았지만 남들처럼 아이 교육도 시키고 생활도 꾸려나갔다. 그러나 중소기업의 여건상 회사생활은 오래 하지 못했다. 55세에 정년퇴직을 하고 삼 년째 아르바이트 일을 하고 있었다. 그러한 생활이었지만 아들은 내게 절대 손을 벌리지 않았다. 용돈 한 번 제대로 챙겨주지 못한 처지에 목숨 걸고 물질을 하는 내 도움은 받을 수 없다고 한사코 사양했다.

　그랬던 아들이 지난 삼 년 간 몰라보게 변했다고 했다. 아들 대신 전하는 며느리의 말에 의하면 사람이 달라져도 그렇게 달라질 수 없다고 울먹였다. 마치 오늘이 마지막 날인 것처럼 산다는 것이다. 울먹이면서도 며느리는 이해한다는 투로 이렇게 내게 되물었다.

　그럴 수밖에 없어요, 어머니. 생떼 같은 자식이 물에 수장된 채 나오지 못하고 있는데 저러지 않으면 사람이 아니죠. 그렇잖아요, 어머니!

***

은진이 엄마를 보고 있노라니 덩달아 숨이 가빠온다.

전에 살던 집주인 순덕이와는 친했던 사이라 시도 때도 없이 드나들던 곳이다. 눈을 감고도 그릴 수 있는 익숙한 장소인데 왠지 모르게 불편하다. 무슨 이유지? 까닭을 찾으려 주위를 두리번거린다.

순덕이가 살 땐 제대로 손을 대지 않아 모든 것이 허접스러워 보였다. 방 안의 물건은 제자리를 찾지 못한 채 방황하듯 놓여 있었다. 방 안에 들 때마다 나는 잔소리를 했다.

이게 뭐냐? 궁둥이 붙일 자리도 없이 퍼질러 놓고 이렇게 살고 싶냐? 제발 좀 치우고 살아라.

내 잔소리에 절친 순덕이의 대답은 매번 같았다.

넌 안 그러냐? 난 말이다. 돌아서면 잊어버린다. 찾고자하는 물건을 어디에 두었는지 도무지 찾을 수가 없단 말이다. 그래서 생각한 방법이 바로 이거야. 모두 펼쳐놓아 눈에 띄도록 하는 거. 너도 나처럼 늙어 봐라. 그런 잔소리가 나오는지.

동갑인 주제에 그런 말을 아무렇지도 않게 내뱉은 친구는 어린애처럼 이를 드러내어 웃곤 했다.

그렇게 자질구레한 물건들이 중구난방으로 흩어져 있던 방이었는데, 은진이 엄마의 손길에 말끔히 정리되어 있다. 그런데도 뭔지 모르게 방 안이 썰렁하다. 물론 지은 지 오래된 한옥이라 외풍이 있기 마련이지만 그 탓만은 아닌 듯하다.

아랫목에 깔려있는 요 밑으로 손을 집어넣으며 내가 말한다.

"불이라도 뜨끈하게 때고 있을 것이지. 감기라도 들면 어쩌려고."

"……."

"무슨 일로 날 찾았는가?"

말을 꺼내려던 그녀가 갑자기 자지러지게 기침을 한다. 얼굴에 핏기 하나 없는 것이 병색이 완연하다. 괴로워하는 그녀의 얼굴을 바라보며 나는 상을 찌푸린다. 그녀의 처지가 안타까웠지만 치료방법이 없다니 어쩌겠는가? 그녀도 문제지만 아이가 더 걱정이 된다. 그녀가 떠나고 나면 혼자 남게 될 아이를 볼 때면 그날의 기억이 반사적으로 떠오른다.

정확한 날짜는 기억하지 못한다. 다만 시간이 많이 흐른 뒤 기억을 되짚어 보며 나이를 헤아려 맞춰보니 1948년쯤으로 짐작되었다. 마당에 감이 붉게 익어가는 시기였으니 아마 시월 언저리였을 것이다. 그날도 어머니를 따라 물질을 나갔다. 물질에 재미가 붙어가는 참이라 부지런히 물속을 드나들었다. 주로 얕은 물에서 미역이나 톳을 채취하고 있는데 뭔가가 눈에 띄었다. 전복이었다. 아! 나도 모르게 탄성을 지르며 한 손에 들고 있던 빗창으로 전복을 떼어냈다. 물질을 시작한 후 미역이나 톳이 아닌 해산물채취는 처음이었다. 너무나 기뻐서 가슴이 마구 뛰었다. 물 위로 올라온 나는 어머니를 향해 큰소리로 말했다.

어멍, 나도 전복 땄다아ᅳ.

전복을 움켜 쥔 손을 높이 쳐들어 흔들며 계속해서 어머니를 불렀다. 물이 깊은 '통'에서 물질을 하던 어머니의 귀에 내 소리가 들릴 리가 없었다. 한참 손을 흔들고 있는데 기이한 광경을 보고 말았다.

손을 머리에 올린 채 줄줄이 마을로 내려오는 사람들, 삼십 명쯤 되었다. 대열의 앞과 옆 그리고 뒤에는 십여 명의 군인이 총을 겨누며 그들을 재촉했다. 무슨 일이지? 왜 그러는지 그 상황이 이해가 되지 않았다. 다만 군인들이 들고 있는 난생 처음 보는 총이 무서워 어머니를 부르던 입을 꼭 다물었다. 그리고 물속으로 깊이 잠수했다. 물속에 오래 있을 수는 없었다. 다시 물 위로 머리만 내민 채 그 광경을 지켜보았다. 사람들은 동네 가운데에 있는 초등학교 쪽으로 향하고 있었다. 무서운 생각에 갑자기 눈물이 쏟아졌다.

회상에 잠겨있느라 은진이 엄마의 말을 알아듣지 못했다. 아이가 내 무릎을 흔들어대는 바람에 정신을 차렸다. 기침을 멈춘 그녀의 얼굴은 평온해져 있었다. 뭐라 말했는지 되물었다.

머뭇대던 그녀가 입을 연다.

"우리 딸애가 물질은 잘 하나요?"

"에이ㅡ. 어멍은ㅡ. 내가 채취해온 해산물을 보면 몰라? 난 타고난 해녀라니까!"

아이가 먼저 내 대답을 채간다. 아이를 향해 그녀가 말한다.

"은진아, 주방에 가서 따뜻한 물 좀 가져다줄래?"

아이는 알았다며 벌떡 일어나 주방으로 간다.

아이가 떠나자 그녀가 내 손을 끌어당겨 마주 잡는다. 손이 무척 차갑다. 손을 타고 전해오는 냉기가 불안을 몰고 온다. 죽어가는 어머니의 손도 이처럼 차가웠었지. 아이가 돌아오기 전에 할 말이 있는지 그녀가 서둘러 말을 꺼낸다.

"내가 죽으면 우리 딸, 저 불쌍한 것 부탁해도 될까요?"

왜 하필 나인가. 언제 죽을지 모르는 내게 어째서 저런 부탁을 하는가. 그러고 보니 언젠가 아이가 종알대던 말이 생각난다.

짱~할망, 할망이 우리 할망이면 참 좋겠다.

내가 물었다.

너는 할망 없어?

예. 어멍이 그러는데 이 세상에 어멍과 나 둘 뿐이래요.

하긴 이곳에 내려와 산 오 년 동안 찾아온 사람이 아무도 없는 것을 보면 그 말이 사실이긴 한 모양이다. 그렇다고 그런 부탁을 할 정도로 호감을 갖고 나를 대하지도 않았으면서 무슨. 그런 생각이 들어 괜히 심통이 솟았다.

나는 불퉁스럽게 대답한다.

"늙은이 앞에서 못하는 소리가 없구먼! 아직 새파랗게 젊은 것이 자식을 위해 죽기 살기로 살아야지. 그렇게 마음 약해서 어디다 쓰누."

"아무래도 오래 살지 못할 것 같아서……."

"어미보다 딸내미가 훨씬 낫고만 그려! 내 보기엔 지 밥벌이는 할 아이니 걱정 안 해도 될 것 같아."

"어르신께서 살아온 내력은 동네 분들에게 들어서 잘 알고 있어요. 우리 은진이도 어르신처럼 그리 산다면 마음 놓고 편하게 가겠는데……."

"어멍! 날 두고 가긴 어딜 간다고 그래?"

주전자와 컵을 들고 방으로 들어오던 아이가 소리친다. 눈치 빠른 아이는 벌써 제 어머니가 하는 말의 의미를 알아챈 모양이다. 큰 눈에선 금방이라도 눈물이 쏟아질 것만 같다. 은진이 엄마는 아이를 품에 꼭 껴안으며 등을 다독이며 달랜다.

"그래. 알았어. 걱정 마!"

집으로 돌아가는 걸음이 잘 떨어지지 않는다. 저들을 어찌해야 하나? 마음만 쓰일 뿐 뾰족한 방법이 생각나지 않는다.

어머니도 죽어가면서 저런 마음이었을까? 그때는 어려서 그런 생각을 해보지 않았다. 그저 모든 것이 무섭고 두려워 도망치고 싶었다. 아니 나는 실제로 도망쳤다. 무서운 마음도 컸지만 살고 싶은 마음이 더 컸다. 아버지, 어머니, 오빠처럼 그렇게 허망하게 죽고 싶지 않았다. 어린 마음에도 살아야겠다는 욕망이 거세게 일었다.

산에 살던 주민들이 우리 마을로 내려와 지내는 동안 어른들은 시간 날 때마다 모여 비밀스럽게 수군댔다. 어른들이 주고받는 이야기는 무슨 말인지 도무지 이해할 수 없었다.

저 산 중턱의 마을 주민들이 거의 다 죽임을 당했다는구먼.

누가 무슨 일로 죽였대?

나라에서 빨갱이는 남김없이 찾아내 소탕하라는 명령이 내려왔대.

그럼 우리 마을로 내려온 저 주민들이 모두 빨갱이란 말여?

그건 나도 모르지만 아무래도 그들과 어울리면 큰일을 당할 것 같으니 조심해야 쓰겠어.

그래도 살려고 내려온 사람들인데 그리 대하면 너무 야박하잖나?

그럼 어떡해. 우선 나부터 살고 봐야 하니까 어쩔 수 없지 뭐."

그려, 그려. 자네 말이 맞아. 목숨은 하나뿐이니까.

마을 어른들은 한통속이 되어 산에서 내려온 주민들을 피했다. 계엄령이 선포되고, 산간지대를 통행하는 자는 폭도로 간주하여 총살하겠다는 포고문이 발표되었다. 그해 11월부터 산간마을에 강경진압이 실시되었다. 그로인해 산에 있는 마을은 95% 이상이 불에 타 없어졌다는 소문이 돌았다. 그러자 평화롭게 살던 우리 마을은 벌집을 쑤신 듯 흉흉해지기 시작했다. 소개되어 내려온 산 주민들 때문에 우리가 피해를 입을지 모른다는 말이 공공연하게 떠돌았다. 마을주민들은 주민대표를 보내어 산에서 내려온 주민들에게 이곳에서 떠날 것을 강요했다. 그들은 이미 돌아갈 집이 모두 불에 타 갈 곳이 없으니 제발 조금 더 머물게 해 달라고 애원하다시피 했다. 그러나 마을 주민들은 그 말을 들어주려고 하지 않았다.

집에 돌아와 남아있던 밥으로 저녁식사를 준비해 먹는다. 그리고 서둘러 설거지를 끝낸다.

방으로 돌아온 나는 습관적으로 텔레비전을 켠다. 막 저녁뉴스가 시작되고 있다. 시간이 날 때나 심심할 때 드문드문 시청하지만 좋아하지 않는다. 뉴스나 드라마 또는 건강 상식을 전하는 프로그램에서 이해할 수 없는 단어가 너무 많아 실제로 재미가 없다. 솔직히 고백하자면 나는 학교를 다닌 적이 없다. 그 시절에는 학교에 다닐 형편이 아니어서 그리된 것이지만 그렇더라도 창피한 마음에 주변에 솔직히 털어놓지 못했다. 글을 읽지도 쓰지도 못한다는 사실은 배가 전복하는 바람에 일찍 세상을 뜬 남편과 아들 외에는 아무도 모른다. 참, 친구 순복이도 그 사실을 알고 있었지. 어찌되었든지 그런 내가 물질을 직업으로 삼아 아들을 대학공부까지 시켰다는 것에 대한 자부심은 컸다.

그랬는데 텔레비전을 통하여 그 참사의 전말을 똑똑히 지켜본 다음부터는 뉴스시간에 맞춰 챙겨보는 버릇이 생겼다. 행여 손녀가 발견되었다는 뉴스가 나올지도 모른다는 가느다란 희망을 놓치고 싶지 않아서였다. 그러나 삼 년이 되어

가는 지금 희망은 절망으로 변해갔다. 국민들을 위해 한 목숨 바치겠다고 목소리를 높이던 지도자들은 모두 어디로 간 것인가. 그들이 어떤 말을 하건 이제 나처럼 까막눈도 누가 어떤 잘못을 했는지, 지금 누가 거짓말을 하는지 금방 알 수 있는데 그들은 발뺌하느라 정신이 없다. 정치가, 법률가, 의사 할 것 없이 사회지도층에 있는 자들은 표정 하나 변하지 않고 자신들은 아무런 잘못이 없다고 우긴다.

"오늘 주요뉴스는 민간인 국정농단입니다."

아나운서의 말과 함께 빨간색으로 쓴 특보 내용이 화면 아래쪽에 뜬다. 그중 내가 읽을 수 있는 낱말은 고작 서너 개뿐이다. 그렇게라도 읽을 수 있게 된 것은 아이 덕분이다.

이년 전 초등학교를 막 입학한 아이가 나를 찾아왔다. 아이는 무조건 물질을 가르쳐달라고 떼를 썼다. 어려서 아직 물질은 무리라고 나는 단호하게 말렸다. 그러나 아이는 몇날 며칠을 줄기차게 찾아와 매달렸다. 딱하기도 하고 궁금해서 왜 배우려고 하는지 이유나 말해보라고 했다. 아이의 말은 절실했다.

어멍이 많이 아파요. 이제 일도 할 수 없어요. 그러니 내가 물질을 배워 돈을 벌어야 해요. 그래야 어멍을 살릴 수 있다고요. 어멍이 죽는다니까요.

아이가 끝내 울먹였다. 내가 죽음의 골짜기에서 엉금엉금 기어 나올 때 느꼈던 그 아득함을 지금 아이가 말하고 있었다.

내 입에서 허락이 떨어지자마자 아이는 좋아서 팔짝팔짝 뛰었다.

그렇게 좋아할 일만은 아녀. 해녀란 저승에서 벌어 이승에서 쓰는 사람이거든.

내 걱정이 들리지 않는지 달뜬 목소리로 아이가 내게 물었다.

할망! 언제부터 가르쳐 줄 거예요?

그 말에 내가 다짐을 했다.

네 어멍은 그러라고 허락하든?

아이가 대답을 하지 못했다. 필시 은진이 엄마는 허락하지 않았음이 분명했다.

"짱~할망! 저예요. 은진이."

언제나처럼 명랑한 표정으로 아이가 방으로 들어선다. 손에는 책가방이 들려있다.

"오늘은 쉬면 안 될까?"

"안 돼요. 할망의 소원을 빨리 이루려면 부지런히 배워야 돼요."

스승이 제자를 다그치듯 아이가 엄한 표정을 짓는다.

아이에게 물질을 가르쳐준다고 허락하면서 나는 조건 하나를 제시했다. 처음에는 장난 섞인 마음이 컸다. 아니 어쩌면 그런 조건을 달면 아이가 수긋하게 단념할 줄 알았다. 해녀가 되어 겪어야 될 고달픔을 아이에게 겪게 하고 싶지 않았다.

사실 이 고장 해녀들은 물질만 하는 것이 아니었다. 쉬는 날이 거의 없었다. 밭에 가 김을 매다가도 물이 내려가면 오후에 물질작업을 가야 하고, 오전에 물질작업을 마치면 오후에 밭농사나 김매기를 해야 했다. 그뿐만이 아니었다. 때때로 육지로 출가물질도 다녀야 했다. 출가물질은 고생은 되지만 돈을 많이 벌 수 있기 때문에 젊은 해녀들은 출가물질을 가서 한몫을 챙겨 살림을 일으키기도 했다. 그 고생을 알기 때문에 아이가 그 길로 들어서려는 것을 막고 싶었다. 그래서 나도 예상치 못했던 전제조건을 생각해내었다.

물질하느라 학교를 다니지 못했다고. 그래서 까막눈이 되어버렸다고 실토했다. 아이는 까막눈이 무엇이냐고 물었다. 글자를 읽지 못하는 사람을 그렇게 말한다고 하자, 아이는 아무렇지도 않은 표정으로 말했다.

지금부터 글자를 배우면 되지요. 뭐.

나도 모르게 아이에게 물었다.

이 나이에 나도 글을 배울 수 있을까?

아이는 망설이지 않고 대답했다.

제가 가르쳐 드릴게요.

아이의 마음을 돌리기 위해 어려운 조건을 말한 것인데 아이에게 꼼짝없이 걸려든 꼴이 되고 말았다.

나는 아이에게 물질하는 방법을 가르치고, 아이는 내게 글자를 가르치기로 합의가 되었다. 그렇게 한 지 벌써 삼 년이 되어간다. 아이의 물질 기술은 나날이 발전하는데, 나의 글공부는 참으로 더뎠다. 나이 탓인지 물질을 하고나면 전과 달리 몸이 파김치가 되어 아무것도 하기 싫었다. 자연히 공부에 게으름을 피우게 되고 그러다보니 도무지 진전이 없었다.

그런 나를 채근하러 오늘도 아이가 집으로 찾아온 것이다.

"할망, 지난번에 써보라고 했던 거 다 했지요? 오늘은 그걸 받아쓰기 해 볼 거예요."

"숙제 다 못 했는데……."

"아이. 그러다가 편지는 언제 쓸 건데요?"

아이의 지청구에 나는 얼굴이 벌게진다. 괜히 속마음을 이야기 했나 후회가 된다.

같이 공부를 하다가 어느 날 아이가 뜬금없이 내게 물었다.

할망! 글자를 알게 되면 제일 먼저 하고 싶은 것이 뭐예요?

미처 생각해 보지 않았는데 그 물음에 퍼뜩 하고 싶은 일이 떠올랐다. 참사 후 가슴 속에 묻어둔 간절한 소원이 있었다. 그것은…… . 물속에서 나오지 못하고 있는 손녀에게 편지를 쓰고 싶다는 소망이었다.

아가야, 물속이 춥지 않니? 제발 얼른 나와 집에 가야지! 아빠 엄마 어서 만나야지!

그런 간절한 사연을 써서 물에 띄어 보내면 금방이라도 손녀가 물 위로 올라올 것만 같았다. 아무 것도 모르는 아이가 물었다.

손녀는 지금 어디 있는데요?

금기어처럼 꽁꽁 가슴에 숨겨놓았던 단어가 입 밖으로 튀어나왔다.

배 안에 …… .

차마 맺지 못하는 내 목소리가 잘게 떨렸다.

아이는 더 이상 자세히 묻지 않았다. 참 다행이라 생각했다. 물으면 설명해 줄 자신이 없었다. 무엇 때문에, 어째서, 왜, 그 차디찬 바다 속에 손녀를 지금까지 두고 있느냐고 아이가 캐어물으면 대답할 말이 없었다. 손녀인데, 핏줄인데,

생명인데, 사랑하는 가족인데, 아무 것도 하지 못하고 있는 이유를 무슨 말로 변명할 수 있단 말인가.

텔레비전이 혼자서 떠들고 있다. 리모컨을 들어 꺼짐 버튼을 누른다. 방 안이 갑자기 조용해지며 파도소리가 가깝게 들린다. 처얼~썩. 처얼~썩. 파도소리만 듣고도 나는 내일 물질을 할 수 있을지 없을지 정확히 짚어냈다. 어떻게 그럴 수 있느냐고 아이는 신기해했다. 칠십 년을 물과 함께 살았는데 그걸 모르겠느냐고 뻐기면서 대답해주었다.

아이가 받아쓰기공책을 내 앞에 펼쳐 놓는다. 기어이 시험을 치르게 할 모양이다. 아이는 삼학년이었지만 매우 영리하다. 어떻게 하면 내가 즐거운 마음으로 공부를 할 수 있을지 나름대로 고민을 많이 하는 모양이다. 흥미를 불러일으킬 요량인지 아이가 불러주는 받아쓰기문제는 항상 별나다. 글자만 알려주는 것이 아니라 글자의 뜻까지도 알 수 있도록 짚어준다. 아이와 공부하는 동안 서로 알려주는 그런 점은 참으로 유익하다. 그래서 피곤해서 쉬고 싶다가도 막상 시작하면 흥미가 살아나고 하나하나 알아가는 것에 재미도 쏠쏠하다.

아이가 부르고 내가 받아쓴다. 그런 다음 그 낱말의 뜻을 말해야 되는데 내가 아는 낱말이면 내가 대답을 하고 모르는 낱말은 아이가 설명을 해준다. 그렇게 공부를 하다 보니 뉴스에 나오는 낱말들이 제법 귀에 쏙쏙 들어올 때도 많았다. 어떨 때는 뉴스에서 나오는 말 중에 모르는 낱말을 기억했다가 아이에게 물어보기도 한다. 물론 아이가 모든 것을 다 알지는 못한다. 그러면 학습장에 그 낱말을 적어 가지고 가서 제 어머니에게 물어보는 모양이다. 그리고 다음 공부시간에 그 낱말을 설명해주는 열성까지 보인다.

요즘 한참 뉴스시간에 나오는 낱말 하나가 궁금해서 아이에게 묻는다.

은진아! '블랙리스트' 뜻이 뭔지 알어?

아이는 잠시 고개를 갸웃거리더니 모른다고 한다. 어머니에게 물어보고 다음에 알려준다고 하더니 다음날 이렇게 설명해 주는 것이었다.

블랙리스트는 영어인데. 특별히 주의하고 감시할 필요가 있는 사람의 이름을 적어놓은 문서 같은 거래요.

블랙리스트에는 어떤 사람들의 이름이 적혀있다 하던?

어멍이 그러는데 그 수가 엄청나다고 해요. 정부를 비판하는 사람, 시국선언에 앞장선 사람, 그리고 또 뭐라더라? 음……. 특히 예술인 중 정부에 반대 입장을 표명하는 사람들의 이름이 줄줄이 적힌 명단이래요. 세월호 참사에 관한 분노로 시위에 앞장선 사람들은 아마도 다 들어 있을 거라

하던데요.

아이의 말에 가슴이 철렁 내려앉는다.

그렇다면 아들과 며느리 역시 블랙리스트에 이름이 올랐을 것은 자명하다. 그날 이후로 아들과 며느리가 어떻게 지내왔는지 대강은 알고 있다. 그 참사 후 1,000일이 다가오고 있지만 손녀딸은 아직도 바다 속에서 나오지 못하고 있다. 자식을 품에 안지 않으면 아들 며느리는 언제까지나 현재 진행형일 것이다.

너희들은 내 말을 잘 들어야 했어. 정부가 하는 일에 나서지 말라고 그렇게 말렸건만! 절대로 권력자의 말을 곧이곧대로 믿으면 안 된다고 그렇게 일렀건만, 듣지 않더니 이를 어찌하면 좋단 말인가.

나도 모르게 한숨이 터진다.

블랙리스트 명단에 있는 자들은 어찌 된다 하더냐?

그것까지는 어머니에게서 듣지 못했는지 아이가 고개를 살랑살랑 흔든다.

나는 혼잣말로 중얼거린다.

'칠십 년 전 그 시절처럼 마구잡이로 잡아다 죽이지는 않겠지.'

***

전선을 통해 오랜만에 아들의 목소리를 듣는다.

아들은 일말의 희망이 보인다고 말한다. 언제일지 모르지만 진실은 밝혀지리라 믿는다고 한다. 어찌 돌아가고 있는지 모르지만 아들의 목소리만 듣고도 숨을 돌린다. 걱정으로 가슴을 꽉 막고 있던 돌덩이가 스르르 빠져나가는 것 같다. 나는 아들에게 어찌 지내냐고 묻지 않는다. 아들도 내게 어찌 지내냐고 묻지 않는다. 말하지 않아도, 숨소리만 들어도 아들은 어미의 마음을, 어미는 자식의 마음을 서로 알 수 있는 것이 바로 혈육이다. 혈육을 잃는 상실감은 경험하지 않으면 모른다. 부모와 형제와 남편까지 잃었던 경험을 아들에게 줄곧 말을 했지만, 아들은 그 아픔을 실제로 느낄 수는 없었을 것이다. 그러나 이제 자식을 잃고 나서야 어미의 마음을 이해하겠다며 울먹인다. 나는 울지 말라고, 울 힘이 남아있으면 진실을 인양하는 데 쓰라고 말한다.

통화가 끝나자 궁금했는지 아이가 묻는다.

"짱~할망, 누구예요?"

"응─. 아들!"

"몇 살이에요?"

"으음~. 가만있자. 아들이 지금 몇 살이더라?"

"에이─. 아들 나이도 모르세요?"

"세월이 너무 빨리 흘러서 헤아리기가 힘겹구나."

"그래도 어멍이면 아들 나이는 기억해야 하지 않나요?"

"글쎄 말여. 그래도 우리 착하고 예쁜 손녀 나이는 똑똑히 기억하고 있지."

"손녀는 몇 살인데요?"

"열일곱."

"삼 년 전에도 열일곱이라고 했잖아요?"

아이의 말에 나는 대답을 하지 않는다. 미소는 아직 열일곱이다. 그럴 수밖에 없는 것이 손녀의 시신은 아직 배에 묶여 있다. 배를 인양하여 물 밖으로 나오기 전에는 세월이 흐른 것을 인정할 수 없다. 내 아버지 지삼달과 어머니 이덕심, 그리고 오라버니 지화찬이 총에 맞아 숨이 끊어진 그 순간 그들의 나이가 멈춘 것처럼 손녀의 나이도 그때에 멈추어져 있다고 생각한다.

내가 대답을 하지 않자 아이가 다시 나를 일깨운다.

"자~, 받아쓰기 시작해요. 1번. 애기구덕."

아이가 불러준 첫 번째 문제에서 나는 아이의 의도를 짐작한다. 내가 많이 피곤해 하는 것 같고, 또 아들의 전화를 받고 심사가 불편할 것이라 눈치 빠르게 파악한 모양이다. 그래서 나름 문제의 방향을 바꾼 것임에 틀림없다. 오늘은 나에게 가장 친근한 단어를 선택함으로서 내 마음을 다독여주려는 것이다.

애기구덕은 제주도에서만 사용하는 아기요람을 말한다. 내가 애기를 키울 때만 해도 아기를 낳고 몸조리할 여유도 없이 일터로 나갔다. 그래서 집안에서나 밖에서 아기를 눕혀 놓고 일할 수 있는 애기구덕은 젊은 해녀에게는 꼭 필요한 물건이었다. 보통 애를 낳은 지 삼일부터 아이가 세 살이 될 때까지 애기구덕에서 키운다. 방금 전화를 했던 아들도 애기구덕에서 자랐다. 그러나 지금은 관광객들에게 문화를 알려주려고 시범을 보이기 위해 일부러 시연을 하고 있는 관광지 말고는 애기구덕을 짊어진 여성은 보기 어렵다.

가까스로 애기구덕을 받아쓴다. 내가 쓴 답을 힐끔 훔쳐본 아이의 얼굴에 미소가 번진다. 어려운 문제일 거라고 생각했는데 맞추는 것이 무척 신기한 모양이다.

환한 표정으로 아이가 묻는다.

"할망, 애기구덕은 무엇으로 어떻게 만드는지 알아요?"

비록 지금까지 애기구덕을 글자로 쓰지는 못했지만, 애기구덕이 어떻게 만들어져 어떻게 사용되는지 누구보다 잘 알고 있다. 애기구덕은 대를 쪼개어 엮어 만든다. 높이는 50~60㎝, 폭은 30~40㎝, 높이는 1m정도다. 구덕 내부 중간쯤에는 억새의 속껍질인 미를 꼬아서 만든 끈으로 그물처럼 엮어 '중방'을 만든다. 그곳이 아기가 누울 자리다. 그렇게 하는 까닭은 바람이 잘 통하기도 하고, 애기가 오줌을 싸면 저절로 아래로 흘러내려 축축함이 오래 남지 않기 때문이다.

아버지의 손재주는 뛰어났다. 필요한 물건이 있으면 언제나 손수 뚝딱 만들어내곤 했다. 애기구덕뿐만 아니라 물허벅이며 죽허벅, 씨허벅도 만들어 썼다. 언젠가는 조금 색다른 허벅을 만들고 있기에 그건 무엇을 담는 것이냐고 물은 적이 있었다.

아버지는 씩 웃으며 대답했다.

이건 말여. 오줌을 담아서 나르는 오줌허벅이여.

그 말에 나는 마치 지린내를 막듯 코를 싸매고 그 자리를 도망쳤다.

아이가 다시 묻는다.

"할망, 애기구덕은 어떻게 사용해요?"

"사용 방법은 여러 가지란다. 음……, 그러니까 아기를 재울 때도 사용하고, 옆 바닥에 내려놓고 일을 하고, 이동할 때는 아기를 구덕에 눕히고 등에 짊어지고 다녔지. 특히 일을 하면서 칭얼거리는 아이를 재울 때 아주 요긴하게 사용했지."

"어떻게 하는데요?"

"일을 하면서도 한쪽 발로 구덕을 흔들면서 자장가를 불러주면 칭얼대던 애기가 금방 잠이 들곤 했지."

"할망, 그때 부르던 자장가를 지금도 기억해요?"

"그럼, 아들 키울 때 줄곧 불러주었으니께……."

"한번 들려주세요. 네?"

꼭 듣고 싶다는 간절한 표정으로 아이가 조른다. 나는 못 이기는 척 음을 잡는다.

자랑 자랑 왕이 자랑 / 저레 가는 검둥 개야 / 이레 오는 검둥 개야 / 우리 애기 재와 도라 / 느네 애기 재와 주마 / 아니 아니 재와 주민 / 질긴 질긴 총배로 / 손모가리 발모가리 / 걸려 매곡 걸려 매영 / 짚은 짚은 천지소에 / 뺄날 날은 드리치곡 / 비온 날은 내치키여

아이는 가락에 맞추어 고개를 까닥이며 박자를 맞춘다. 그러더니 노래가 끝나고도 아이는 고개를 들지 않는다. 아이

의 기색을 살피며 왜 그러냐고 묻는다. 고개를 든 아이의 눈에 눈물이 그렁그렁 맺혀 있다.

"무슨 일이여?"

"할망. 우리 어멍 죽으면 어떡해요?"

죽음이라는 아이의 말에 나는 부르르 떤다. 지금 저 아이의 나이에 내가 바라본 죽음은 기억에서 지워버리고 싶은 장면이었다. 처절한 신음으로 뒤덮인 그곳은 한마디로 지옥이었다.

감히 상상할 수도 없는 살상은 참으로 순식간에 벌어졌다. 그런 순간을 찰나라고 했던가.

산에서 내려온 주민들과 본래 해변에 살고 있던 주민들의 갈등은 오래 계속되었다. 서로 양보하지 않으려고 끊임없이 싸웠다. 그러던 어느 날 총을 든 군인들이 마을 곳곳을 들쑤시고 다니며 주민들을 학교로 모이라고 종용했다. 그곳은 산에서 내려온 사람들의 임시거처로 사용되고 있었다. 아버지가 나서서 왜 모이라고 하는 것이냐고 따지자 군인은 이렇게 딱딱거렸다.

이 동네에 빨갱이들의 앞잡이 노릇을 한 첩자들이 있다는 정보가 들어왔다. 그래서 우리는 빨갱이들을 도운 사람을 색출하려 한다. 만약 오지 않고 집에 숨어있거나 다른 곳으로 도망가는 사람은 모두 빨갱이에게 부역한 자로 여겨 즉시 처형할 것이다. 그러니 죄가 없는 사람들은 걱정하지 말고 세시까지 학교강당으로 모인다. 알겠나?

주민들은 곧바로 처형한다는 말이 두려워 쭈뼛거리면서도 하나 둘 학교로 모이기 시작했다. 정각 세 시가 되자 많은 주민들이 강당에 모였다. 모인 사람들은 친한 얼굴을 찾아 서로 안부를 물으며 자리를 잡고 앉았다. 그때까지만 해도 군인은 한 명도 보이지 않았다. 아버지, 어머니, 오빠, 그리고 나도 한쪽 구석에 자리를 잡았다. 아버지는 내 손을, 어머니는 오빠 손을 꼭 잡고 있었다.

바로 그때, 멀리서 총소리가 들렸다. 소리는 한 번이 아니라 계속해서 들려왔다. 모인 사람들은 웅성거렸다. 말을 듣지 않고 집에 숨어있다 들킨 사람을 찾아내 정말로 사살하는 모양이었다. 여기저기서 이곳에 온 것이 다행이라는 안도의 한숨이 들렸다.

아버지가 양손으로 내 귀를 막았다. 두려움을 없애주려는 의도였다. 한동안 계속되던 총소리가 그쳤는지 아버지가 내 귀를 막고 있던 손을 뗐다. 수많은 사람들이 모인 강당 안은 이상하게도 숨소리조차 들리지 않았다. 주위를 살펴보니 산에서 내려온 사람들이나 마을에 살던 사람들이나 모두 얼이 빠진 모습이었다.

"애야, 걱정마라. 네 어멍은 쉽게 죽지 않을 테니."

무슨 근거로 그런 말이 나왔는지 나도 알 수 없었다. 다만 모정은 긴박한 순간에 커다란 힘이 발휘된다는 사실을 알기 때문이었으리라.

내 말에 힘을 얻었는지 아이가 두 번째 문제를 낸다.

"2번, 해신당."

나는 씩 웃으며 받아쓴다. 칠십 년을 드나들며 소원을 빌었던 곳이기에 머리에 각인된 글자였다. 이 해신당은 해변이나 섬의 어촌에서 어업을 하는 종사자들을 수호하는 신을 모시는 사당을 말한다. 따라서 해녀의 집안에서는 이 신을 숭배하며 해상의 안전과 풍어를 지극정성으로 빈다. 해신당에서 초하루와 보름에 제를 지낸다. 해녀들은 보통 이곳에서 잠수굿과 용왕굿을 치른다.

잠수굿은 매년 음력 3월 8일 잠수들이 주체가 되어 치르는 굿이다. 바다를 생업으로 삼은 해녀들이 자신들의 영토를 관장하고 바다를 지키는 용왕에게 풍어를 기원하며 지내는 의례다. 이 잠수굿의 역사는 고려시대부터 전승되어왔다고 선배해녀들에게서 들었다. 또한 용왕굿 역시 용왕신을 모시는 굿거리다. 마을의 안녕과 풍어를 비는 굿으로 바다에서 일어날 수 있는 온갖 위험한 액을 막고 복을 구하기 위하여 행한다. 그러나 잠수굿과 달리 용왕굿은 굿당에서 하지 않고 바닷가나 선창에 나와서 한다는 점이 다르다.

아이가 천진스런 표정으로 내게 묻는다.

"할망, 용왕님을 본 적 있어요?"

"직접 보지는 못했지만 있다는 것은 알지."

"보지 않았는데 어떻게 믿어요?"

"애야, 잠녀가 용왕님을 의심하는 말을 하면 큰 탈이 나기 마련이란다. 그건……. 부정을 부르는 소리인 게야. 절대로 용왕님의 심기를 건드리면 안 되여. 알았쟈?"

내가 강하게 설명했음에도 불구하고 아이는 수긍하는 것 같지 않다. 하기야 저 나이 때 나도 그랬으니까 해녀로 살아가면서 스스로 체험하여 터득하게 될 테니까 그냥 미뤄두자고 생각한다.

아이가 다시 받아쓰기 문제를 부른다. 3번, 까꾸리. 학교에서는 배우지 않았을 낱말인데 아이는 벌써 해녀들이 사용하는 기구까지 다 꿰고 있는 모양이다. 기특하다는 생각이 들어 얼굴에 미소가 어린다. 3번이란 숫자 옆에 까꾸리를 쓴 다음 내가 묻는다.

"어디에 쓰는 것인가는 알고 문제를 낸 거여?"

숨비의 환생 49

아이는 자신 있다는 표정으로 대답한다.

"그럼요. 오분자기, 성게, 문어 등을 채취할 때 쓰는 기구 잖아요?"

아마도 아이는 그 연장을 사용할 수 있는 날이 빨리 오기를 마음속으로 기도하고 있는 모양이다. 내 어릴 때처럼.

4번부터는 사족을 달지 않고 연달아 부른다.

4번 고무옷. 5번 호맹이, 6번 수애기. 7번 쌍눈. 8번 까부리.

거기까지 다 쓴 것을 확인한 아이가 묻는다.

"할망도 예전에는 까부리를 쓰고 잠수했어요?"

"그럼. 고무모자가 나오기 전에는 누구나 썼던 물모자였으니 당연하지."

고무 옷이 나오기 전에 해녀들이 입었던 옷을 아이는 그림으로만 보았을 테니 궁금해 하는 것은 당연하다. 아이의 궁금증을 풀어주기 위해 나는 농 속 깊은 곳에 곱게 싸 넣어 두었던 보퉁이 하나를 꺼낸다. 바라보는 아이의 눈동자가 반짝인다.

보자기의 매듭을 풀고 있는 손길을 따라 바라보던 아이의 눈이 휘둥그레진다.

"이건?……"

"이게 무엇에 쓰는 것인지, 이름이 무엇인지 알겠냐?"

나는 펼쳐진 보퉁이에서 나온 물건을 하나하나 들어가며 설명한다.

"이건 '소중기'라고 혀. 소중의 또는 속곳이라고도 하는데, 이름대로 물질할 때 속옷으로 입었던 거여. 그리고 이 옷은 '물적삼'이라고 허지. 흰색 무명으로 만든 저고리인데 주로 추위를 막거나 바다의 해충으로부터 몸을 보호하는 역할을 한단다. 그리고 또 하나, 이 옷은 '물체'라 부르지. 방한용 누비옷으로 물질한 후 추위를 막으려고 물적삼 위에 껴입는 용도로 쓰이는 옷이제."

"할망? 그런데 옷이 왜 이렇게 작아요?"

"이건 내가 처음 물질을 시작할 때 어머니가 손수 만들어 준 옷이니 작을 수밖에."

"이걸 왜 지금까지 보관하고 있어요?"

"어머니가 내게 남겨준 유일한 물건이니까 버릴 수가 없었어야."

"아하~, 바로 추억의 물건이란 말이죠?"

아이의 말대로 그것은 어머니가 내게 남겨준 추억이 담긴 유일한 옷이었다. 그 옷을 입고 처음으로 물속에 들어갔을 때 몸을 감싸던 그 따뜻함, 그리고 몸에 퍼지는 편안함을 평생 잊지 않고 살아왔다. 부모님이 그렇게 황망하게 돌아가시지만 않았더라면 더 많은 추억이 남아있을 것이고, 그러면 이 옷을 귀중하게 간직하지 않았을지도 모른다. 소중기, 물 적삼, 그리고 물체를 작은 손으로 한참을 만지작거리던 아이 가 뜬금없이 내게 청한다.

"할망, 이 옷 저 주시면 안 돼요?"

"입을 수도 없는 옷을 뭐하게 달래는 거여? 이제는 이런 옷을 입고 물질하는 해녀는 하나도 없는데."

"저도 알아요. 그런데 이 옷을 입으면 물질을 쉽게 배울 수 있을 것 같아요. 짱~할망처럼요."

아이가 그 옷을 입고 물질을 해보겠다는 마음이 참으로 기특하다. 내가 죽으면 버려질 옷인데 아이에게 또 다른 추억의 옷이 된다면 나쁠 것도 없다고 생각한다. 그래서 나는 고개를 끄덕인다. 그렇게 선뜻 내 줄 거라고 생각하지 않았던지 아이는 탄성을 지르며 좋아한다. 장롱에서 나올 때처럼 차곡차곡 개어 보자기에 싸서 곁에 놓는다. 그리고 집으로 돌아갈 마음이 바쁜지 아이는 나머지 받아쓰기 문제를 부른다.

9번 바다밭. 마지막 10번 해녀노래.

아이가 받아쓰기 공책을 가져가더니 동그라미를 친다. 다른 때와 달리 이번 시험은 자신이 있다. 그런데 신나게 동그

라미를 치던 아이가 주춤 손을 멈춘다.

"왜에~. 또 틀렸어?"

아이가 고개를 끄덕이며 공책을 건네준다. 두 개나 틀렸다. 역시 어와 아 그리고 받침이 문제였다. 5번 호맹이와 9번 바다밭에서 걸렸다. 그래도 오늘은 잘했다고 아이가 엄지를 척 들어올린다.

보퉁이를 들고 아이가 제 집으로 간다. 아이의 엄마가 그 보자기 속의 물건을 보고 어찌 생각할지 궁금하다. 똘똘한 아이니 제대로 대답할 터이지만, 낡고 색도 우중충하게 변한 물건을 고맙게 생각할 리가 없을 것 같다. 괜히 들려 보낸 것 같아 자꾸 마음이 쓰인다.

내가 물질을 한다고 했을 때 어머니는 몇날 며칠 잠을 줄여가며 준비한 옷이다. 만드는 과정을 곁에서 지켜보며 자꾸 귀찮게 물었던 기억이 또렷하다. 소중기의 옆구리를 터서 단추를 다는 모습이 이상해서 물었다.

엄마! 옆은 왜 터?

손을 재개 놀리면서 어머니는 대답한다.

옆트임을 해야만 입기도 편하고 품도 자유롭게 조절할 수 있지. 살이 빠져도 입을 수 있고, 살이 조금 쪄도 입기가 편하니까.

아하! 그렇겠네.

또 물적삼을 만드는데 소매와 도련에 고무줄을 넣는 것이 이상하여 그 까닭도 묻는다. 어머니는 귀찮아하지 않고 설명해준다.

고무줄이나 끈을 넣어 조여야만 자맥질 할 때에 물이 몸 속으로 들어가는 것을 막을 수 있단다.

지금이야 모두 몸에 착 달라붙는 고무 옷을 착용하기 때문에 그런 신경을 쓸 필요가 없지만, 옛날에 입던 물질 옷은 하나하나에 옛 어른들의 지혜가 곳곳에 스며있었다.

입는 방법도 두 가지가 있다면서 어머니는 물질 옷을 직접 입혀주며 설명해주었다.

이렇게 물적삼을 소중의 안에 입는 방법이 있고, 또 반대로 소중의 밖에 물적삼을 입는 방법이 있지.

말한 다음 어머니는 내게 설명했던 대로 옷을 번갈아 입혀주었다. 그리고 내 몸을 돌려가며 살피던 어머니는 감탄하듯 말했다.

넌 어떤 방법으로 입어도 참 예쁘구나!

***

눈을 떴을 때 아직 숨이 붙어있는 자신이 믿기지 않았다.

색색-. 사방에서 날아오는 총알에 이제 죽었구나 생각하며 나는 두 눈을 꼭 감았다. 아버지와 어머니는 정신이 나간 나와 오빠를 이미 쓰러진 사람들 사이로 밀어 넣었다. 눈 깜짝할 사이였다. 그러고는 어머니와 아버지의 몸이 나와 오빠 위로 쓰러지는 것까지는 기억이 났다. 그러나 이내 정신을 잃었다. 내가 죽지 않고 숨이 붙어있음을 안 것은 꽤 오랜 시간이 흐른 후였다. 그것은 지금 생각하면 참으로 기적 같은 일이었다.

산간지대에서 내려온 사람들과 본래 해안가에서 살던 주민들은 서로 멀찍이 떨어져 앉아있었다. 서로 간에 불신이 팽배해 있었던지라 말을 섞지도 않았다. 심심했던 나는 강당에 있는 사람들을 헤아려보았다. 일일이 세어보지는 않았지만 대강 눈짐작으로 보아도 백여 명은 족히 되는 것 같았다. 대체 이곳에는 왜 모이라고 한 것일까?

궁금한 나머지 내 손을 꼭 쥐고 있는 아버지를 향해 물었다. 아버지, 왜 사람들을 모이라 했을까요?

아버지가 대답했다.

글쎄다. 뭐 할 말이 있으니 모이라 했겠지. 별 일은 아닐 테니 걱정하지 마라.

내가 낮은 소리로 다시 물었다.

혹시 이곳에 모인 사람들 중에 빨갱이를 가려내려는 것이 아닐까요?

아버지는 검지를 펴서 입술에 대며 내게 주의를 주었다.

쉿! 말조심해! 그런 말 함부로 하다간 목숨 부지하기 힘들다. 알겠냐?

사람들이 모여 있던 강당에 군인들이 나타난 것은 마을 쪽에서 들렸던 총소리가 멎고 한참이 지난 후였다. 군인들은 우리를 강당 가운데로 모이게 했다. 그런 다음 순식간에 포위하듯 빙 둘러서서 우리를 향해 총부리를 겨누었다. 군인의 수는 삼십 명이 넘었다.

그중 우두머리로 보이는 장교가 큰소리로 소리쳤다.

자! 지금부터 명령에 따라 움직인다. 정직하게 행동한 자만 살 수 있을 것이다. 만약 거짓이 탄로 나면 즉시 총살할 것이니 허투루 행동하지 않길 바란다. 너희들 중에 무장대에 협조한 사람은 앞으로 나와라. 신고한 자가 있어 이미 파악하고 나온 것이니 속일 생각은 하지 마라. 살고 싶으면 협조자를 신고해라. 지금 신고한 자는 용서한다. 자! 지금부터 셋을 세겠다. 너희들은 자수하든 신고하든 둘 중 하나를 결정해야 한다. 하나, 둘……

아직 셋을 세기도 전인데 산에서 내려온 사람 하나가 손을 번쩍 들고 소리친다.

잠깐만요. 지가 하나 묻겠는데요? 무장대에 협조한 사람을 신고하면 참말로 살려주는 거라요?

그렇다! 이 중에 그런 자가 누구인지 똑바로 지적하면 된다.

그자는 우리 마을 사람들이 모여 있는 쪽으로 시선을 돌리더니 그중 한 사람을 지목한다. 바로 산사람들에게 동네를 떠나 달라 강권했던 주민대표다. 지명된 주민대표는 얼굴이 노랗게 변한다. 두려움 속에서도 대표는 마을사람들의 결백을 주장하고 나선다.

저어, 대장님. 본래 이 마을에서 순박하게 살던 우리들이 그럴 리가 있겠습니까? 저 자들이 자신들의 죄를 덮으려고 지금 우리를 중상모략하고 있습니다. 저들이 산에 있을 때 무슨 일을 했는지 알 수 없지 않습니까? 마을에서도 쉬쉬하면서 말들이 많았습니다. 저 사람들 속에 빨갱이와 내통하는 자가 있을 거라고 말입니다.

장교는 두 사람을 앞으로 나오라 했다. 모인 사람들은 두려운 표정으로 그 광경을 숨죽여 지켜보고 있었다. 팽팽한 긴장감으로 실내는 바짝 얼어붙었다. 그때 탕탕, 울리는 두 발의 총소리에 사람들은 자신도 모르게 바닥에 납작 엎드렸다. 그것이 신호였는지 포위하고 있던 군인들이 모여 있는 사람들을 향해 총을 쏘아대기 시작했다. 여기저기서 터져 나오는 비명 소리, 시체 위로 쌓이는 시체들. 아직 숨이 끊어지지 않은 사람들이 내뱉는 울부짖음. 바로 아비규환이 따로 없었다.

내가 눈을 뜨고 바라본 광경은 처참했다. 그때 내 몸 위에 쓰러진 아버지가 내 귀에 대고 신음소리가 섞인 작은 목소리로 힘겹게 말했다.

아가. 눈을 꼭 감고 움직이지 마라. 저 사람들이 모두 갈 때까지 죽은 듯이 있어라. 어둠이 내리면 이곳을 빠져나가야 된다. 지금은 절대로 눈을 떠서는 안 된다.

아버지의 머리에서 흐르는 피가 내 이마를 타고 얼굴로 흘러내렸다. 피투성이가 된 내 얼굴을 확인한 군인은 내 옆을 그대로 지나쳤다. 그곳에 쓰러진 사람들을 하나하나 확인하며 숨을 쉬고 있는 사람들에게 다시 총을 쏘는 것을 보면, 하나도 남김없이 모조리 사살하라는 윗선의 명령이 있었던 것이라 짐작이 되었다.

움직이지 말고 그대로 있으라고 속삭이던 아버지는 얼마 있지 않아 숨을 거뒀다. 내 몸을 내리누르는 아버지 몸의 무게가 점점 무거워지는 것으로 보아 알 수 있었다. 군인들이 떠나고 어둠이 강당을 덮었을 때 아버지의 몸을 옆으로 밀치고 빠져나왔다. 비록 어둠속이었지만 널브러진 시체들이 발목이라도 끌어당기는 것만 같아 무서웠다. 오빠를 꼭 껴안은 채 숨을 거둔 어머니의 모습이 눈에 들어왔다. 더 이상 보고 있을 수가 없었다. 거의 기다시피 하여 학교를 빠져나왔다. 어디로 가야 할지 생각이 나지 않았다. 생각 없이 한참을 걷고 있는데 발길은 저절로 집으로 향하고 있었다. 마을에 다다랐을 때 마을 쪽에서 큰 불길이 솟는 것이 보였다.

천행으로 살아남은 내가 그 사건 내막을 상세하게 알게 된 것은 결혼한 즈음이었다. 그 전까지는 그 사건에 대해 입도 벙긋하지 않았다. 아니, 할 수가 없었다. 자칫하면 빨갱이로 몰려 어느 손에 죽을지 알 수 없는 살벌한 시기였다. 그 엄청난 사건을 겪은 후 나는 아무도 믿지 않았다. 고슴도치처럼 꽁꽁 움츠린 채 살았다. 그래도 일찍 물질을 배운 터라 밥벌이는 할 수 있었다.

다행히 사건이 마무리된 다음에는 상군해녀들을 따라다니며 물질을 했다. 그중 나를 유난히 귀여워해 주던 해녀가 있었다. 바로 순덕이 엄마였다. 자신의 딸과 같은 나이에 혈혈단신이 된 내가 무척 안쓰러웠던 모양이었다. 자신의 딸인 순덕이와 친하게 어울려 다니는 모습을 좋게 보았고, 물질 솜씨가 뛰어난 나를 곁에 두고 싶었던지 자신의 집으로 들어오라고 했다. 의지할 데가 없던 나는 순덕이네 집에 들어가 결혼하기 전까지 같이 살았다.

학교에서 돌아오던 아이가 제집보다 먼저 나를 찾는다. 내가 벌써 물질을 떠났는지 궁금했던 모양이다. 하긴 아이만 아니었더라면 두 시간 전에 이미 물질을 나갔을 것이다. 어느새 아이의 시간에 맞춰 내가 움직이고 있었으니 별일이었다.

"짱~할망. 얼른 집에 가서 물질할 준비를 하고 올게요."

고개를 끄덕이자, 아이는 제집으로 뛰어간다. 뛰어가는 아이의 뒷모습을 바라보는데, 아이의 엄마가 했던 말이 떠오른다. 내가 죽으면 우리 딸, 저 불쌍한 것 부탁해도 될까요? 어린 나를 두고 죽어가던 내 부모도 필시 똑같은 심정이었을 것이다. 그런 생각이 들자 아이엄마에게 내가 잘 키울 터이니 걱정 말라고 선뜻 대답해 주지 않은 것이 못내 후회가 되었다.

오늘 싱싱하고 큼직한 전복을 수확하면 그것으로 죽을 끓여 아이의 엄마에게 가져다주리라. 그리고 손녀처럼 거둘 것이니 걱정하지 말고 몸조리나 잘하라고 말해줄 것이야!

그런 생각을 하면서 한참을 기다려도 아이가 오지 않는다. 나는 아이의 집으로 발길을 옮긴다. 마당으로 들어섰는데도 아무 소리가 들리지 않는다. 불길한 생각이 앞선다. 부리나케 아이의 엄마가 있는 방으로 뛰어든다. 의식을 잃은 엄마를 흔들며 아이가 소리도 내지 않고 울고 있다.

"뭔 일이여?"

뻔히 보고 있으면서 나는 묻는다. 아이는 흘러내리는 눈물을 닦지 못하고 내 품으로 뛰어든다. 아이를 품에 꼭 안으며 내가 말한다.

"울지 마라. 병원에 가면 괜찮을 것이여."

부리나케 전화번호를 누른다.

오래지 않아 구급차가 당도한다. 아이와 함께 병원으로 가면서도 불길한 예감에 시달린다. 사람은 누구나 자신의 죽음을 예상한다는데 아무래도 그래서 그런 말을 남긴 것이나 아닌지 그런 생각이 들어서다. 눈을 뜨지 못하는 제 어미를 보고 아이는 반쯤 넋이 나가 있는 모양새다. 아이부터 다독여야 할 것 같다.

"괜찮어. 사람의 목숨은 그리 쉽게 끊어지지 않어. 더군다나 너처럼 귀엽고 총명한 자식을 두고 네 어멍이 어떻게 홀

쩍 떠나겠냐? 마음으로 간절하게 빌면서 우리 기다려 보는
거여. 알겠쟈?"

아이가 고개를 끄덕인다. 의사들이 바쁘게 움직인다. 코,
입, 팔에 이름도 알 수 없는 기계를 장치한다. 몇 개의 주사
액이 팔을 타고 아이엄마의 몸으로 들어간다.

의사가 차트를 넘기며 아이와 내게 말한다.

"검사해 봐야 알겠지만, 쇼크 같습니다. 오늘 밤을 잘 넘겨
야 하는데……. 경과를 지켜봅시다."

중환자실에는 보호자가 있을 수 없다는 간호사의 말에 아
이와 나는 병실 밖으로 쫓기듯 나온다. 중환자실에 딸린 대
기실은 넓고, 대기하는 환자 보호자들로 시끌벅적하다. 아
이와 나는 비어 있는 의자를 찾아 앉는다. 초조하게 시간을
보내야 하는 보호자를 위한 시설로 커다란 텔레비전이 벽에
걸려 있다. 그렇게 큰 화면은 처음 본다. 누가 틀어놓았는지
알 수 없었지만, 화면은 뉴스특보를 쏟아내고 있다. 무심코
눈을 두고 있다가 세월호라는 말에 깜짝 놀라 나는 화면을
주시한다.

오늘이 바로 세월호 참사가 일어난 지 천 일이 되는 날이
라고 출연자가 말한다. 천 일! 나는 부르르 몸을 떤다. 손녀
가 수장된 지 어느새 천 일이 지났단 말인가. 참으로 무심한

것이 세월이라 하더니. 그 참사에 대해 제발 잊지 말아달라고 읍소하던 유가족이 카메라 앞에서 울분을 토한다.

"우리의 시계는 그날에 멈추어 있습니다. 천 일이 지난 지금도 달라진 것이 하나도 없습니다. 우리의 요구는 세월호 참사 진상규명 특별법 시행령안 폐기와 조속한 세월호 인양입니다. 아이들이 왜 죽어야 했는지 밝혀달라는 것인데 그것이 그렇게 어려운 일입니까?"

말을 마친 유가족 아빠는 눈물을 감추기 위해 고개를 숙인다. 그 영상에 아들이 겹쳐진다. 아들은 지금 진도군 동거차도에서 새해를 맞이했을 것이다. 그곳에서 오래전부터 세월호 유가족과 실종자 가족이 텐트를 쳐놓고 지낸다고 전해 들었다. 이 추위 속에 왜 그런 고생을 자초하고 있느냐고, 그만 내려오라고 나는 아들에게 말하지 못한다. 물속에서 나오지 못하고 있는 손녀는 얼마나 춥고 무섭겠는가 하는 생각이 들어 목을 넘어오는 말을 삼키고 만다. 다시는 그런 억울한 죽음이 있어서는 안 되기 때문에, 진실은 밝혀져야 하기 때문에.

아이가 느닷없이 내게 묻는다.

"할망은 부모가 돌아가셨을 때 마음이 어땠어요?"

대답할 수 없다. 칠십 년 전의 일이니 그때의 슬펐던 감정은 기억 속에서 사라지고 거의 남아있지는 않았다. 그보다는 예기치 못한 사고를 당한 남편의 죽음이 더 안타까웠고, 이제 손녀의 실종이 더욱 마음을 아리게 한다. 나는 묻고 있는 아이에게 너도 세월이 지나면 점차 잊게 될 것이라고 대답해주고 싶다. 그러나 그런 말이 위로가 될 리가 없음을 잘 알기 때문에 대답하지 않는다. 지금은, 스스로 헤쳐 나가길 바랄 따름이다.

최순실이 국정을 농단했다는 뉴스쪽지가 뜬다.

화면을 응시하던 아이가 지나가는 말처럼 중얼거린다.

"권력 서열 1위가 최순실이라고 소문이 정말인가보네!"

깜짝 놀라 그런 말을 어디서 들었느냐고 캐묻는다.

"학교에 가면 친구들이 모두 말해요. 인터넷에 자세하게 올라와있거든요."

어린애들은 저런 데 관심을 두어서는 안 된다고 내가 말린다. 그러나 아이는 자신의 의견을 똑똑하게 말한다.

"할망! 저도 헌법 1조를 욀 수 있어요. 대한민국은 민주공화국이다. 대한민국의 주권은 국민에게 있고, 모든 권력은 국민으로부터 나온다. 그런데 국민이 뽑지 않은 사람이 그 권력을 지 마음대로 주물럭거렸다니 그게 말이 돼요? 어린 우리도 그래선 안 된다는 걸 잘 아는데, 그렇게 하도록 눈감아 준 대통령은 허수아비가 아닌가요?"

내가 저 아이의 나이 때 나라의 대통령은 이승만이었다. 남한 단독 정부를 수립한 이승만 정부는 제주도에서 벌어진 사건을 정권에 대한 도전으로 인식했다. 그리하여 제주도경비사령부를 설치하고 병력을 증파하였으며, 계엄령을 선포하였다. 남로당과 무관한 사람들이 무고하게 죽임을 당했다. 내 주위만 둘러봐도 아버지, 어머니, 오빠가 죄도 없이 죽었고, 마을사람들이 한꺼번에 떼죽음을 당했다. 그리했는데도 나라에서는 피해자에 대해 어떠한 사죄의 말도 하지 않았고 해결하려는 의지도 없었다. 도리어 그 사건을 입에 올리는 사람들을 모조리 좌익으로 몰아 처벌하기에 바빴다.

그래서 시중에서는 이런 말이 공공연하게 떠돌았다.

좌익도 우익도 자기 마음에 안 들면 마구잡이로 죽여 버리는, 완전히 미쳐버린 세상이야!

그런 와중에 서북청년단 등 우익단체 회원들은 국가유공자가 되었다. 그들은 보훈대상자가 되어 국가로부터 돈을 받으며 떵떵거리며 살았다. 더군다나 모든 사건이 종결된 다음 그들은 한 자리씩 꿰차고 권력을 휘둘렀으니 참으로 기가 막힐 노릇이었다.

곁에 있던 아이를 바라보니 앉은 채 꾸벅꾸벅 졸고 있다.

제 딴에 엄마에 대한 걱정으로 신경을 쓰느라 많이 피곤한 모양이다. 편하게 해줄 요량으로 아이의 머리를 내 무릎에 올려놓는다. 그러자 아이가 눈을 뜨며 나를 바라본다.

"할망! 자장가 불러주세요."

나는 다른 사람에게 피해가 가지 않을 정도로 작은 목소리로 자장가를 불러준다.

자랑 자랑 왕이 자랑 / 저레 가는 검둥 개야 / 이레 오는 검둥개야 / 우리 애기 재와 도라 / 느네 애기 재와 주마 / 아니 아니 재와 주민 / 질긴 질긴 총배로……

쌕쌕대는 아이의 숨소리로 보아 잠이 깊이 든 모양이다. 나는 노래를 멈춘다.

아이엄마의 상태가 어찌되었는지 몹시 궁금하다. 그러나 중환자실에서는 아무런 말도 전해주지 않는다. 이대로 아이 엄마가 죽으면 어떡하나. 가슴이 덜컥 내려앉는다. 그렇지만 어디에도 연락할 곳이 없다. 아이는 친척이 없다고 했고, 내가 연락할 곳이라고는 아들네뿐인데 지금 상황이 연락할 처지가 아니다.

화면에 익숙한 얼굴이 뜬다. 뜬금없이 나타나 국민들이

밝히라는 의혹에 대해 열심히 아니라고 부정하고 있다. 화면에 비치는 얼굴이 대통령 후보시절 이곳 사람들은 그녀를 향해 칭찬일색이었다. 누구보다 정직한 사람이라고 믿었고, 소신이 한결같아 대통령이 되면 절대 욕심을 부리지 않을 거라고 확신했다. 그래서 이 고장에서도 지지하는 표가 무척 많이 나왔다.

그런데 임기가 끝나기도 전에 날마다 의혹은 커지고 있다. 자신은 절대로 그런 일을 하지 않았다고 열심히 변명을 늘어놓는 지도자를 보며 대부분의 시청자는 소태를 씹는 표정들이다. 권력을 잡기만 하면 어째서 하나같이 서민들의 마음을 이리 아프게 만드는가. 저들의 끈질긴 주장은 정말 진실인가. 저들은 도대체 무엇을 믿고 있기에 저처럼 당당한가.

지도자의 잘못을 파헤치려면 무척 오랜 시간이 걸린다는 것을 나는 익히 알고 있다. 내가 겪은 4·3 민간인 학살 사건은 반세기가 지난 후에야 겨우 민낯이 드러났다. 1998년 국민의 정부 시절 지도자는 오랫동안 묻혀있던 사건을 끄집어냈다. 그는 '제주 4·3은 공산폭동이지만 억울하게 죽은 사람들이 많으니 진실을 밝혀 누명을 벗겨줘야 한다.'고 지시했다. 그 결과로 2000년 1월 제주 4·3사건 진상규명 및 희생자 명예 회복을 위한 특별법이 제정되었다. 그리고 제주

4·3평화공원이 조성되어 2003년 4월 3일 기공식을 갖기도 했다.

묻혀버린 사건이 50년을 훌쩍 넘기고서야 겨우 실체가 벗겨진 것이다. 그런데 오늘날 벌어진 국정농단의 진실이 이대로 묻혀버린다면 또 얼마나 기다려야 진실이 밝혀질지. 물론 70여 년 전 벌어졌던 4·3사건과 지금의 국정농단사건을 단순 비교할 수는 없을 것이다. 그러나 두 사건 모두 국민에 대한 국가의 폭력이라는 점은 명백한 사실이다.

진동으로 바꿔 놓은 휴대폰이 부르르 떤다. 주머니에서 꺼내어 확인해보니 아들이다. 반가운 마음에 부리나케 홀더를 젖히고 귀에 댄다.

"어머니! 저예요."

수화기 너머 아들의 목소리가 잘게 떨린다.

"왜? 무슨 일이 있는 거여?"

대답하는 내 목소리도 덩달아 떨린다. 전화벨이 울릴 때마다 가슴이 먼저 떨려오는 것이 이제 습관처럼 되어버렸다.

"별 일은 아니고 오늘이 침몰한지 천 일이 되는 날이어서……."

아들도 전화할 사람이 나밖에 없었던 모양이다. 억장이 무너진다. 수화기를 입에서 떼고 한숨을 크게 내쉰 다음 내가 씩씩한 음성으로 대답한다.

"어미도 알고 있다. 천 일이 아니라 앞으로 다시 천 일이
온다고 해도 실망하지 말고 기다리자. 아들! 항상 건강에 유
념하고……."

얼마나 외롭고 무서웠으면 이 깊은 밤에 전화를 했을까.

***

면회 시간이 되어 아이와 함께 중환자실로 들어간다.

아직도 깨어나지 못한 아이엄마의 코에 호흡기가 매달려있
다. 아이엄마처럼 스스로 숨을 제대로 못 쉬는 환자를 위해
만들어진 저 호흡기가 지금 아이엄마에게 가장 소중한 의료
서비스다. 죽음에서 벗어나게 해주는 참으로 고마운 기계다.

물질에서 호흡은 생명과 직결되어 있다. 그래서 해녀들이
가장 먼저 익히는 것이 오랫동안 숨을 참는 기술이었다. 물
속에서 얼마나 오래 숨을 참을 수 있는지의 여부가 뛰어난
해녀가 될지 못 될지 가늠하는 기준이 된다.

열 살에 물질을 시작하여 열여덟 살에 상군해녀가 되었
다. 상군해녀가 되자마자 출가물질을 떠났다. 처음으로 간

곳은 진해였다. 그곳에서 거의 두 달 동안 물질을 했다. 양어머니가 된 순덕이 엄마와 순덕이 그리고 나는 해녀 삼인방이 되어 남들보다 배 이상의 수확을 올렸고 수입도 짭짤했다. 주로 전복, 해삼, 소라 등을 잡았는데, 수확한 해산물은 외출 나온 군인들에게 인기가 대단했다. 며칠 후에 외출을 나올 테니 팔지 말고 꼭 남겨놓아 달라고 미리 예약하고 귀대하는 단골군인이 생겼을 정도였다. 군인들은 서너 명씩 우르르 몰려와 전복, 해삼 등을 안주 삼아 떠들썩하게 술을 마시곤 했다. 그런데 유별나게 혼자서 오는 군인 하나가 있었다. 그는 주말마다 어김없이 나타났는데 딱히 해산물이나 술을 좋아하는 것 같지 않았다. 미리 약조를 하지 않았기 때문에 그가 오기 전에 해산물이 동이 날 때가 많았다. 이제 팔 것이 없다고 말하면 자기를 위해 물질을 한 번 더 해주면 안 되느냐고 어렵게 부탁하곤 했다.

거절하기가 딱해서 나는 번번이 그를 위해 물 속에 들어갔다. 내가 채취해 온 전복과 해삼을 그는 맛있게 먹었다. 만남이 좀 익숙해졌을 때 왜 혼자서 오느냐고, 같이 올 친구는 없는 것이냐고 물었다. 그는 얼굴을 붉히며 이렇게 대답했다. 이 귀한 것을 누구와 나누어 먹겠느냐고. 그 말에 나는 괜스레 얼굴이 붉어졌다. 출가물질을 끝내고 두 달 만에 우리는 제주도로 돌아왔다. 그리고 그에 대한 생각도 자연스럽게 잊혀졌다.

담당의사의 회진시간이다. 아이엄마의 침대로 다가온 의사가 나와 아이를 건너다보며 묻는다.

"환자와 관계가 어떻게 되나요?"

아이가 빠르게 대답한다.

"우리 어멍이예요."

이번에는 의사가 나를 쳐다보며 묻는다.

"이 아이는 손녀인가요?"

"……"

대답을 하지 못하고 있는데, 의사가 질책하는 표정을 지으며 나를 향해 말한다.

"지금까지 왜 치료를 받지 않았지요?"

"치료할 수 없는 불치병이라 들어서……"

"어느 병원에서 누가 그러던가요?"

나는 더 이상 뭐라고 대답하지 못한다. 아이엄마에게서 병에 관해 자세하게 들은 적도 없고 떠도는 말만 믿고 그러려니 짐작했을 뿐이니 대답을 할 수 없다.

의사가 다시 추궁한다.

"가족 맞아요? 저렇게 될 때까지 왜 보고만 있었지요?"

"선생님! 그러면 아이엄마가 일찍 치료를 받았으면 나았을지도 모른다는 말씀인가요?"

"그건……. 그러니까 조금 일찍 서둘렀으면 가망이 전혀 없지는 않았을 터인데……. 어르신, 안타까운 일이지만 이제 어찌할 방법이 없습니다."

"그럼. 우리 어멍 죽어요?"

아이가 소리친다. 죽어요? 하는 아이의 외침이 귀에 메아리처럼 파문을 일으킨다.

"안 돼요. 선생님. 살려주세요. 살려주셔야 해요."

가만히 있으라 해서 가만히 있다 죽은 어린 학생들의 얼굴이 눈앞에 어지럽게 지나간다. 중환자실을 나가는 의사의 가운을 움켜잡고 내가 애원한다.

"제발 병명이라도 알려줘요. 아이 곁에 엄마가 좀 더 있게 해 줄 방법을 알려주세요. 부탁합니다."

의사는 나에게 따라오라고 말한다. 나는 아이에게 잠시만 엄마 곁에 있으라 하고 의사 뒤를 따른다. 진료실로 들어가자 의사는 내게 의자에 앉으라고 권한다. 나는 선생님의 지시를 받으러 온 학생처럼 의사의 입을 바라보며 기다린다.

의사가 입을 연다.

"정말 모르셨어요?"

"무슨 말씀인지?……"

"병세만 보아도 금방 알 수 있는데 전에 진료했던 병원에서 병명을 듣지 못했나요?"

"사실은 가족이 아니고 이웃에 사는 처지라서 사연을 정확히 몰라요."

"아! 그러시군요?"

"선생님! 아이엄마의 병명이 무엇인가요?"

"가슴통증과 호흡곤란으로 혼수상태가 된 것으로 보면 가습기살균제로 인한 질환이 틀림없는데, 왜 정부에서 해주는 치료에서 빠졌는지 아무래도 이해가 되질 않는군요."

의사에 설명에 나는 어안이 벙벙해진다. 가습기살균제 사건이라면 몇 년 전부터 세상을 떠들썩하게 만들었던 사건임은 알고 있다. 안방에서 일어난 세월호 사건이라는 제목이 가슴을 싸늘하게 하여 기억에 남았었다. 더군다나 대한민국에서 벌어진 21세기의 최악의 환경재해라며 시사 프로그램에서 여러 번 방송이 나와 대강 알고 있었다. 아이엄마가 그 살균제 피해자일지도 모른다는 의사의 말을 믿을 수가 없었다. 그렇다면 항상 같이 생활했을 아이는 왜 저리 멀쩡하단 말인가.

나는 의사에게 그런 의문점을 말한다. 그러자 의사가 대답한다.

"물론 이건 어디까지나 가정입니다만 집이 아닌 다른 곳에서 가습기살균제에 노출되었을지도 모르지요. 아무튼 환자의 의식이 돌아온다 해도 폐에 섬유화가 심하게 진행된 상태라 장담할 수는 없어요."

면회시간이 끝나 아이는 중환자실 앞 대기실에서 나를 기다리고 있었다. 오래 기다린 모양으로 불안한 표정이 역력하다. 하긴 저 나이에 엄마가 죽을지도 모른다는 말을 들었으니 어찌 평상심을 가질 수 있을 것인가.

내 앞으로 쪼르르 달려온 아이가 다급하게 묻는다.

"할망, 어멍이 언제 깨어난대요?"

"차분히 기다리고 있으면 곧 깨어날 거라고 하시더라. 지금은 네 어멍에겐 잠이 필요하대. 푹 자고나면 너부터 찾을 것이니 우리 식당에 가서 얼른 밥을 먹고 오자."

"의사 선생님께서 정말 어멍이 깨어난다고 말했어요?"

"그렇다니께! 그러니 어멍이 깨어나기 전에 빨리 밥부터 먹고 오는 게 좋겠쟈?"

아이가 따라나선다. 병원에 당도했을 때부터 지금까지 아무것도 먹지 않았으니 배가 많이 고플 터인데도 아이는 내색을 하지 않는다. 안내원이 알려준 대로 식당은 지하1층에 있었다. 때가 지나서인지 사람은 그리 많지 않았다. 표를 구입하여 안으로 드니 예상했던 식당 모습과는 많이 달랐다. 식탁과 의자가 즐비하게 놓여있었고, 들어서자마자 음식이 든 그릇이 줄지어 놓여있었다.

내가 어리벙벙한 표정으로 멈칫거리자 아이가 내손을 잡아끈다. 식판과 수저를 집어 나에게 주더니 앞장선다. 자기처럼 하라는 몸짓이다. 나는 뒤를 따르며 아이가 하는 대로 따라한다. 세 가지인 반찬을 식판에 담고 밥을 푼다. 밥을 보자 갑자기 식욕이 솟구친다. 나도 모르게 밥을 수북하게 퍼 담는다. 아이가 내 옆구리를 찌른다. 나는 밥을 푸던 손길을 멈춘다. 그리고 그릇에 담겨있는 국그릇을 집어 든다.

아이를 따라 한 쪽에 자리를 잡고 앉는다. 아이가 작은 목소리로 소곤댄다.

"할망! 그 밥을 다 먹을 수 있어요?"

그러고 보니 욕심 사납게도 퍼 담았다. 나는 아이를 향해 겸연쩍은 미소를 보낸다. 한동안 나와 아이는 말없이 밥을 입에 넣고 있다.

밥을 보았을 때에는 식욕이 일었었는데 막상 먹으려하니 입안이 깔깔하여 잘 넘어가지 않는다. 국에 밥을 말아서 가까스로 넘기고 있는데 아이가 고개를 들고 묻는다.

"병명이 뭐라고 해요?"

설명해 보았자 아이는 알아들을 수 없을 것이다. 나도 처음 방송에서 보았을 때에는 왜 저런 일이 일어났을까 도무지 이해가 되지 않았으니까. 하기야 살아오면서 그런 이해하지 못할 일이 어디 한두 가지였던가. 생각하면 어찌 견뎠는지 아득하기만 한 세월이었다.

처음 진해로 출가물질을 갔을 때 만났던 군인이 찾아온 것은 내가 스무 살 때였다. 2년이나 세월이 흘렀기 때문에 알아보지 못했다. 그는 만나고 싶은 마음 하나로 군대를 전역하자마자 바로 왔다며 내 손을 덥석 부여잡았다. 그 먼 길을 찾아온 사람인지라 매정하게 뿌리치지 못했다. 그런 차에 순덕어머니는 인상이 선하니 그만하면 남편감으로 괜찮겠다며 그에 대해 호감을 표했다. 순덕어머니나 순덕이가 잘 대해주었지만 사실 마음 한 구석이 항상 시렸다. 따뜻한 가정을 꾸려 알토란같은 자식도 두고 재미나게 살고 싶은 마음도 컸다.

마침 그동안 출가물질을 다녀 모은 돈이 제법 옹골찼다. 작지만 집도 한 채 샀고, 밭도 사놓았기에 슬며시 마음이 동했다. 그런 내 마음을 눈치 챈 순덕어머니는 혼인을 빠르게 진행시켰다. 선한 인상대로 남편과의 신접살림은 그리 나쁘지 않았다. 주로 내가 물질로 돈을 벌었고, 남편은 농사와 집안일을 도맡았다.

혼인한 다음해에 딸을 낳았다. 그런데 불행하게도 일주일 만에 가슴에 묻어야 했다. 파상풍이라 했던가. 산후에 몸의 부기도 빠지지 않은 몸으로 몇날 며칠 눈이 퉁퉁 붓도록 울었다. 남편이 그런 나를 달랬다.

우리는 아직 젊어. 기다리면 좋은 인연이 우리에게 또 찾아올 거야. 너무 슬퍼하지 마. 그러다 당신 몸 상할까 두려워.

남편의 위로에 나는 마음을 다잡고 다시 물질을 시작했다. 차츰 슬픔도 이겨냈다. 그러다가 다시 임신이 되었다. 이번에도 딸이었다. 그런데 무슨 조화속인지 두 번째 딸도 하늘나라로 보내야 했다. 보름 만에 급살을 당한 것이다. 이번에는 무슨 병인지 병명도 몰랐다. 두 번 씩이나 그런 일을 당하고 나니 눈물도 나지 않았다. 내 팔자에 자식복은 없는 것인가. 자포자기의 심정으로 우울증에 빠져있을 때 순덕이 어머니가 찾아와 이렇게 권했다.

아무래도 궂은 할망이 심술을 부리는 것 같으니 굿을 해야 될 것 같다.

궂은 할망은 아기를 아프게 하는 구삼승할망을 일컫는다. 그럴 때는 굿을 하여 곤할망인 삼승할망을 모셔다 구삼승

할망을 내쫓아야만 아이들이 무병장수한다는 무속 신앙을 그 당시 사람들은 굳게 믿었다. 결국 순덕이 어머니가 권하는 대로 불도맞이 굿을 했다.

스물세 살에 세 번째 임신이 되어 아들을 낳았다. 굿의 효험 덕분인지 다행히 아들은 건강하게 자랐다. 그 아들이 지금 동거차도에서 칼바람을 맞으며 실종된 딸이 돌아오기를 기다리고 있는 것이다.

배가 몹시 고팠는지 아이는 식판을 깨끗하게 비우고 나를 바라본다. 내 식판은 아직 밥이 많이 남아있다. 옛 생각에 젖어있느라 꾸물댔기 때문이다. 국은 이미 식어 더 이상 먹을 수가 없다. 아깝지만 식판에 남아있는 밥과 반찬을 찬반처리용 통에 붓는다. 그리고 아이와 함께 대기실로 돌아온다.

무슨 일인지 대기실에 사람들이 몰려있다. 나와 아이는 빠른 걸음으로 사람들 사이를 뚫고 다가갔다. 바닥에 주저앉은 아주머니가 후줄근한 가방 하나와 운동화 한 켤레를 가슴에 꼭 껴안고 흐느끼고 있다. 무슨 일이냐고 곁에 있는 사람에게 묻는다. 생면부지의 사람임에도 불구하고 친절하게 설명해준다.

"저 아주머니의 아들이 죽으려고 물속에 뛰어들었다하네

요. 자살을 시도한 것으로 보이는데 천행으로 목숨은 건졌답니다. 마침 그곳에서 물질을 하던 해녀가 발견하여 빠르게 건져냈기에 망정이지 그렇지 않았으면 아까운 목숨 하나 또 하늘나라로 갔지요. 뭐."

"어쩌다가 죽을 결심까지?……"

아무 생각 없이 묻다가 입을 다문다. 아무도 죽을 결심은 쉽게 하지 못한다. 저렇게 부모를 두고 죽으려고 결심했을 때에는 죽음 밖에 달리 해결방법이 없다고 느꼈을 터인데, 왜 죽으려 했느냐고 묻는 것은 우문이다. 아주머니의 나이로 보아 아들은 아직 꿈이 많을 젊은이 같은데 그래도 무슨 일이었는지 궁금하긴 하다. 모인 사람들도 호기심을 가득 담은 눈으로 지켜본다.

그때 연세가 있는 노신사가 달려와 울고 있는 아주머니 앞에 서서 호통을 친다.

"내가 뭐라고 하든? 그러니까 저러다 사람 구실 못할 것이라고 어미가 중심을 잡아야 한다고 그리 말을 했는데 듣지 않더니 도대체 이게 무슨 집안 망신이냐?"

그렇지 않아도 정신을 차리지 못하고 있는 사람을 향해 지청구를 늘어놓는 노신사가 마음에 들지 않았다. 우선 상처받은 마음부터 달래주는 것이 순서일 터인데 나무라고만 있으니 그건 아니라고 생각했다. 그래서 나서지 말아야 할 일에 나서고 말았다.

"아무리 그래도 우선 놀랜 마음을 달래주는 것이 순서가 아니오?"

나를 바라보는 노신사는 눈살을 찌푸렸다. 그러나 비슷한 나이인지라 대들지 못하고 혼자서 중얼거린다.

"미처 돌아가는 세상에서 살아남으려면 권력을 쥐어야 하는데. 순진해 빠져가지고 쯧쯧 ……. 어디서 저런 돌씨가 태어나 집안에 먹칠을 하고 다니는지……. 죽을 객기가 있으면 죽기 살기로 달려들어 자기 의견을 관철시킬 용기를 내던지 할 일이지 죽긴 왜 죽는다고 이 난리야! 죽지도 못하면서……."

노신사의 말은 마치 집안에 먹칠을 하느니 응당 죽었어야 마땅하다는 말처럼 들렸다.

제2장. 숨이 가빠오다

숨이 가빠온다.

엄마의 숨소리에 맞춰 숨을 따라 쉬던 나는 헉헉대며 숨을 멈춘다. 내 모습을 물끄러미 바라보고 있던 맞은편 침대의 환자가 싱긋 미소를 보낸다. 나는 부끄러운 표정으로 따라 웃는다.

엄마는 다행히 병세에 차도가 있어 중환자실에서 일반병실로 올라왔다. 그런데 산소호흡기가 없으면 숨을 쉬지 못한다. 마스크 속에서 그렁대는 숨소리는 곁에서 듣는 사람이 더 안타깝다. 그래도 이만하길 참으로 다행이라고 가슴을 쓸어내리며 할망은 잠시 집에 다니러 갔다.

맞은편 침대의 환자가 나를 향해 몇 살이냐고 묻는다. 내가 열 살이라고 대답하자 놀란 눈동자가 한껏 커진다. 이번에는 왜 놀래느냐고 내가 묻는다.

"으응! 병간호하는 네 모습이 너무 어른스러워서. 그런데 네 어머니는 어디가 편찮으신 거냐?"

"폐가 딱딱하게 굳어버렸데요."

대수롭지 않은 내 말투에 상대방이 더 놀랜다. 나는 애써 모르는 척 정말 궁금하다는 표정으로 묻는다.

"오빠는 왜 죽으려 했어요?"

잠시 머뭇거리더니 그가 이렇게 툭 내뱉는다.

"개돼지 취급받는 것이 싫어서."

속마음까지 다 이해할 수 없었지만, 그의 울분에 얼마간 공감한다. 사실 옛날과 다르게 요즈음은 초등학교 교실에서도 사회문제가 빠르게 퍼진다. 그런 까닭으로 큰 반향을 일으킨 사회적 이슈를 나는 꽤 많이 알고 있다. 지금 그가 말하는 개돼지 발언은 교육정책을 만드는 실무자의 입에서 나왔다. 나오자마자 커다란 논란거리가 되었다. 우리를 개나 돼지처럼 취급해야 말을 잘 듣는다는 발상은 참으로 듣기 민망했다. 아무리 기자들과 밥 먹는 자리에서 속마음을 리얼하게 표현하다 보니 그리되었다고 변명해도 용서받을 수 없는 말이다.

민중은 개돼지로 취급하면 된다.

금수저를 물고 태어나 엘리트의 코스를 밟고 오른 사회의 지도자 의식수준이 딱 그만큼이다. 결국 그 발언으로 실무자는 파면되었다고 했던가. 따지고 보면 그런 의식을 지닌 사람이 어디 그 사람 하나뿐이겠는가. 우리 반에서도 종종 그런 알력이 있다. 전문직을 가진 부모를 둔 아이가 어깨에 힘을 주며 가난한 아이를 업신여기는 일은 자주 일어난다. 그보다 더 꼴 보기 싫은 것은 잘사는 아이에게 굽실거리는 가난한 집의 아이들이다. 부자 또는 가난하게 태어난 것이 어디 우리 탓인가. 하긴 잘사는 것도 실력이라면서 돈 없는 니네 부모를 원망하라던 그런 싸가지 없는 말을 한 인간도 있으니, 세상은 불공평하다는 것을 어린 나도 일찌감치 알아버렸다.

그가 묻는다.

"이름은 뭐냐?"

"은진이요. 최은진."

내가 대답하고 되묻는다.

"오빠 이름은요?"

"나? 부모가 지어진 이름은 김솔이지. 그러나 라이언이라 불러 줘. 그 이름이 훨씬 좋거든!"

"라이언? 사자요?"

내가 눈을 동그랗게 뜨며 묻는다.

"그래. 맞아. 동물의 왕. 킹 라이언."

"그 이름이 왜 좋은데요?"

내 물음에 그가 대답한다.

"멋있잖냐?"

사실 내 눈에도 김솔 또 라이언이라고 자신을 소개하는 오빠는 참 멋있게 보인다. 얼굴은 아이돌 못지않게 준수했고, 체격 또한 흠잡을 데 없이 당당하다. 그런 그가 왜 물에 뛰어들었을까? 아무리 생각해도 이해가 되지 않는다. 병실 주변에서는 그에 대해 이런저런 말이 떠돌고 있지만 그 역시 믿을만한 내용은 아니라고 나는 고개를 젓는다. 속심이야 어찌되었든 그는 죽음을 결심하고 물에 뛰어들었고, 본인은 다행이라 생각할지 불행이라 생각할진 알 수 없지만 용케 살아났다. 그는 눈을 뜨자마자 엿 같은 세상, 떠나기도 참 어렵네. 하고 씁쓸하게 첫마디를 내뱉었다는 소문이다. 본인으로부터 직접 확인해 보지 않았으니 믿을 일도 아니지만, 그 말은 그를 담당한 간호사의 입을 통해 순식간에 환자들 사이로 퍼져나갔다.

그 소식을 전해들은 305호실 환자들이나 환자를 돌보는 가족들의 의견이 분분했다. 제일 안쪽에 누워있는 노인은 귀때기 새파란 놈이 건방떤다고 직접 그를 향해 일장 연설을 했다. 세상에 미련을 두지 못할 정도로 고통을 받고 있는 출입구 쪽의 중년 아줌마는 누구에게나 죽을 수 있는 자유가 있지 않으냐고 그의 편을 들었다. 병실 사람들이 어떤 말을 하던지 라이언은 관계치 않겠다는 표정으로 말을 하지 않았다.

305호 병실에는 모두 여섯 개의 침상이 있다. 입구에서 오른쪽 제일 안쪽 침대에 누워있는 환자는 이 병실에서 가장 연세가 많은 노인이다. 그 옆 자리를 엄마가 차지하고 있었고, 그 옆 그러니까 출입구 오른편 침대의 환자는 중년의 아줌마다. 왼쪽 제일 안쪽엔 중년의 아저씨가, 출입구를 들어서서 바로 왼쪽은 삼십대로 보이는 여자환자가 누워 있다. 그리고 엄마 맞은편에, 그러니까 왼쪽 가운데 침대에 바로 그 라이언이 차지하고 있는 구조다.

처음 이 병실로 들어섰을 때, 환자와 간병하는 이들의 시선이 무척 따가웠다. 이십 개의 눈이 강한 호기심으로 번득였다. 새로 들어온 환자에 대해 뭔가를 캐내어 그것으로 무료함을 없애고 싶은 것일 게다. 할망의 눈치를 보느라 알고 싶은 마음을 쉽게 꺼내지 못했음은 다행인지 싶다. 엄마의 과거나 현재의 우리 상황을 말하고 싶지 않다. 할망이 집에 다녀온다고 나갔을 때는 이미 호기심의 열기가 식어 아무도 내게 묻지 않았다. 다만 앞 침대의 라이언만 관심을 보였다.

엄마를 건너다본다. 숨이 차올라 숨을 쉬는데 전력을 다하는 모습이 안타깝다. 눈을 뜨는 것조차 힘이 드는지 눈을 반 쯤 뜨고 엄마가 나를 바라본다.

"어멍? 목말라요?"

엄마는 고개를 흔드는 것조차 힘드나보다. 눈만 껌뻑인다. 그러더니 주위를 두리번거린다. 아마 할망을 찾는 것이리라.

나는 얼른 설명한다.

"할망은 집에 잠깐 다녀오겠다고 갔어요."

내 말에 엄마는 반쯤 뜬 눈을 끔뻑인다. 그러고 보니 할망이 집에 간 지 꽤 시간이 흘렀다. 그동안 병원에 있느라 집안 살림이 엉망이 되었을 터이니 대강 치우고 오려면 꽤 시간이 걸릴 것이다. 그러나 자꾸 불안해진다. 안 오면 어쩌지? 그렇다. 따지고 보면 다시 꼭 와야 할 처지가 아니라는 것을 나도 잘 안다. 어려울 때 그만큼 도와준 것으로 이웃간에 도리는 다 한 것이다. 그런 생각이 들자 갑자기 서러워진다. 이럴 때 곁에서 위로와 힘을 보태줄 친척이 아무도 없다는 것이 오늘따라 참 외롭다. 엄마는 왜 어째서 혼자인 거야? 왜? 왜?

글썽이던 눈물이 바닥으로 툭 떨어진다. 손등으로 눈물을 쓱 닦아내며 엄마를 바라본다. 엄마는 다시 눈을 감고 있다. 내가 흘리는 눈물을 보지 않아 참 다행이다.

오 년 전 이곳으로 이사를 가자고 했을 때 나는 눈을 반짝이며 좋아했다.

엄마! 그곳에 가면 누가 있어요?

엄마가 되물었다.

은진이는 누가 있기를 바라는데?

음-, 나도 슬기처럼 이모가 있었으면 좋겠어요.

어린이집 단짝 친구 슬기 말이구나?

예-, 슬기는 이모가 자기 엄마보다 더 좋대요.

이모가 슬기에게 잘해주는 모양이구나? 그치?

엄마가 직장에 다녀서 슬기는 어려서부터 이모 손에서 자랐대요.

그랬구나. 그래서 엄마처럼 정이 든 모양이네? 그런데 은진아, 이제부터 은진이는 엄마와 함께 있을 텐데 그래도 이모가 있었으면 좋겠어?

엄마, 이제 병원은 그만두는 거예요?

그래. 이제 엄마도 은진이 유치원도 학교도 데려다 줄 수 있어.

그럼 돈은 누가 벌어요?

돈? 걱정 마! 우리 딸 교육시킬 만큼은 있으니까.

유치원도 학교도 데려다 준다고 장담하던 엄마는 그 약속을 지키지 못했다. 함께 있었지만 엄마의 건강은 더 나빠져 나는 유치원도 학교도 혼자 다녔다.

엄마는 내가 공부하는 모습을 가장 좋아한다. 그 모습을 보고 있노라면 몸에 찾아드는 고통도 참을 수 있다며 미소를 띠곤 한다. 엉겁결에 병원으로 오느라 책가방을 챙겨오지 못했다. 그동안 정신이 없어 미처 생각지 못했는데 학기말 방학이 시작되는 날 새 교과서를 받아온 기억이 났다. 사실 엄마의 병세로 보아 금방 퇴원할 것 같지 않았다. 그래서 집에 다녀온다는 할망에게 3학년 교과서가 든 책가방을 가져다 달라고 부탁을 했다. 엄마 옆에 있는 동안 새 학년 교과서를 쭉 훑어보는 것도 도움이 될 것 같아서다. 그리고 내가 공부하는 모습이 엄마에게 작은 희망이 될지도 모른다는 생각을 했다.

밖이 어두워지고 있다. 병실에선 하루 종일 텔레비전이 켜져 있다. 병실사람들이 특별하게 좋아하는 프로가 나오지 않더라도 그 소리마저 없으면 불안한지 아무도 끄려하지 않는다. 뉴스가 시작되자마자 낯익은 얼굴 하나가 몰려든 기자들을 밀치며 목소리를 높인다.

"여기는 더 이상 민주주의 특검이 아닙니다. 대통령과 공동 책임을 밝히라고 자백을 강요하고 있어요. 너무 억울해요. 우리는."

바로 그때다. 낯익은 얼굴이 외치는 동안 군중 속에서 낯선 고함소리가 들린다. 염병하네! 한 번도 아니고 세 번이나 연속해서 소리친다. 낯익은 얼굴의 예기치 못한 돌발행동에 당황한 나머지 대처하지 못하고 웅성대던 기자들이 군중 쪽으로 카메라를 돌린다. 그리고 기자들은 그 뜻하지 않았던 돌발사건을 전송하느라 정신이 없다.

"염병하네!"

나는 그 낱말의 뜻을 자세하게 알지 못한다. 그러나 그 장면만 보고도 그 낱말이 좋은 뜻은 아니라는 것은 알 것도 같다. 출입구 오른쪽 침대의 아줌마가 화면에 시선을 둔 채 그 말에 덧붙인다.

"증말 염병허고 자빠졌네. 뭣을 잘혔다고 뻔뻔허게 낯짝을 들이미는 겨? 시방. 뭣이 중헌디, 뭣이 중허냐고."

병실이 순식간에 조용해진다. 병실에 있던 환자들이나 보호자들은 욕설의 주인공 쪽으로 시선을 돌린다. 그때까지만 해도 나는 그 환자에 대해 아는 것이 거의 없었는데 욕설 하나로 그만 알아차린다. 이 고장 사람이 아니란 것을. 내가 뭍에서 살다가 이곳으로 이사 온 다음 가장 먼저 변한 것이 바로 말투다. 다른 것은 몰라도 호칭이나 물질할 때 쓰는 말은 거의 섬사람들의 말을 따라서 썼다. 할망이나 어멍, 아즈방, 아즈망, 삼촌이란 호칭을 쓸 때마다 마치 이곳에서 태어나 자란 것 같은 생각이 들어 좋았다. 그러나 엄마는 좀처럼 변하지 않는다.

더욱 이상한 건 할망이다. 오랜 생활 섬에만 살아왔다는 할망이 이 지역 말을 쓰지 않는다는 점이다. 다른 해녀들이 주고받는 말은 도통 알아들을 수 없었다. 처음에는 마치 외국에 온 것만 같았다. 그런데 할망이 하는 말은 알아들을 만했다. 나에게만 그렇게 말하는 것은 아니었다. 가만히 관찰해보니 의식적으로 섬에는 쓰는 말을 삼가는 것처럼 보였다.

어느 날 궁금증을 참지 못하고 할망에게 물었다.

짱할망은 왜 이 고장 말을 쓰지 않아요?

너는 어려서 설명을 해도 잘 모르겠지만 사연이 있긴 하지.

뭔지 알려 주세요. 네?

어디에 가서 이 고장 말을 쓰면 오해를 받을 수도 있으니께……, 아들에게 그런 누명을 씌워주기 싫어서……, 평생을

이마에 도장을 찍고 그렇게 살게 하고 싶지 않아서……, 그
래서 우리 아들은 이 고장 말을 쓰지 못하도록 어려서부터
다그쳤지.

오로지 아들을 위해서 일부러 고장 말을 쓰지 않았다는
말이다. 나는 그 말뜻을 정확하게 이해하지 못했다. 그러나
할망의 말을 들으며 왠지 모르게 눈물이 나려고 했다.

잠이 들었는지 소란 속에서도 엄마는 눈을 뜨지 않는다.
뉴스가 끝나고 TV에서는 연속극이 시작되고 있다. 엄마가
좋아하는 프로다. 나는 엄마의 귀에 대고 작은 목소리로 말
한다.

"어멍! 드라마 시작해요."

내 말에 엄마는 기척이 없다. 불안해진 나는 엄마 몸을 흔
들며 조금 큰 소리로 부른다.

"어멍! 어멍!"

그래도 깨어나지 않는다. 나는 간호사실로 뛰어간다.

"어멍이, 어멍이……."

다급하게 소리치자 담당간호사가 빠르게 병실로 와 엄마
를 살핀다. 체온을 재고, 팔에 꽂혀있는 주사바늘을 살펴보
고, 산소호흡기가 잘 작동하고 있는지 점검을 한다. 그리고
나서 내게 말한다.

"지금 깊이 잠 든 것이니 걱정 안 해도 돼!"

노인을 돌보고 있는 간병인이 나를 보며 묻는다.

"엄마가 편찮으신 지 오래되었지? 엄마가 왜 저리되었는지 너는 알고 있니?"

"……."

나는 대답하지 못한다. 할망은 의사선생님에게 이미 들은 것 같은데 내게 말해주지 않는다. 그동안 엄마는 알고도 감추려고 그러는지, 정말 모르는지 한사코 내게 희귀병이라고만 말했다. 이렇게 의술이 발달된 지금 치료할 방법이 없다고 했다는 담당의사의 말을 엄마는 정말 믿었던 것인가? 아니면 믿어야만 할 이유라도 있었던 것일까? 요즈음 들어 자꾸 의심스럽다. 더군다나 이곳에서는 치료할 방법이 있으니 입원시켰을 터여서 더욱 의심이 증폭된다. 할망이 오면 꼭 물어보리라.

무료함을 참을 수 없었던지 노인을 돌보는 간병인이 나를 향해 다시 묻는다.

"너, 물질을 잘 한다면서? 사실이야?"

"그걸 어떻게 아세요?"

"네 할망이 알려 주더라. 뛰어난 해녀가 될 거라고 자랑하던데? 그런데 어떻게 해녀가 될 생각을 한 거야? 요즈음 해녀가 되려는 애들이 거의 없는데."

"물에 들어가서 노는 것이 재미있어요. 그리고 또……."

나는 입을 다문다. 돈을 벌기 위해서 시작한 것이라고 말을 할 수 없다.

간병인이 다시 묻는다.

"네 할망은 제주도 해녀 제일의 상군해녀라며?"

입원한지 며칠도 지나지 않았는데 어느새 우리에 대한 기본사항은 다 파악한 모양이다. 어떻게 그럴 수 있단 말인가. 할망이나 내 입으로 말하지 않은 사실까지 알고 있다는 것에 그만 몸에 소름이 돋는다. 여기가 그 막강한 힘을 가진 국가부서의 힘이 미치는 곳은 아니질 않은가. 범죄자도 아닌 우리가 살아온 내력을 낱낱이 관찰하고 기록해두지 않았다면 쉽게 알 수 없는 일.

참지 못하고 내가 묻는다.

"아즈망은 그런 것까지 어떻게 알아요?"

"으음! 그건 말이다. 이곳에 상주하는 간병인끼리 서로 정보를 주고받아 다 알게 되지. 환자들도 모르는 내용을 우리는 다 파악하고 있단다. 그래야 우리가 하는 일에 도움을 받을 수도 있고, 또 빠르게 대처할 수 있는 장점도 많으니까."

"우리 할망에 대해서 얼마나 알아요?"

"할망? 아마 너보다 더 자세히 알 걸."

"어떻게요?"

간병인은 씩 웃으며 대답을 하지 않는다. 뭔가가 있는 것 같기는 한데 짐작이 가지 않는다. 그렇다면 누군가를 피해 꼭꼭 숨어 있으려고 이곳에 내려온 엄마의 계획도 이미 들통이 난 것인가. 엄마 앞에서는 전혀 내색하지 않았지만 커가면서 조금씩 엄마의 처지에 대해 알게 되면서 혼란이 왔다.

이번에는 내가 간병인을 향해 캐물었다.

"그럼, 우리 어멍의 병이 무엇인지 아즈망은 안단 말이죠?"

"당연히 알지. 간호사에게 들어서 알기도 하지만 우리처럼 많은 환자들을 겪어본 간병인들은 반 의사나 다름없으니까. 네 엄마는 지금 폐질환을 앓고 있는 것이 확실해. 초기에만 치료했어도 이리 심각해지지 않았을지도 모르는데……."

"그럼 왜 발병했는지도 알아요?"

"그럼. 틀림없이 가습기살균제 때문일 거야."

처음 듣는 이야기였다. 아니 언젠가 뉴스에서 얼핏 들었던 것도 같다. 무슨 이유에선가 그에 관한 뉴스가 나오기만 하면 엄마는 채널을 다른 데로 돌려버렸다. 물론 그때마다 드라마가 시작될 시간이라고 핑계를 대기는 했다. 그때는 별 의심을 품지 않았다. 그랬는데 가습기살균제 때문에 저런

94

몹쓸 병에 걸렸다면 처음 엄마를 진료했던 의사의 태도가 이상하다. 간병인도 알아채는 그 병을 의사는 희귀병이라고 그래서 고치는 약이 없다고 그런 진단을 내렸단 말인가.

갑자기 머리에 열이 솟구친다. 거기엔 틀림없이 내가 모르는 뭔가가 있다는 생각이 들었다. 마음 같아서는 깊이 잠들어있는 엄마를 흔들어 깨워 캐물어보고 싶다. 엄마를 건너다본다. 저렇게 편한 얼굴로 잠든 모습은 처음 본다. 그 얼굴을 보자 치밀었던 울분이 놀랍게도 서서히 수그러진다. 그래, 우선 먼저 사태를 파악한 다음 물어보리라. 진실이 무엇인지.

할망이 들어온다. 한 손에는 내가 부탁했던 책가방이 다른 손엔 뭐가 들어있는지 알 수 없는 보퉁이가 들려있다. 반가워서 뛰어가 책가방을 받아든다.

"기다린 겨?"

할망이 묻는다. 나는 고개를 끄덕인다.

"이것 때문에 좀 늦었구먼."

할망은 보퉁이를 내 눈 앞에 들이민다.

"그게 뭔데요?"

"이리 와봐."

보조침대를 끌어내 나를 앉히고 마주앉은 할망이 보퉁이

를 펼친다. 아! 내 입에서 작은 탄성이 터진다. 할망의 보퉁이에는 작은 플라스틱 그릇 여섯 개가 나란히 포개져있다. 환히 비치는 그릇 속에는 싱싱한 해산물이 들어있다. 소라, 멍게, 해삼 그리고 내가 가장 좋아하는 전복도 보인다. 물질로 딴 싱싱한 해산물은 병실 안을 바다냄새로 가득 채운다. 중환자실에 있는 며칠 동안 제대로 먹지 못했던 터라 보자마자 식욕이 불끈 솟는다.

할망은 하나의 그릇을 내 앞에 펼쳐주고 나머지 다섯 개를 침대를 지키고 있는 보호자들에게 하나하나 전해주며 말한다.

"한번 잡숴보시오. 막 따온 것이라서 싱싱할 것이고 만. 보호자들이 잘 먹어야 환자를 돌볼 수 있을 것 아녀? 그러니 이 초장에 찍어 맛있게 잡숴보더라고."

보호자들은 뜻밖의 선물에 입이 딱 벌어진다. 그리고 고맙다는 말을 연속 해댄다. 그들도 충분히 알고 있다. 이 해산물을 구하기 위해 목숨을 걸고 물속으로 들어간다는 사실을.

바다의 짭조름한 냄새가 실내에 둥둥 떠다닌다.

***

병실을 나온다.

할망에게는 병원 안을 돌아보고 오겠다는 핑계를 댄다. 지금 알아보지 않으면 오늘 밤 잠이 올 것 같지 않아서다.

2층을 한 바퀴 돈 다음 1층에 있는 넓은 휴게실로 내려온 다. 찾았던 것이 눈에 띤다. 환자나 보호자들을 위해 비치해 놓은 여섯 대의 컴퓨터가 거기에 있다. 그중 세대의 컴퓨터 는 이미 사람들이 자리를 차지하고 있다. 슬쩍 쳐다보니 하 나같이 게임에 몰두하고 있다.

나는 나머지 세대 중 한 대의 컴퓨터 앞에 앉아 부팅을 시 도한다. 여러 사람들이 함부로 사용한 탓인지 유난히 윙윙대 는 소리가 크다. 부팅되는 시간도 꽤 오래 걸린다. 한참 만에 밝은 바탕화면이 떠오른다. 인터넷연결 프로그램이 깔려있어 그나마 다행이다. 검색창에 가습기살균제라 친다. 쭉 떠오르 는 기사를 마우스 버튼으로 올려가며 대강 쑥 훑는다.

우선 가습기살균제가 무엇인지부터 살펴본다.

가습기살균제란 말 그대로 가습기를 사용할 때 유해병균 이 남지 않도록 물에 넣는 소독제로 만든 제품이라고 설명

되어 있다. 가습기는 주로 어린아이가 있는 집에서 많이 사용했다고 한다. 아이의 건강을 위해서 꼭 필요하다는 광고를 본 젊은 엄마들은 아무런 의심도 없이 사용했다는 것이다. 고객들은 물을 교체할 때 살균제를 한 번만 넣어주면 효과가 크다는 제조사의 말을 그대로 따라했다. 인체에는 아무런 해가 없다는 제조사의 광고가 10년 전부터 알음알음 퍼져 꽤 많은 국민이 사용해 왔다는 내용이었다. 그러다가 2011년이 되어 정체불명의 폐질환자가 갑자기 많이 발생하는 바람에 의학계에서 관심을 가지고 원인조사에 들어갔다는 것이다. 신종 폐질환자는 폐가 뻣뻣하게 굳어가는 섬유화 증세를 보였고, 현재까지 알려진 어떤 약도 듣지 않는다고 기사는 전하고 있다.

기사를 읽어가던 나는 잠시 내 눈을 의심했다. 엄마의 증세와 똑같았다. 그러나 아무리 기억을 더듬어 보아도 어렸을 적 나를 키워준 할머니 집에서 가습기를 본 기억이 없다. 그렇다면 엄마는 어디에서 그 병을 얻었단 말인가.

생각에 잠겨있는데 누군가가 내 어깨를 툭 친다. 놀라서 고개를 들어보니 언제 왔는지 라이언이 곁에 서있다. 고개를 기울여 화면을 유심히 들여다본 그가 물었다.

"무슨 말인지 알고서 읽는 거냐?"

"그럼요. 지금 어리다고 무시하는 거죠?"

"그건 아니고……. 조금 전에 말한 간병인의 말이 신경 쓰인 모양이지?"

"검색해보니까 지금까지 나타난 피해사례가 정말 많은데, 왜 이제야 문제가 된 걸까요?"

"피해자는 넘치는데 가해자가 없다는 것이 바로 문제지!"

"그건 또 무슨 말이지요?"

"너도 방송을 보아 알지? 높은 자리에 있는 사람 치고 혐의 사실을 물으면 뭐라고 대답하든? 하나같이 모른다거나 기억이 나질 않는다고 발뺌하기 일쑤잖아? 문제를 해결할 의지가 부족하니 책임만 회피하다가 잠잠해지면 덮어버리는 거지. 그러고 나면 국민들은 언제 그랬나 싶게 또 금방 잊어버리고. 그러니 개, 돼지 취급받는 거지만."

"그래서 죽으려 한 거예요? 개, 돼지 취급 받으며 살기 싫어서요?"

"너도 소문 들었구나? 그러나 소문이 다 진실은 아니야."

"라이언 오빠! 한 가지 물어봐도 돼요?"

"뭔데?"

"오빠의 보호자는 왜 아무도 안 와요?"

라이언은 대답하지 않는다. 그가 병원에 실려 올 때 중환자실 앞에서 울먹이던 아주머니도 보았고, 꾸중하는 노신사를 보았으니 가족이 있음은 확실한데 아무도 병실에 나타나지 않는 것이 이상해서 물어본 것이다.

라이언이 슬쩍 화제를 돌린다.

"미국의 프로야구 선수 중에 라이언이란 이름의 선수가 있는데 너 혹시 알고 있냐?"

"야구는 별로 좋아하지 않아요."

"야구처럼 재미있는 운동을 좋아하지 않는다고?"

어떻게 그럴 수 있느냐고 그는 유난스럽게 놀라는 표정을 지었다. 그리고 한참을 라이언의 야구인생에 대해 신나게 늘어놓는다.

"라이언은 오른손잡이 투수였는데 처음에는 마이너 리그에서 투수생활을 시작했지. 주로 네츠팀의 주전투수였어. 그러다가 캘리포니아 엔젤스팀으로 옮겼지. 투수로서 활발하게 활동한 때는 엔젤스팀에서였어. 8년 계약 기간 중에 7년 동안 3진 아웃 부분 최우수 선수에 뽑히는 기록을 세웠으니 뛰어난 선수라 할 수 있지."

나는 그의 말을 전혀 이해하지 못했고 감동도 받지 않는다. 사실 야구에 대해서 잘 알지도 못했을 뿐만 아니라. 관심도 없어 경기의 규칙이나 기록 등은 들어도 무슨 말인지 알 수 없다. 그러나 그가 워낙 흥미진진한 표정으로 말을 이어갔기 때문에 어쩔 수 없이 듣는 척한다. 말을 끝낸 그가 나를 건너다보더니 시큰둥한 내 표정을 살핀 다음 그제야 입을 다문다. 그러더니 이내 바로 옆자리의 컴퓨터에 자리를 잡고 앉아 스위치를 올린다. 더 이상 그 문제에 대해서 어떤 말도 하고 싶지 않다는 의사표현이다. 나는 어른이 그만한 일에 삐지다니…… 중얼거리며 다시 컴퓨터화면으로 시선을 옮긴다.

한참을 검색하다 새로운 사실을 알아낸다. 2015년에 정부에서는 가습기살균제 피해신고를 접수했다는 것이다. 또한 의료비 및 장례비에 대한 정부 지원금지급신청도 받았다는 기사다. 피해접수는 이미 종료되어 더 이상 구제받을 길이 없다는 내용도 있다. 엄마는 이 사실을 정말 몰랐을까? 아님 알고도 모른 척 했을까? 부쩍 의심이 든다. 엄마께 직접 확인해 봐야겠다고 생각한다.

컴퓨터를 종료시키고 라이언의 화면을 곁눈질로 살펴본다. 화면에는 야구게임이 한창 진행 중이다. 아무래도 라이언이 야구선수인지도 모르겠다는 생각을 한다. 나는 병실로 발걸음을 옮긴다. 병실로 들어서보니 할망은 피곤했는지 엄마 침대에 머리를 기대어 졸고 있다. 역시 나이는 속일 수 없다는 생각을 한다. 팔순인데 저렇게 활동하는 것도 다 물질 덕분이다. 병실 사람들을 위해 물질을 한 피로가 몰려왔음이 틀림없다.

나는 할망을 흔들어 깨운다.

"할망? 집에 가서 편하게 주무세요."

할망은 눈을 비비며 묻는다.

"혼자 있어도 되겠냐?"

"그럼요. 걱정 말고 어서 가세요."

할망이 몸을 일으킨다.

"그려! 집에 갔다가 내일 아침 일찍 먹을 것 만들어 오마. 그럼 어멍 수발 잘 들고…… 너도 간이침대에서 쉬어라."

할망이 집에 가고 나는 침대 밑에 있는 간이침대를 꺼낸다. 여섯 개의 병상을 지키는 보호자들도 모두 잘 준비를 한다. 간이침대에 누워 할망이 가져온 이불을 덮는다. 아직 잠이 오지 않는 보호자들은 누워서 TV화면에 시선을 고정시킨다.

나도 화면에 빠져든다.

요즈음은 어느 채널이나 대담이 주를 이루고 있다. 비슷비슷한 내용에 검증되지 않은 시중에 떠도는 말들이 버젓이 뉴스가 되어 방송된다. 사실을 모르는 사람들은 곧이곧대로 믿을 만큼 교묘하게 포장되어 우리들을 설득하려 한다.

문득 작년에 겪었던 일이 떠오른다.

우리 학교는 크지 않은 소규모여서 한 학년이 두 반씩이다. 그렇기 때문에 학년이 올라갈 때마다 새롭게 반 편성을 한다 해도 학년이 올라가면 대부분 한 두 번씩은 만나게 되어 있다. 그러니 자연 다른 반이라 해도 가정형편이나 성정 등은 이미 모두 파악되어 있다. 어떤 친구는 성질이 사납고, 또 어떤 친구는 순하고, 어떤 친구는 잘난 체가 심하고, 어떤 친구가 겸손한 성격인지 꿰뚫고 있었으므로 나름 처신하기가 그리 어렵지 않다.

여름방학이 끝나고 이학기가 시작되었을 때였다. 우리 반에 새 친구가 전학을 왔다. 새로 온 아이는 반 아이들의 관심을 끌만한 조건을 갖췄다. 얼굴도 예뻤고, 입은 옷은 고급스러웠다. 환하게 빛이 나는 용모에 걸맞게 새 친구의 태도는 도도했다. 반 아이들은 평소에 하던 대로 새 친구를 둘러싸고 관심을 표하기 시작했다.

어디에서 왔어?

집은 어디야?

잘하는 게 뭐야?

반 아이들의 물음에 새 친구는 어떤 대답도 하지 않았다.

멀찍이 떨어져서 관망하고 있던 나는 그 순간 못 볼 것을 보고 말았다. 새 친구는 한 아이가 자신의 옷을 만지자 마치 거지의 손인 것처럼 상을 찌푸리며 냉정하게 뿌리치는 것이었다. 그리고 이내 얼굴에 비웃음이 떠올랐는데 오싹 한기를 느낄 정도로 싸늘했다. 멀리서 쳐다보았기 때문에 나만 느낄 수 있었던 것이었지만 나는 새 친구의 모든 면을 한 순간에 파악해 버렸다.

사실 그 때 나는 친구들이 마냥 좋기만 했던 터라 순간 당황스러웠다. 그리고 친구 사이에도 상하관계가 성립될 수도 있는 거구나 라는 생각이 들어 묘한 기분에 휩싸였다. 그런 이유로 반 아이들이 새 친구와 긴밀하게 친밀감을 유지하려 애쓸 때 나는 일정한 거리를 두고 관망했다. 새 친구는 그런 내가 많이 얄미웠던 모양이었다. 자기 딴에는 초콜릿 몇 개로 반 아이 모두를 자기편으로 만들 수 있을 거라 자신했을 터인데 그 무리에 끼어들지 않는 내가 밉기도 했겠지. 어쩌면 지금까지 한 번도 그런 상황을 접해보지 않았을지도 모른다. 잘난 부모 밑에서 태어나 부러운 것 없이 살던 새 친구는 자존심이 무척 상했던지 눈에 띄게 나를 따돌렸다. 그러거나 말거나 나는 부러 새 친구를 무시해버렸다.

나는 공부를 잘했다. 성격도 원만해서 친구들에게 인기도 많았고, 선생님들에게 예쁨을 받는 편이었다. 그래서 새 친구가 전학 오기 전에는 언제나 내가 학급의 중심역할을 해 온 터였다. 그랬는데 새 친구가 온 다음부터 반 아이들이 눈치를 보며 나를 슬슬 피하기 시작했다. 처음에는 그 이유를 몰랐다. 그랬는데 일학년부터 같은 반이었고 마음도 맞아 단짝으로 지내던 진아가 슬쩍 이런 말을 전해주는 것이었다.

은진아, 너 모르지? 친구들이 널 따돌리는 이유를 말이야.

눈치는 채고 있어.

그게……. 그러니까 모두 전학 온 송미진 때문이야.

그래? 미진이가 나랑 놀지 말라고 애들에게 말한 모양이구나?

너 알고 있었어? 우리 반 아이들 거의 모두 걔네 집에 초대받아 갔어. 걔네 집 되게 부자더라. 걔네 아버지가 이번에 이곳 경찰서장으로 발령을 받았대. 그래서인지 큰 집에 없는 것이 없더라.

단짝 친구인 진아는 내 앞에서 부러운 마음을 애써 감추려 하지 않았다. 이미 선망의 마음을 품게 되었기 때문에 당연한 일인지도 모른다.

그런 상황에서 반장을 뽑는 날이 되었다. 담임교사가 우리를 향하여 반장후보를 추천하라고 말했다. 단짝인 진아가 나를 추천했다. 다른 친구 하나가 미진이를 추천했고, 나와 미진이가 후보가 되었다. 비밀투표로 결정하겠다며 담임이 쪽지 한 장씩을 나누어 주었다. 사실 나는 반장에 대한 미련이 없었다. 반장이 되면 선생님을 도와야 할 일이 많아 늦게까지 학교에 남아있어야 했다. 그렇게 되면 물질을 갈 시간이 부족하기 때문에 차라리 후보 자리를 내놓고 싶었다. 그러나 이미 추천이 되어 투표가 진행되는 때라 어쩔 수 없이 상황을 주시하고 있었다. 진아가 전하는 말에 의하면 그동안 미진이는 나름 선거운동을 했다고 한다. 아이들을 집으로 초대하여 육지에서 가져온 과자며 학용품을 나누어 주기도 하면서 반 아이들의 환심을 사기 위해 노력을 한 모양이었다. 나는 차라리 잘 되었다고 생각했다.

개표가 시작되었다. 그런데 내 예상이 어긋났다. 미진이 표보다 내 표가 월등하게 많이 나왔다. 개표가 끝나고 나는 미진이의 얼굴을 돌아보았다. 새 친구의 얼굴은 금방이라도 울음이 터질 것처럼 보였다. 내가 너희들에게 어떻게 해 주었는데 나를 배반해? 너희들을 도저히 용서할 수 없어. 표정 속에는 반 아이들에 대한 원망과 배신감이 묻어났다.

담임이 투표 결과를 선언을 하기 전에 내가 번쩍 손을 들고 일어섰다.

선생님! 저는 어멍이 아파서 집에 일찍 가야 되어서요 제가 양보할게요. 반장은 미진이가 하도록 해 주세요.

그때 미진이의 얼굴은 붉으락푸르락 말이 아니었다.

옛일을 회상하다 설핏 잠이 들었는데 소란한 기척에 눈이 떠졌다. 라이언 침대 주위에 젊은 청년들이 몰려 있는 모습이 보인다. 친구들인 모양이다. 나도 모르게 자리에서 벌떡 일어나 그들을 바라본다. 젊은 혈기를 누르지 못하겠는지 그들의 행동이나 말은 거침새가 없다.

"야! 인마! 병신같이 죽기는 왜 죽으려고 했냐? 도대체 네가 무엇을 잘못했는데? 하고 싶은 것을 한다는데 그게 무슨 죽을 일이라고!"

"모르면 잠자코 있어. 자식아! 얘네 집에선 그게 바로 죽을 죄인거야."

"그건 또 무슨 뚱딴지같은 소리냐?"

"폼 잡아야 하는 가문에 똥칠했다는 거지. 그러니까 얘네 집은 대대로 검사, 의사, 변호사 등 끝에 사자가 붙은 직업을 갖고 있었지. 그들은 다른 직업은 쓰레기인간이나 하는 걸로 알고 있는데 얘가 느닷없이 딴따라를 하겠다고 나서니 복장이 안 터지겠냐? 우리 같은 래퍼는 사람으로 보이지 않았으니까."

그러고 보니 라이언이 병원에 실려 오던 날, 노신사의 분노에 찬 말이 조금 이해가 된다. 아! 그래서 아무도 병원에 오지 않는 거구나. 간병인이나 보호자가 없는 이유가 이제야 분명해진다. 시간이 늦었으니 그만 가보라고 라이언이 친구들을 쫓아내듯 내보낸다. 잠든 환자들에게 미안했던 모양이다. 라이언의 친구들은 할 말이 많이 남아있는 모양인지 구시렁대며 병실을 나간다. 배웅하고 돌아온 라이언은 잠을 깬 보호자들을 향해 미안하다는 시늉으로 고개를 숙인다.

라이언이 래퍼라는 말을 듣고 보니 새삼 더 멋있어 보인다. 나의 그런 시선을 느낀 라이언이 내 쪽을 바라보며 겸연쩍은 미소를 보낸다. 나도 덩달아 살짝 웃는다.

노인의 간병인은 자신이 알고 있는 사실을 말하고 싶어 안달이 난 모양이다. 끝내 참지 못하고 라이언을 향해 말한다.

"학생 집안에 관해 나도 들었지. 할아버지가 그 유명한 검찰총장이라며? 큰아버지, 작은아버지도 검찰의 요직에 있고, 형도 검사고, 누나는 의사라 하던데? 그래서 랩을 하겠다는 학생을 가족들 모두 유령 취급한다는 소문이 돌던데 그게 사실인가 봐?"

라이언은 아무런 대답도 없이 머리위로 이불을 덮어쓴다.

도무지 이해할 수 없다. 왜 어른들은 모두 그런 직업만 선호하는 것인가? 모든 사람이 다 의사나 판사, 변호사를 고집한다면 과연 이 세상이 어떻게 될까? 라이언처럼 노래로 사람들을 행복하게 만드는 사람도 필요하고, 나처럼 물질을 하여 맛있는 해산물을 먹게 해주는 사람도 필요하다는 것을 정말 모르는 걸까?

엄마가 눈을 뜬다. 처음 병원에 올 때보다 기침도 적어지고 숨소리도 좀 편안해진 것 같다. 엄마의 손짓에 입 가까이 귀를 기울인다. 호흡기를 낀 처지라 귀를 기울이지 않으면 무슨 말을 하는지 잘 알아듣지 못한다. 왜? 하고 되묻자, 또박또박 발음하려고 애쓴다. 목이 마르다는 표현인 것 같다. 물을 주어서는 안 된다는 간호사 언니의 말이 기억난다. 그러나 엄마의 애절한 눈빛에 나는 주저한다. 내 쪽에 관심을 두고 있었던지 노인의 간병인이 친절하게 알려준다.

"가제에 물을 적셔서 입술에 대주면 갈증이 좀 나아진단다."

간병인이 시키는 대로 물을 적신 가제를 엄마의 입술에 물린다. 그것으로나마 약간의 갈증이 해소된 모양인지 엄마는 다시 눈을 감는다. 그제야 나도 간이침대에 누워 잠을 청한다.

노인의 맞은편에 입원해있는 중년아저씨는 오늘도 심하게

코를 곤다. 아저씨를 돌보는 아줌마가 수시로 아저씨의 머리와 베개를 이리저리 돌려보지만 그때뿐이다. 텔레비전 볼륨을 끄고 나면 그 소리가 더욱 커진다. 마치 기차가 지나가는 소리처럼 들린다. 환자이기 때문에 병실 사람들은 직접 대놓고 불평을 말하지는 못한다. 그러나 출입구 쪽에 있는 중년아줌마환자는 자신의 심한 고통으로 신경이 곤두서있기에 참지 못하고 번번이 신경질을 부린다.

"무슨 놈의 코를 저리 심하게 곤당가? 도대체 잠을 잘 수가 있어야제. 병실을 옮겨달라고 하던지 무슨 수라도 내야 쓰겄어."

중년아저씨환자를 돌보는 아줌마는 그럴 때마다 쥐구멍이 있으면 들어갈 것처럼 미안해한다.

"미안해서…… 참으로 미안해요."

"나도 엔간하면 참지라. 그런디 내 몸이 요 모양 요 꼴이니 신경질만 늘고 환장허겄고만요."

그러자 노인의 간병인이 중년아줌마환자 침대로 다가간다. 가지고 있던 탈지면 솜을 뭉쳐 건네며 달랜다.

"저렇게 코를 심하게 고는 것도 병이지요. 그러니 코를 곤다고 짜증을 내보았자 소용이 없어요. 차라리 다른 방법을 찾는 것이 좋을 거요. 이 솜으로 귀를 막아 봐요. 그러면 좀 나을 것이니."

그녀는 간병인의 말에 순순히 솜으로 귀를 막는다. 그러자 여기저기서 솜을 찾느라 부스럭거린다. 거의 모두가 그 소리에 고통을 받고 있었던 것이다. 그러는 사이 중년아저씨환자를 돌보는 아줌마의 혼잣말이 귀에 잡힌다.

"평생을 곁에서 견디며 살아온 고통은 그 누구도 모를 것이오."

중년아저씨환자의 코고는 소리와 함께 밤이 점점 깊어간다. 그런 상황에서도 하나 둘 잠들고 나도 스르르 잠에 빠져든다.

***

새로운 하루가 또 시작된다.

305호 병실이 아침부터 소란해졌다. 중년아줌마환자의 간절한 하소연이 불씨가 되어 병실은 뜨겁게 달아올랐다. 갑론을박하던 환자들은 어느 결에 자연스럽게 두 편으로 나뉘었다. 부모권리가 우선이다, 아니다. 치료의무가 당연한 것이다, 팽팽하게 맞선 토론은 신문에 난 기사 하나 때문이었다.

기사는 호주에서 실제로 벌어진 일이라 한다.

악성뇌종양 판정을 받은 6세 소년은 병원에서 수술을 받았다. 아이를 담당한 의사는 수술을 한 후 계속해서 화학요법과 방사선치료를 병행해야 한다고 부모에게 알렸다. 하지만 부모는 아이의 고통이 너무 심하고 부작용을 염려하여 치료를 거부했다. 그러자 의료진은 가정법원에 강제치료를 명령해달라는 소송을 냈다. 법원은 화학요법을 받으라는 판결을 내렸으나 부모는 한사코 방사선치료만은 거부했다. 소송은 계속되었고, 이 법정싸움은 전국적으로 논쟁을 불러일으켰다. 국민들은 '부모의 권리'와 '치료의무' 두 편으로 논쟁이 갈라졌다. 아이의 부모는 '만약 나라면 그런 치료를 선택하지 않을 것이 분명한데 왜 아들에게 그토록 고통스러운 일을 겪게 하느냐'고 항변했다. 이에 법원의 판결은 '치료를 둘러싼 갈등이 오래갈수록 아이에게 쏟아야 할 부모의 사랑과 관심이 흩어질까 걱정되어 아이에게 어떤 것이 득이 될 것인가를 먼저 고려했다.'는 논지로 치료중단 판결을 내렸다. 부모는 아이를 집으로 데려왔고, 아이는 크리스마스를 가족과 함께 행복하게 지낸 후, 사흘 만에 세상을 떠났다는 내용이었다.

모처럼 기운을 차린 중년아줌마환자가 이 기사를 보고 남편을 조르기 시작한 것이다. 이미 온몸에 암이 퍼져 더 이상 희망이 없는데 무엇을 더 바라며 이 낯선 고장에서 이 고생을 하느냐며 이제 그만 고향으로 돌아가자고 울먹인다. 나는 그 아줌마가 위암 4기라는 것을 그제야 알았다. 그리고 아들 며느리를 돕기 위해 고향집을 떠나 이곳까지 왔다는 사실도 알게 되었다.

암환자아줌마를 돌보는 아저씨는 어찌했으면 좋겠느냐고 병실사람들에게 의견을 묻는다. 역시 의견은 반반이다. 코골이환자와 삼십대 여성 환자는 치료 의무에 손을 들었고, 라이언과 노인환자는 환자의 권리 쪽에 찬성표를 던진다. 엄마는 자유롭게 의견을 말할 수 없는지라 제외하면 딱 반반이다. 그들의 의견을 듣고 보니 양편 모두 일리가 있다.

먼저 치료 의무에 손을 든 코골이환자는 이렇게 말한다.

"생존할 가능성이 조금이라도 있는 환자에게 치료를 멈춘다는 것은 명백한 살인행위가 아닌가요? 비록 본인이 그런 결심을 한다고 하더라도 주변 가족들은 쉽게 결정할 수 없는 일이지요. 일종의 살인방조죄가 될 수도 있으니까요."

삼십대 여자환자도 이에 동조하는 의견을 말한다.

"그에 대한 부작용도 생각을 해봐야지요. 예를 들어 유산을 노린 자식들이 오래 살 수 있는 부모의 치료를 일부러 거부하고 이익을 취하려 할 수도 있잖아요? 요즘 신문에 나는 사건들을 보세요. 예전에는 생각지도 못할 험악한 일들이 벌어지는 세상이니 말이죠."

그러자 노인환자가 반론을 제기한다.

"물론 이 문제는 판단을 할 수 없는 6세의 아이에게서 벌어진 일이기에 논란이 있을 수밖에 없는데. 그러나 스스로 판단을 내릴 수 있는 나이의 환자라면 자신이 받고자하는 치료를 선택할 수 있어야 한다고 생각해. 나는."

라이언이 이어서 의견을 말한다.

"저도 할아버지와 같은 생각이에요. 살 가망도 없는 환자에게 주렁주렁 기계를 달아놓고 숨만 쉬도록 하는 것이 무슨 의미가 있지요? 그건 산 것이 아니잖아요?"

그러자 코골이환자가 반론을 제기한다.

"세상에 나타나는 기적이라는 것을 무시할 수 없지요. 이십 년을 식물인간으로 지낸 환자가 깨어났다는 기사를 보았는데, 만약 그 부모가 기다리지 못하고 호흡기장치를 떼어냈더라면 어찌되었을까요?"

병실은 잠시 침묵 속에 싸였다.

인간은 신이 아니니까 누구도 앞일을 모르며 산다. 당장 내일 큰 사고를 당할 수도 있고, 다음 달에 알 수 없는 병에 걸릴 수도 있으니까. 어떤 장담도 할 수 없다. 그러니 이런 의견들이 사실 말장난에 불과하다는 생각을 한다. 남의 처지를 쉽게 단정할 수 없지 않은가. 어찌되든 본인의 생각이 가장 중요하며 자신이 하고 싶은 대로 하는 것이 정답인 것만은 틀림없다.

내가 나서 불쑥 말한다.

"저는 그런 어려운 말은 모르고 한 가지는 알아요. 자기가 하고 싶은 대로 살 때 가장 행복하다는 사실을요."

그러자 간병인이 나를 향해 퉁을 주듯 나무랐다.

"애어른이 따로 없네. 열 살짜리의 입에서 어찌 그런 말이 나올 수 있니? 그러나 얘야. 하고 싶은 대로 사는 것이 얼마나 어려운 일인지 네가 아직 몰라서 그런 말을 하는 거야."

"그게 왜 어려워요?"

"너, 저 라이언 오빠를 봐라. 저 오빠가 하고 싶은 것이 뭔지 너도 알지? 그런데 그것을 할 수 없어서 죽으려고 한 것이 아니냐? 그러니 앞으로 어른들이 하는 말에 그렇게 아는 척 끼어들면 안 된단 말이다. 세상을 더 살아봐야 알게 되는 것이 얼마나 많은데."

"피―. 저도 알 것은 다 안다고요."

그때 할망이 병실로 들어온다. 약속대로 내가 먹을 도시

락 가방이 할망 손에 들려있다. 안으로 들어오던 할망은 병실의 분위기가 이상한지 두리번거린다. 그때까지도 훌쩍이고 있는 암환자를 건너다보는 할망의 눈길에 연민이 가득 찬다. 할망의 나이가 되면 말하지 않아도 다 알게 되는 것인가. 나는 조금 전 세상을 더 겪어봐야 한다는 간병인의 말을 떠올린다. 내가 할망의 나이만큼 되면 이 세상은 어떻게 변해있을까? 악성뇌종양이란 병도, 암이란 병도, 엄마가 앓고 있는 폐질환도 쉽게 나을 신약이 개발되어 있을까? 그래서 이렇게 병실에 모여 부모의 권리냐 치료의 의무냐 하는 법정 싸움에 대해 갑론을박하는 일도 그때는 없어질까?

아침을 먹고 난 후에도 엄마는 눈을 뜨지 않는다. 속으로는 걱정이 되었지만 푹 자는 것이 좋다는 간호사의 말을 기억하고 나는 엄마를 깨우지 않는다. 대신 할망이 가져다 준 가방에서 교과서를 꺼낸다. 2학년에 비해 과목이 많다. 국어, 국어활동, 영어, 수학, 수학익힘책, 사회, 과학, 도덕, 미술책이 내 손에 끌려 가방에서 나온다. 나는 먼저 국어교과서를 펼친다.

첫 장에 나오는 동시를 천천히 소리 내어 읽는다.

봄이 오는 소리 _ 정완영

별빛도 소곤소곤
상추씨도 소곤소곤

물오른 살구나무
꽃가지도 소곤소곤

밤새 내
내 귀가 가려워
잠이 오지 않습니다

내가 낭독하는 동시를 들은 병실안 보호자들이 한마디씩
한다.

참! 이제 곧 봄이네요!

그러게요. 세월이 참 빠르기도 하지요. 그래서 시중에 이
런 말이 돌고 있잖아요? 60대엔 60㎞로, 70대엔 70㎞로,
80대엔 80㎞로 세월이 그렇게 달려간다고 말이죠.

그 말이 딱 맞아요. 나이가 들수록 시간이 어찌 그리 빨
리 가는지, 봄이 왔나 했는데 정신을 차리고 보면 어느새 여

름이 와 있어 놀랄 때가 많다니까요.

내가 국어책을 읽어가는 동안 보호자들의 이야기는 끝이 없이 이어지고 있다. 하긴 병실 안에서의 무료함을 그렇게라도 해야 시간을 소비할 수 있으니 어쩔 수 없기는 하지만 그들의 얘기는 책 읽는 데에 자꾸 방해가 된다. 관심을 두지 않으려 해도 그들의 수다에 나도 어쩔 수 없이 귀를 기울인다.

노인환자의 간병을 맡고 있는 간병인이 주로 얘기를 주도한다. 병원내의 소식통이기도 하고 병에 관해서도 해박한 지식이 있어 그러겠지만 말하기를 좋아하는 천성을 타고난 모양이다. 사실 하루 종일 병원에서 지내야 하는 간병인이라는 직업은 그렇게라도 얘기를 나눌 상대가 필요하리라 이해가 되긴 한다.

간병인이 할망을 향해 새삼스럽게 고마움을 표한다.

"할머니. 어제 주신 해산물을 먹은 덕분인지 아침까지 속이 든든하네요."

할망이 대답한다.

"그랬다면 다행이네. 내가 잘하는 일이라고는 그것밖에 없으니……"

간병인이 다시 묻는다.

"제가 성질이 못되어 궁금한 것을 참지 못해서 그러는데 환자와의 관계가 어찌되나요?"

병실 사람들의 시선이 엄마의 침대로 쏠린다. 시선 속에는 그렇지 않아도 궁금했었는데 하는 관심이 가득 담긴다.

할머니가 대답한다.

"뭐……. 흥미를 가질만한 일도 아닌데. 나는 이 아이의 옆집에 사는 늙은이지. 아이네 형편이 돌보아줄 사람도 없고, 그래서 당분간 옆에 있어줄 생각이라오."

"어쩐지 내가 보기에도 가족은 아닌 것 같았어요. 그래도 훈훈한 인정은 좋아 보이네요."

그러더니 간병인이 이번에는 나를 향하여 묻는다.

"엄마가 이렇게 많이 아픈데 연락할 사람이 한 사람도 없어? 네 아빠는?"

나는 고개만 절레절레 흔든다. 아빠에 대해 알지도 못하거니와 알고 있다 해도 말하고 싶지 않다. 열 살이 지나도록 우리 앞에 나타나지 않는다는 것은 내 존재를 모르거나 아니면 인정하지 않는 것이 틀림없다고 생각했기 때문이다. 내가 어렸을 때에는 간혹 엄마를 조른 적이 있었다. 아빠의 얼굴이라도 알고 있어야 하지 않느냐고, 만약 앞에 아빠가 나타났는데 딸인 내가 알아보지 못하면 아빠가 얼마나 슬프겠느냐고 그러니 사진이라도 보여 달라고 떼를 쓴 적이 있었다.

그때 엄마는 평소에 보지 못하던 이상하리만큼 단호한 목소리로 말했다.

은진아! 네 아빠는 이 세상에 없어. 그러니 만날 일도 없는 거야. 그런 걱정은 안 해도 돼.

그럼 아빠가 죽은 거야?

아니! 처음부터 네 아빠는 없었어.

무슨 소리인지 이해가 되지 않았다. 아빠가 없이 태어났다는 일은 과학적으로 불가능한 일이라는 것쯤은 나도 안다. 그런데 처음부터 아빠가 없었다니! 다시 더 캐물으려다 나는 입을 다물었다. 바라본 엄마의 얼굴이 너무나 고통스런 표정이었기 때문이었다. 그 후론 엄마 앞에서 의식적으로 아빠 얘기를 하지 않았다.

간병인은 누구라고 지목하지 않고 공중에 띠운 채 슬그머니 화제를 돌린다.

"여러분은 혼이 있다고 생각하세요?"

생뚱맞은 질문이었지만 혼이란 단어에 나는 호기심이 불끈 솟았다.

제일 먼저 반응을 보인 사람은 할망이었다.

"물론 있지. 비록 사람의 육신은 죽어도 넋은 죽지 않는다고 들었거든. 그러니까 넋은 살아 돌아다니다가 다른 육신에

깃들어 다시 태어난다는 거지. 바로 환생을 말하는 것이야. 환생에 대한 이야기는 어려서부터 많이 듣고 자랐으니까."

그때까지 침묵을 지키던 노인환자가 할망의 말을 받는다.

"혹 종교는 가지고 있소?"

할망이 고개를 흔들자, 그가 말을 잇는다.

"영혼불멸설은 주로 종교에서 퍼트린 이야기인데 인간은 본능적으로 약한 존재가 아니오? 해서 우리가 죽은 다음에 어찌 될 것인가에 대한 두려움은 누구나 갖지요. 그러니 뭔가에 의지해야 그 두려움에서 벗어날 수 있으니 많은 종교인들이 그런 주장을 하는 것이라 생각하오. 그렇지만 사실 실제로 영혼을 접해본 사람도 없고, 죽음을 겪어본 사람은 없으니, 확신할 수 없는 것이지요. 그러니 믿고 싶은 마음은 더욱 커진 거요. 사실 언제 죽을지 모르는 나이에 도달하고 보니 사후가 어찌될지 궁금하기도 하고 무서운 마음도 커져 이런 저런 책을 뒤적여 보았소. 그러나 영혼불멸설에 관해 딱히 확실하게 내세울 근거는 찾을 수가 없었소."

노인환자의 긴 설명에 문제를 던진 간병인이 다시 되묻는다.

"어르신! 제가 알고 싶은 것은 혼이 정말 존재하느냐는 거예요. 지금까지 그에 대하여 별 생각을 하지 않고 살았는데 요즘 나라의 권력을 뒤흔든 사람의 입에서 혼에 관한 얘기가 나와서 궁금해졌거든요."

아마도 그녀는 그 얘기가 하고 싶었던 모양이다. 죄를 지어 특검에 불려나온 사람을 향해 영혼이 맑은 사람이어서 그를 믿었다고 하는 말을 비꼬아 물은 것인데 노인의 말이 너무 진지해져 어떻게 대답해야 할지 당황하는 것 같다.

그런 연유를 정말 모르는지 노인은 더욱 진지하게 자신이 알고 있는 바를 자세히 설명해 나간다.

"그러니까 내가 책을 통해 알게 된 사실은 말이오. 영혼은 육체 속에 깃들어 생명을 부여하고 마음을 움직인다는 무형의 실체를 말하는 것인데, 유교에서는 다음 세상 즉 내세를 믿지 않지요."

자신이 바라는 대답이 아니라서 그런지 간병인이 얼른 화제를 바꾼다. 너무 진지한 노인의 설명이 따분해진 모양이다.

"제가 수수께끼를 하나 내지요. 난센스 퀴즈인데요. 어떤 사람이 제일 먼저 죽을까요?"

난센스 퀴즈라는 말에 다들 심각한 표정으로 답을 생각한다.

나도 덩달아 머리를 굴려본다. 사람은 왜 죽을까? 숨을 쉬지 못하면 죽는다. 사람이나 동물이 코 또는 입으로 공기를 들이마시고 내쉬는 기운을 우리는 숨을 쉰다고 한다. 지금 엄마는 그 숨을 되살려내려고 저렇게 안간힘을 쓰고 있다. 사람이 쓰러져 있으면 다가가 숨을 쉬는지부터 살핀다. 코에 손가락을 가까이 대보기도 하고, 목에 손을 대보고 숨을 쉬는지 살핀다. 그래도 의심이 가면 귀를 가슴에 대고 심장이 뛰고 있는지 들어보기도 한다.

또 병에 걸리면 죽는다. 세상에는 참으로 많은 병이 퍼져 있다. 피해가고 싶어도 쉽게 피할 수 없는 것이 바로 질병이다. 물론 병에 걸린다고 다 죽는 것은 아니다. 좋은 약을 써서 나을 수도 있고, 명의를 만나 병을 고칠 수도 있다. 그러나 살지 못하고 죽는 경우도 많다.

나이가 들어 몸이 노쇠해지면 또한 죽는다. 그런 죽음은 제 명을 다하고 죽으니 억울할 것이 없다. 억울한 죽음이 있다면 불의의 사고로 목숨을 잃는 것이다. 교통사고, 추락사고, 약품사고, 화재사고, 홍수사고, 그밖에 곳곳에서 일어나는 사고로 하루에도 수백 명이 죽어간다는 뉴스가 들리지 않은가.

문득 할망에게 들었던 전설이 생각난다. 이어도에 관련된 전설이다. 옛날 제주도의 한 마을에 부부가 살고 있었다. 하루는 남편이 배를 타고 나갔는데, 아무리 기다려도 돌아오지 않았다. 남편이 탄 배는 풍랑을 만나 낯선 무인도에 도착했던 것이다. 남편을 기다리던 아내는 어느 날 늙은 시아버지에게 남편을 찾으러 갈 수 있게 배 한 척을 만들어 달라고 말한다. 시아버지는 며느리의 소원을 들어주기 위해 산에 가서 나무를 베어 배를 만든다. 어느 화창한 날, 아내와 시아버지는 배를 타고 남편이 살고 있는 이어도로 향한다.

이엿사나 이어도 사나 이엿사나 이어도 사나 / 우리 배는 잘도 간다 / 솔솔 가는 건 솔남(소나무)의 배여 / 잘잘 가는 건 잣남(잣나무)의 배여 / 어서 가자 어서 어서

아내는 제주 해녀의 민요 이어도타령을 부르며 힘겹게 노를 저어간다. 멀고도 험난한 바닷길을 헤쳐 이어도에 당도해 보니, 남편은 거기서 얻은 새 아내와 행복하게 살고 있는 게 아닌가. 하지만 시아버지와 조강지처의 설득으로 남편은 다시 고향으로 돌아가기로 한다. 온가족이 배를 타고 제주도로 향하는데, 갑자기 풍랑을 만난다. 결국 배는 침몰되고, 일가족은 모두 물에 빠져 죽고 만다.

간병인이 낸 수수께끼의 답은 그런 죽음을 말하는 것은 분명 아닐 것이다.

나는 더 참지 못하고 간병인에게 답을 알려달라고 재촉한

다. 그녀가 웃으며 답한다.

"숨 쉬는 것도 귀찮아 숨을 안 쉬는 게으른 사람이 제일 먼저 죽지."

요리조리 머리를 굴리던 병실사람들은 간병인의 대답에 어처구니없다는 표정으로 웃는다. 병실 안에 떠다니는 불안과 삭막한 공기가 잠시 걷힌다.

***

뒤늦게 간병인의 말뜻을 알아챈 내가 까르르 웃고 있는데 병실 문이 열린다.

병실 안 사람들의 시선이 그쪽으로 쏠린다. 들어오는 사람의 모습이 눈에 익다. 아! 라이언을 찾아온 아줌마다. 그날 라이언이 응급실에 들어온 날 노신사 앞에서 기를 펴지 못하던 이다. 그녀는 라이언의 침대를 향하여 또각또각 구둣발 소리를 내며 걸어간다. 그러고는 침대와 침대 사이에 있는 커튼을 둘러친다. 차르르–, 레일을 따라 닫히는 고리소리가 병실에 가득 찬다. 무엇을 감추고 싶은 걸까? 아님 폭력이라도 가하려는 것인가. 나는 괜히 마음을 졸인다. 기 싸움을 하는 것인지 커튼 안에서는 한동안 아무 소리도 들리지 않는다.

한참만에야 소리가 들린다. 병실 사람들을 의식해 작은 목소리로 대화를 시도하지만 방음이 되지 않아 주고받는 말은 그대로 커튼 사이를 비집고 나온다.

"이제 그만 고집을 꺾으면 안 되겠니? 제발 엄마 좀 살자."

"그러니까 죽어 없어지려고 했던 거잖아?"

"어미 앞에서 어떻게 그런 말을 할 수 있니?"

"지금 나를 이렇게 병원에 가둬 두는 것도 할아버지 뜻이지?"

"생각해 봐라. 네가 머리가 나빠 도저히 따라가지 못한다면 우리도 일찌감치 단념하겠다. 그렇지만 그게 아니지 않니? 남들이 부러워하는 그런 머리를 가지고 어째서 부모 속을 이리 썩인단 말이냐?"

"난 죽어도 법조인은 되지 않는다니까!"

"그러니까 그렇게 하기 싫으면 할아버지 앞에서 정당한 이유를 대란 말이야. 쓸데없이 여자 친구 핑계대지 말고. 그 아이가 구출되지 못한 것이 어째서 할아버지 탓이라고 우기는 건데? 도대체가 말이 되는 소리를 해야지."

"나는 알아. 안다니까! 천일이 지난 지금까지도 가라앉은 세월호를 끌어올리려 하지 않는 이유를 나는 분명하게 알고 있다고!"

세월호란 단어에 할망의 눈이 커진다. 그리고 커튼이 쳐진 라이언의 침대가 있는 쪽을 망연한 표정으로 바라본다. 하나뿐인 손녀 미소야! 허공에 대고 작은 소리로 부르며 할망이 길게 한숨을 내쉰다. 할망에게서 풍겨 나오는 슬픔은 언제나 내게로 와 몸을 감싼다. 나도 할망처럼 깊이 숨을 들이마셨다 내쉰다. 그러자 맺힌 가슴이 조금 풀리는 것도 같다. 처음에는 할망의 깊은 슬픔을 느끼지 못했다. 그런데 지금은 알 것 같다. 엄마의 병세가 깊어질수록 내 곁을 언제 떠날지 모르기에 불안해서 자꾸 슬퍼진다. 가족을 잃는다는 것이 얼마나 가슴 아픈 것인지 느껴가는 참이다.

귀를 쫑긋 세우고 듣고 있던 간병인이 할망 옆으로 다가와 속삭인다.

"그러니까 모자간의 불화가 그것 때문이었군요. 소문은 들었지만 모두 사실인가 보네요."

"무슨 소문인데?"

할망이 궁금한 듯 묻는다.

"그게……."

간병인이 소문이라는 전제를 깔고 이야기를 이어간다.

법조인 가정의 막내로 태어난 라이언은 어려서부터 총명했다. 초등부터 고등학교까지 전교에서 일등을 놓친 적이 없다. 집안에서는 당연히 일류대학 법학과에 들어가 법관이 되리라 믿었다. 고교시절 인디밴드에 심취해 어울려 다니는 것도 집안에서 용납했다. 그러면서도 일등을 놓친 적이 없었으니까. 그런데 삼 년 전 그 참사가 일어난 후 라이언은 점점 변해갔다. 공부는 아예 뒷전이 되어 자연히 등수는 뒤로 밀려났고, 집안은 발칵 뒤집혔다.

이른 나이에 검사가 된 형은 라이언을 이런 말로 닦달했다.

네가 어려서 지금은 잘 모르겠지만 실력이 바로 권력이 되는 세상이야. 정신 차려. 이 바보야! 순정? 첫사랑? 미친 소리 마. 돈과 권력만 잡으면 그때부터 네 세상인 거야. 세상에 여자가 그 애 뿐이라던? 그러니 바보처럼 방황하지 말고 법대든 의대든 들어가! 그게 바로 꽃길로 들어서는 최선의 길이란 말이다.

의사인 누나는 이런 말로 라이언의 기를 죽였다.

야! 이 멍청아. 너 때문에 내가 얼마나 창피한지 아니? 또라이도 아닌 놈이 그렇게 생각이 없어? 네가 하고 싶다고 그렇게 살 수 있으리라 생각해? 막말로 수십 년을 능구렁이가 담 넘듯 세상을 주무르며 살아온 노친네를 순진해 빠진 네가 무슨 수로 이길 건데? 그냥 순순히 항복해. 그리고 권력을 잡아. 그래야만 그 노친네 손아귀에서 벗어날 수 있는 거야. 알아?

실제로 할아버지는 라이언 앞에서 펄펄 뛰었다.

네 놈이 지금 제정신이야? 호강에 겨워 요강에 똥 싼다 하더니 네놈이 바로 그 짝이로구나. 머리에 피도 안 마른 녀석이 그 따위 막돼먹은 계집애에게 홀려 인생 말아먹으려 작정한 게야? 밴드에 따라다닐 때부터 알아봤어야 하는데 귀엽다고 봐주었더니 이렇게 뒤통수를 쳐? 내가 누구냐? 이 나라에서 힘이 미치지 않은 곳이 없는 무소불위의 권력을 가진 난데, 마음만 먹으면 그 집안 박살내는 것쯤 식은 죽 먹기지만 참고 있는 것이 네 놈 눈엔 진정 안 보이는 거냐? 이놈아, 정신 차려. 지금이라도 공부에 매진한다고 약속하면 한 번은 봐주겠지만, 만약 말을 듣지 않으면 호적에서 파버릴 테니까 그리 알아!

이야기를 계속해나가려는 간병인을 향해 할망이 말을 끊는다.

"그 사건이라는 게 세월호 참사를 말하는 거여?"

"맞아요. 삼 년 전 그 참사로 청년은 첫사랑을 잃었다네요."

"아이고! 어쩌나. 상심이 컸겠구먼!"

"그렇지요. 더군다나 아직 주검도 확인하지 못한 처지래요. 그 여학생이 미수습자라서……. 그러니 더욱 마음을 잡지 못할 수밖에요."

할망이 고개를 끄덕인다. 그 마음을 충분히 이해한다는 표정이다.

국어교과서를 뒤적이며 안 듣는 척 듣고 있던 내가 둘 사이에 끼어든다.

"할망! 신기한 일이 다 있네요? 할망의 손녀딸도 지금 맹골수도 바다에 가라앉은 배속에 있다고 하지 않았어요?"

내 말에 간병인의 눈이 커진다. 그도 그럴 것이 삼 년이 지난 지금도 해결될 기미를 보이지 않는 그 참사에 연관된 사람을 이곳에서 두 사람이나 만났으니 참으로 별일이라는 생각을 한 모양이다.

2014년 4월 16일 전라남도 진도군 조도면 맹골도와 거차도 사이에 있는 맹골수도에서 제주도로 수학여행을 떠난 학생과 민간인들이 탄 세월호가 의문의 침몰을 당했다. 그중 304명이 수장된 사건이 바로 세월호 참사다. 워낙 다급한 상황이라 전국적으로 뉴스가 전파되었고, 그 뉴스를 보느라 밤을 새운 국민이 많았다. 시시각각 확인되지 않은 보도는 전파를 타고 생중계되었다. 웃음을 띠고 즐거운 여행길을 올랐던 아들딸이 주검으로 돌아올 때마다 부모들은 피눈물을 흘렸다. 보고 있던 국민들도 따라 울었다.

할망의 눈에 눈물이 괸다. 바라보고 있던 간병인의 눈가도 촉촉해진다. 나도 덩달아 눈가가 뜨거워진다. 어느 때부터인가 할망의 슬픔은 내게 빠르게 전이되었고, 그때마다 교감이 이루어진다는 느낌을 받는다.

눈물을 보이지 않으려고 나는 국어교과서를 놓고 널려진 교과서 중 다른 한 권을 집어 든다. 영어책이다. 노란색 바탕에 애니메이션에 나오는 사람과 동물이 무척 친근하게 다가온다. 책장을 넘겨보니 간단한 의사소통이 주였고, 인사말과 자기를 소개하는 방법이 나온다. 지금까지 영어학원에 가 본 적이 없는 나는 겨우 알파벳 정도 익힌 수준인데 크게 걱정하지 않아도 될 것 같아 참 다행이라는 생각을 한다.

다음으로 집어든 것이 사회교과서였다. 반 친구들은 사회교과목을 별로 좋아하지 않는 것 같았다. 그런데 나는 사회교과가 좋다. 물질을 하면서 어른들과 어울려 지냈기에 그러는지는 모르겠다. 넘겨보니 풍부한 사진자료와 읽기자료가 들어있어 더 흥미롭다. 제1단원에는 우리고장을 중심으로 위치, 모습, 하는 일, 이동수단, 중심지 등 다양한 내용이

들어있다. 그중 읽기자료에 눈길이 간다.

나는 소리를 내어 읽어나간다.

"옛날사람들은 어디에 지도를 그렸을까요? 아주 먼 옛날 사람들은 땅, 돌, 나무에 지도를 그렸습니다. 그러나 이러한 지도는 시간이 지나면 지워지거나 썩어서 알아볼 수 없었고, 무거워서 가지고 다니기도 불편하였습니다. 그래서 특별한 곳에 지도를 그려야 했는데, 이렇게 만든 지도가 점토판지도입니다. 점토판지도는 진흙으로 만든 점토판에 나뭇가지로 지도를 그린 후 햇볕에 말려 아주 단단하게 굳힌 것으로, 오랜 시간이 지나도 변하지 않았습니다. 이밖에도 옛날사람들은 나무줄기에 조개껍데기와 산호조각을 붙이거나 동물의 가죽에 나뭇조각을 붙여 지도를 만들기도 하였습니다."

내가 여기까지 읽어나갔을 때 할망이 내 이름을 부르며 엄마를 가리킨다. 일어나 침대로 다가서자, 엄마가 눈을 뜨고 나를 바라본다. 어멍! 내가 반가운 목소리로 부르자, 엄마는 눈을 감았다 뜨는 것으로 의사표현을 한다. 엄마는 내가 공부하는 것을 좋아하는 것이 틀림없다. 오랜만에 깨어난 엄마의 얼굴이 참으로 편안해 보인다.

바로 그 순간 라이언의 어머니가 병실을 빠져나간다. 뒤따라 나올 줄 알았던 라이언은 나올 기미를 보이지 않는다. 나는 얼른 오빠 침대로 다가가 재촉한다.

"오빠! 멀리서 시간을 내어 일부러 내려오신 엄마인데 배
웅은 해야지요? 아들이면 당연히 해야 할 도리가 있잖아
요?"

라이언이 고개를 흔든다. 하기야 그런 대우를 받는다면 나
도 그럴지 모른다. 퇴원을 해도 좋을 정도로 병이 나았는데
도 병실에 있는 것이 좀 이상하다는 생각을 했었다. 돈이 많
으니 어디다 쓸데가 없어 저렇게 돈 자랑하는 거라고 간병인
은 비아냥댔다. 그런데 그것이 자신의 뜻을 따르지 않은 손
자를 벌주기 위해 일부러 병원에 잡아둔 것이라니! 생각을
바꾸지 않으면 퇴원시키지 않겠다는 것은 감금이나 마찬가
지가 아닌가?

문득 그때의 일이 떠오른다. 생각할수록 가슴에서 뜨거운
분노가 치밀어 오른다.

전학 온 송미진에게 반장의 자리를 양보한다고 말하던 그
때, 나를 노려보던 그 애의 눈초리를 잊을 수가 없다. 처음
에는 그동안 한 번도 받아보지 않았던 결과에 그 애가 많이
놀랐나보다고 짐작했다. 그래서 나는 반장을 양보한다고 말
했고, 나의 선의를 고맙게 생각할 줄 알았다. 그런 내 마음
이 얼마나 순진한 것이었는지 오래지 않아 깨달았다.

실제로 그 애가 나를 상대로 직접 자신의 서운함을 말하였더라면 차라리 용서했을 수도 있다. 그러나 그 애의 수법은 교묘하고 잔인했다. 전혀 내가 눈치를 챌 수 없는 방법으로 아이들과 나를 이간질시켰다. 어느 날은 내 책가방에 그 애의 영국제 샤프펜슬이 들어있었고, 어느 날은 내 책상서랍에 그 애의 미국제 필통이 놓여있었다. 반 아이들은 금방 그 애 편으로 돌아섰다. 내가 아무리 그건 진실이 아니라고 해명을 해도 소용이 없었다. 아이들은 나를 향해 손가락질을 했다.

도둑년이잖아?

아버지도 없이 자란 애가 별 수 있겠어?

지금까지 우리가 속았어.

에이! 순 거짓말쟁이!

가장 친하던 진아까지 나와 눈을 맞추려하지 않았다. 그보다 더 속이 상한 것은 담임의 태도였다. 그동안 우리를 공평하게 대한다고 생각했다. 그런데 그 애가 전학을 온 다음부터 담임의 태도는 눈에 띄게 변했다. 그 애를 위시해서 몇몇 잘 살거나 부모가 특별한 직업을 가진 애들과 평범하거나 없이 사는 애들을 대하는 태도가 다르다고 느꼈다. 까닭은 정확하게 알 수 없었지만 지금 생각해보면 아무래도 그 애 부모의 권력 때문이 아니었을까? 하는 의심이 든다. 그러나 나는 그렇게 생각하고 싶지 않았다. 학교에서만은 권력이나 재력이 힘을 써서는 안 된다는 믿음이 있었다. 그런데 그리 사납게 꾸중을 하지 않아도 될 일인데도 담임은 없이 사는 애들은 엄격하게 다스렸다.

자연히 학급의 분위기는 살벌해졌다. 있는 집 아이들은 없이 사는 집 아이들을 무시하고 놀렸다. 힘없는 아이들은 견디지 못하여 결석이 잦아지고, 그것을 바라보고 있는 나는 분노를 눌러야 했다.

그날은 금요일이었다. 다음날이 쉬는 토요일이었기 때문에 담임은 우리에게 깨끗이 청소를 한 다음 반장에게 검사를 맡은 후 귀가하라고 했다. 그 애는 우리에게 하나하나 청소를 분담시켰다. 그런데 그 분담과정에서 시비가 붙었다. 우리 교실은 이층이었기 때문에 그동안 유리창청소는 아이들에게 시키지 않았다. 위험하기 때문이었다. 그런데 그 애가 자기 맘에 들지 않는 아이들만 콕 집어서 유리창청소를 맡긴 것이었다. 나도 그 속에 들어있었다. 반장의 재촉에 몇 명이 벌벌 떨며 창틀 위로 올라갔다.

나는 더 이상 참을 수가 없었다. 그 애 앞으로 다가갔다. 내가 두 주먹을 불끈 쥐고 다가가자 그 애는 뒤로 주춤 물러섰다. 그래도 반장의 품위를 지키고 싶었던지 날카로운 목소리로 말했다.

지금 뭐하는 거야? 빨리 네가 맡은 유리창에 올라가라고!

나는 한껏 낮은 목소리로 대답했다.

지금까지 유리창청소는 우리가 하지 않았어! 위험하니까 내려오라고 네가 말해! 빨리.

내 말에 그 애가 고함을 지르며 달려들었다.

반장이 하라고 하면 하는 거지 무슨 잔말이 그렇게 많아? 너 나한테 반항하는 거지? 그까짓 반장 양보했다고 지금 애들 보는 앞에서 날 무시해 창피주려는 거지? 그렇지?

나도 참지 않고 그 애를 향해 목소리를 높였다.

너, 이러다가 애들이 떨어져 다치면 책임질 수 있어?

그러자, 그 애도 지지 않고 대들었다.

그래. 내가 책임지면 되잖아? 그러니 너도 정해준 자리에 빨리 올라가라고!

아마도 그 애와 나 사이의 말다툼에 신경을 쓰느라 방심했던 모양이었다. 처음부터 무서움에 떨며 창틀로 올라갔던 한 아이가 땅으로 떨어진 것은 순식간이었다. 팔 다리가 부러지는 제법 큰 사고였다.

그 사건으로 학교는 한바탕 난리를 치렀다. 교육청에서 감독관이 나오고, 경찰서에서는 경찰관이 조사를 나왔다. 안전을 최우선으로 하는 교육청 지시를 따르지 않았다고 담임은 경위서를 제출해야 했고, 그 애와 나는 며칠 동안 반성문을 썼다. 그래도 그 선에서 마무리된 것은 그 애 아버지의 서슬 퍼런 권력에 교육청도 학교도 다친 아이의 부모도 꼼짝 못했다는 후문이 공공연하게 떠돈 것도 사실이었다.

한 학기를 다 채우지 않고 그 애는 다시 도시로 전학을 갔다. 그 애가 생각날 때마다 나는 입술을 꼭 깨물며 다짐하곤 한다. 다시는 불의에 눈 감지 않겠다고, 힘 있는 자에게 굴복하는 그런 사람은 되지 않겠노라고, 진실을 마주할 때 죽음을 두려워하지 않겠노라고, 어린 마음에도 굳게 다짐했었다.

***

엄마의 병세가 많이 좋아지고 있다.

며칠 사이에 눈에 띄게 좋아져 이제 호흡기도 떼어냈다. 대화도 나눌 수 있게 되고, 병원 안을 산책할 수도 있게 되었다. 엄마의 강한 만류로 할망은 집으로 돌아갔다. 생업인 물질을 하지 않고 할망이 자신에게 매달리고 있는 것이 부담이 된다고 엄마는 한사코 말렸다. 할망은 엄마에게 떠밀려 병실을 떠나면서 무슨 일이 있으면 바로 연락하라고 내게 신신당부를 했다.

그 사이 병실에도 많은 변화가 있었다. 라이언이 어렵게 퇴원을 했고, 오른쪽 첫 번째 침대의 암환자아줌마는 그리워하던 고향으로 돌아갔다. 떠나는 아줌마에게 고향의 병원으로 가느냐고 내가 물었다. 아줌마는 고개를 흔들면서 고향집으로 간다고 대답했다. 아줌마의 고향집은 지리산 중턱에 있는데, 오랫동안 비어있었다고 한다. 그곳에서 태어나 내 나이만 할 때까지 살았노라고 말한다. 그곳에 가면 어렸을 적의 추억이 되살아나고 그러면 건강해질 거라고 말하는 아줌마의 얼굴이 유난히 환하다. 숨이 붙어있는 날까지 즐겁게 살 것이라고 희망에 들뜬 목소리로 말하며 손을 흔들며 갔다.

라이언이 떠난 자리에 새로운 환자가 들어왔는데, 들어온 날부터 병실은 시끄러워졌다. 환자의 고집은 보호자에게 심한 스트레스를 주고 있었다. 병세가 심해 나이를 추측하기 힘든 환자는 말을 하지 못했다. 후두암으로 수술을 하고 중환자실에서 꽤 오랜 기간 치료하다가 올라온 환자라 했다.

처음에는 몰랐는데 며칠 같이 생활하다보니 환자의 상태는 대강 짐작이 되었다. 진행성 후두암이라 후두전체를 떼어내 목에 구멍을 뚫어 그곳으로 호흡을 하고 있었다. 유난히 색색거리는 숨소리도 그 때문이라고 노인의 간병인이 내게 귀띔을 해주었다.

그 환자가 들어온 후에 나는 처음으로 후두라는 기관에 대해 자세히 알게 되었다. 그동안 무심코 사용해왔던 우리 몸의 기관 중의 하나인 후두는 설명을 듣고 보니 참으로 귀중한 기관이었다. 후두는 중요한 두 가지 기능이 있는데, 그 기능으로 우리는 정상적인 삶을 누릴 수 있다는 것이다. 그런 말을 해주는 간병인은 자기가 알고 있는 지식을 나와 엄마에게 말해주는 것을 매우 즐기는 듯했다.

그녀는 후두에 대해 이렇게 설명을 해주었다.

우선 후두는 발성을 하는 기관이다. 말을 함으로서 사람과 사람 사이의 의사소통이 이루어지는데 그 기능을 맡고 있는 것이 바로 후두이다. 또한 후두는 호흡과 음식물의 통로가 된다. 숨 쉬는 기능은 후두의 가장 기본적인 역할로 만약 이 기능이 원활하지 못하면 호흡곤란이 발생하여 생명이 위험해진다. 또한 후두는 음식물의 통로도 된다. 그러니까 음식물이 지나가는 통로와 호흡을 하는 통로가 갈라지는 부분이 바로 후두인데, 우리의 신체는 참으로 신비한 점이 많다는 얘기다. 예를 들면 후두의 그 중요한 역할은 인체에서 무의식적으로 실행되는데 한 치의 오차도 없이 진행된다는 점이다. 만약 후두가 잠시만 제 역할을 하지 못하면 우리 몸은 곧바로 위험한 상태가 된다. 음식물이 기도로 들어가 폐렴이나 호흡기 질환이 생겨 생명이 위험해진다는 말이다.

긴 설명 끝에 간병인이 나와 엄마를 향해 이렇게 물었다.

"우리가 보통 사레들린다고 말하는데, 음식물을 먹다가 캑캑거리며 숨을 못 쉬는 경우 말이에요. 그런 경험 있으시죠?"

나와 엄마가 똑같이 고개를 끄덕이자 빙그레 웃으며 그녀가 말했다.

"그 증상이 바로 후두의 반란이죠. 음식물, 분비물, 또는 이물질이 기도로 들어가지 않도록 보호하는 것이 후두인데 그 기능이 잠시 멈추어지면 그런 일이 벌어지는 것이죠. 보통 사람들은 후두의 그 중요성을 모르고 살아요. 저 환자처럼 병이 들고 나서야 그 중요성을 새삼 깨닫게 되지요."

간병인은 새로 들어온 후두암 환자를 눈으로 가리키며 말한다.

우리는 간병인의 눈을 따라 무심결에 그 침상을 바라본

다. 병실에 옮겨온 지 얼마 되지 않아 자세한 내막은 알 수 없었지만 보기에 참으로 안타까운 모습이다. 어떤 병이건 건강한 사람의 눈으로 보면 모두 안쓰러워 보이지만, 목에 구멍을 달고 살아야 한다는 것은 참으로 보기에 딱하다.

간병인을 향해 내가 작은 목소리로 묻는다.

"아즈멍, 저 환자분은 이제 아예 말을 할 수 없는 거예요?"

"구멍을 막고 소리는 낼 수 있지. 그러나 정상인처럼 자유롭게 말을 하긴 힘들 거야. 정상인은 성대의 진동세기와 빠르기를 조절하여 목소리의 세기와 높낮이를 자유롭게 할 수 있지만 저 환자는 그 기능을 없애 버렸으니까 제 목소리를 낼 수 없지."

"후두암은 어떻게 해서 생겨요?"

"네가 많이 궁금한 모양이구나. 말하기는 담배 때문이라고도 하고 술을 많이 마시면 후두에 큰 영향을 미친다고 하더라만 담배를 태우지 않는 사람도 환자가 나오는 형편이니 그것만은 아닌 듯해. 아마도 과거와 달리 공해가 심하고 먹는 음식도 영향을 미치지 않았을까 그런 생각이 들기도 해."

"그런데 아즈멍은 그런 사실들을 어떻게 그리 잘 알아요?"

"직업이 매일 병원에서 살다시피 하고 또 그런 쪽에 관심도 많아 책을 좀 많이 보았지. 그래야만 환자의 시중이나 간호를 병자에 맞춰 잘 해줄 수 있으니까."

그때 바로 그 병상에서 다시 작은 소란이 벌어진다. 무엇이 불만인지 환자가 나오지도 않는 목소리로 꺽꺽댄다. 아내로 보이는 보호자는 그 소동을 멈추게 하려고 나름 애를 쓴다. 그러나 환자는 도통 말을 들으려 하지 않는다. 결국 보호자가 눈물을 보인다. 의사소통이 잘 안 되고 몸도 많이 아파 괴로운 환자도 딱하지만 나는 그 보호자가 더 가엾다. 보호자의 모습으로 보면 이제 갓 서른이 넘었을까? 그러나 꽤 긴 시간 병원생활로 지친 모습이라 그런지 어쩜 사십대로 보이기도 한다. 젊은 나이에 목소리를 잃은 남편을 생각하면 앞일이 참으로 막막할 것이다. 그러나 환자 앞에서 드러내기 어려운 속마음이 눈물로 나오는 거겠지.

간병인이 그 보호자를 향해 훈수를 해준다.

"그냥 놔두세요. 무조건 막는다고 불만이 없어지는 것이 아니니 스스로 본인의 상태를 받아들여 지칠 때까지 기다리는 수밖에 없어요. 기다리는 수밖에 다른 도리가 없으니 서두르지 마세요."

병실에서 벌어지는 소동은 참을 수밖에 없다. 환자나 보호자들은 암묵적으로 양해를 하고 있다. 같은 처지라 크게 불만을 표하지 않는다. 나는 옆 침대의 노인이 어떻게 나오나 걱정이 되어 그쪽을 바라본다. 요즘 들어 기운을 못 차리고 자꾸 잠만 자는 노인이 걱정이 되던 참이다. 이렇게 시끄러운 상황에서도 노인은 잠들어있다. 간병인을 향해 내가 묻는다.

"하르방이 너무 오래 주무시는 거 아닌가요?"

"글쎄 말이다. 요즘 들어 기력이 많이 노쇠해져 걱정이다."

"하르방 가족들은 없어요?"

"없긴. 아들딸, 며느리, 사위, 그리고 손자들도 많다고 하던 걸?"

"그런데 왜 한 명도 안 찾아와요?"

"자세히 물어보지 않았지만 집안마다 다 사정이 있으니까."

"그래도 그렇지. 하르방이 살면 얼마나 산다고……."

내 불평을 엄마가 막는다. 어른들 일에 함부로 나서는 것이 아니라고 꾸중을 한다.

어른들은 왜 그럴까? 답하기 어려울 때면 꼭 저렇게 말을 막는다. 어린이들도 나름 소견은 있다. 물론 어른들처럼 상황에 딱 맞는 추리나 방법을 제시하지 못하지만 생각과 의견이 있기 마련이다. 그래서 말하면 버릇없이 어른들 일에 나서지 말라고 한다. 그렇다면 어른들도 아이들 일에 상관하지 않아야 공평하지 않은가. 어른들은 아이들에게 시시콜콜 책 잡고 반대하고 못하게 하면서 우리한테는 가만히 있으라 한다. 어른들이 하라는 대로 가만히 있다가 물속에 수장된 그 참사를 겪고도 어른들은 고치지 않는다.

내 기분을 엄마가 눈치 챘나 보다. 은근한 목소리로 내게 묻는다.

"미진아, 기분 나빴어? 모르는 일에 앞서 생각하는 것은 좋지 않아. 더군다나 저 노인의 마음을 상하게 만들 수도 있으니까. 그러니 마음 풀어."

이때다 싶어 나는 그동안 궁금했던 사실을 엄마에게 묻는다.

"어멍. 정말 알고 싶어서 그러는데 어멍의 병에 대해 정말 아무것도 몰랐어요? 가습기살균제에 관해 몰랐느냐고요?"

엄마의 얼굴이 하얗게 변한다. 내가 그것을 알고 있으리라 전혀 생각하지 못한 모양이다. 지금 아니면 다시는 물어볼 시간이 없을 것처럼 나는 재차 채근하듯 묻는다.

"나도 알아볼 만큼 알아봤어요. 그런데 퍼즐 하나가 빠져 도무지 그림이 그려지지 않는 거예요. 그래서 엄마가 정확하게 사실대로 말해주었으면 해요. 엄마는 도대체 어디서 병을 얻은 거예요?"

이번에는 엄마의 얼굴이 벌게진다. 그래도 멈출 수가 없다. 최소한 어떻게 해서 발병이 되었고, 어떤 치료를 했는지 알고 있어야 가족이라 할 수 있지 않겠는가. 예상은 했지만 그것에 관하여 엄마의 입은 열리지 않는다. 나도 모르게 화가 치민다. 그래서 엄마의 비밀이라고 생각되는 말을 내뱉고 만다.

"엄마는 누군가와 은밀하게 거래한 거죠? 맞지요? 그렇지 않다면 오 년 동안 우리가 쓴 생활비가 어디서 나온 것이며 앞으로 내가 공부할 돈은 이미 마련해 두었으니 걱정하지 말라는 엄마의 말은 도대체 무슨 의미였어요?"

엄마의 동공이 커진다. 아직 어린애로 생각하여 그런 말로 자신에게 따지리라고는 생각지 못했을 것이다. 그동안 말을 하지 않았어도 엄마의 행동은 이해가 가지 않는 면이 많았다. 이곳으로 이사를 와서 일을 하지 않았으니 당연히 궁핍해야 맞다. 그런데 생활에 아무런 불편함을 느끼지 못했고 더군다나 챙겨먹는 약값도 전혀 걱정하지 않는 태도를 보였다. 처음에는 어디엔가 아빠가 있는가보다고 지레짐작도 했다. 그래서 직접 엄마에게 물어보았다. 내 물음에 엄마는 아주 강하게 부정했었다. 네 아빠는 이 세상에 존재하지 않는다고. 그 다음에 생각한 것은 새 아빠의 존재였다. 그렇다면 새 아빠가 될 사람이 우리를 돌보아 주는 것이라고 생각했다. 그런데 오 년 동안 집에 찾아온 남자는 전혀 없었으니 그것도 사실이 아닐 확률이 높다. 그러면 도대체 엄마의 비밀은 무엇이란 말인가.

엄마는 내 채근에 눈을 감아버린다. 도대체 무슨 말 못할 비밀이 있는 것인가. 이미 감아버린 눈을 뜨지 않을 것을 잘 알고 있는 나는 쌩 찬바람을 일으키며 병실을 나온다. 엄마 곁에 있어보았자 화만 날 것 같아 자리를 피한 것이다. 병원 마당으로 나오니 예상 밖으로 코끝이 시리다. 아직 바깥 날씨는 차가웠다. 한참을 어정거리다가 추위를 견디지 못하고 다시 실내로 들어온다. 부르르 성질을 부리고 나왔기 때문에 금방 병실로 들어가기도 멋쩍었다. 그래서 병원 이곳저곳을 어슬렁거리며 돌아다녔다.

일층은 주로 외래환자들이 진료를 받는 진찰실이 대부분 차지하고 있어 환자들이 많다. 걸어 다니기도 힘들다. 병원에 오면 세상 사람들이 거의 환자인 것처럼 북적댄다. 진료실 앞마다 대기하는 수를 헤아리기 힘들다. 앉아서 차례를 기다리는 사람들이 표정도 각양각색이다. 얼굴에 근심이 가득한 사람, 오래 기다리며 짜증이 난 사람, 걱정하는 가족을 안심시키려고 애쓰는 사람, 이런 병쯤은 아무렇지도 않다

고 허허 웃으며 일부러 눙치는 사람, 둘러보니 참으로 다양
한 표정들이다.

환자들을 둘러보다 반가운 얼굴이 보여 그쪽으로 다가간다.

"으응? 쌤이 무슨 일이시지? 어디가 아프신가?"

빠르게 다가가던 나는 멈칫 선다. 담임과 대화를 나누고
있는 이는 바로 엄마다. 병문안을 오셨나? 빠르게 머릿속으
로 단정을 하며 다가가던 나는 그대로 자리에 얼어붙는다.
엄마의 유난히 떨리는 목소리가 불길하다.

"선생님! 그래서 우리의 거처를 알려주셨나요?"

"그럴 리가요. 학생의 신변보호는 학교의 의무사항인데 아무
리 국가의 권력이라도 알려줄 순 없지요. 그렇지만 어머님은
아무래도 알고 계셔야 할 것 같아 이렇게 찾아온 것이지요."

"고맙습니다. 선생님! 우리 은진이에게는 아무 말 하지 말
아 주세요. 부탁합니다."

아마도 내가 알까봐 병실을 나와 이곳에서 몰래 만나는
모양이다. 누군가가 우리를 찾는다는 얘기 같은데 국가의 권
력이라고 선생님은 말한다. 문득 한 기관이 떠오른다. 무소
불위의 권력을 자랑한다는 그곳에서 왜 우리의 거처를 확인
하는 것일까? 엄마가 그들에게 어떤 꼬투리를 잡힌 것인가.
아님 엄마의 발병에 관한 일인가? 이런 저런 생각을 하느라

담임이 떠난 것도 엄마의 모습도 따라잡지 못했다. 사실 내가 묻는다고 하여 그들이 순순히 대답해 줄 리는 없다. 그리고 안다고 해도 내가 해결할 방법 또한 없음은 잘 안다.

나는 빠르게 병원 밖으로 뛰어나간다. 아무래도 선생님을 만나야 할 것 같았다. 밖으로 나와 이리저리 둘러보다 다행히 담임 모습을 찾았다. 앞으로 빠르게 다가가는데 뭔가 수상하다. 총총 걸음을 옮기는 담임 뒤를 검은색 양복 차림의 건장한 사내 둘이 뒤따른다. 아주 은밀하게 아닌 것처럼 행동하고 있지만 내 눈은 속일 수 없다. 그들이 여기까지 따라왔다면 이미 엄마가 노출되었음이 분명하다. 그런데 그들은 왜 담임을 뒤쫓아 온 것일까? 다행히 담임은 자신의 차에 올라 병원을 떠난다. 그 뒤를 검은색 양복 차림의 사내가 뒤따라갔는지는 확인할 수 없었다.

병실로 돌아오자 침대는 비어있고 간병인이 나에게 말한다.

"엄마에게 그러는 게 아냐. 얼마나 속이 상했으면 네 엄마가 여태 돌아오지 않겠니? 어린이면 어린이다워야지 너처럼 애어른은 얄미운 거야! 얼른 엄마를 찾아 사과드려."

빨리 철들 수밖에 없었던 사정을 모르는 간병인에게 나는 아무 말도 하지 않는다. 뒤늦게 들어온 엄마에게도 역시 묻지 않는다. 진실은 어떻게든 밝혀지기 마련이니까!

제3장. 숨이 벅차오르다

숨이 막혔다.

살고 싶지 않았다. 살아야겠다는 의미가 실종되어 버리자 나는 의외로 차분해졌다. 결정하는 순간 참으로 자유로웠다. 태어나서 처음으로 느끼는 자유였다. 이런 손쉬운 방법이 있었는데 왜 지금까지 그걸 몰랐단 말인가. 모르고 산 세월이 억울했다.

나는 먼저 나를 처음으로 동아리로 이끌었던 차영식을 수소문하기 시작했다. 내가 집에 감금된 이후 그 녀석과의 관계도 끊어졌다. 삼 년이 흐른 지금 녀석의 근황을 추리하는 일은 쉽지 않았다. 녀석의 고등학교 동창들을 통해, 또 동아리에서 같이 활동했던 친구들을 통해 이리저리 탐문을 해보

았지만 녀석의 행적은 쉽게 잡히지 않았다. 녀석의 활동반경
은 그리 넓지 않았던 모양이었다. 동창들은 녀석이 사라진
이후를 전혀 알지 못했다. 동아리의 친구들도 이제 뿔뿔이
헤어져 찾기가 힘들었다. 그러다가 문득 녀석과 어울려 다닐
때 나누었던 대화가 떠올랐다.

녀석이 먼저 나를 향해 물었다.

김솔, 너는 법관이 되겠지?

아니, 아직 몰라.

너의 집에서 전폭적으로 밀어주는데 잘 되겠지. 뭐.

솔직히 말하면 난 법관에 대해 별로 흥미가 없어.

그럼 너는 뭐가 하고 싶은데?

글쎄! 딱히 하고 싶다고 생각한 것은 없는데 요즘 동아리
를 하다 보니 래퍼가 되고 싶기는 해!

니네 집에서 가만 놔둘까?

반대하겠지. 그러나…….

나는 얼른 대화의 방향을 바꿔 녀석에게 물었다.

영식이 너는 무엇이 되고 싶은데?

나? 집에서는 공무원이 되라고 하지만 요즘은 그게 하늘
에 별 따기고 아직 모르겠어.

그래도 꿈은 있을 것 아냐?

꿈? 있지.

뭔데?

난 시골에서 살고 싶어. 농사도 짓고, 시간나면 내가 좋아하는 기타도 연주하면서 마음씨 착한 여자 만나 알콩달콩 살았으면 해!

야! 인마. 그런 것이 무슨 꿈이냐? 장래 희망이란 항상 높은 이상을 가지고 정해야 되는 거야.

자식! 지도 정하지 못했으면서 잘난 척하기는.

녀석이 사람 좋은 웃음을 씩 웃었던 기억이 떠올랐다.

그렇다면 영식이가 꿈을 찾아 고향으로 간 것이 아닐까 그런 생각이 순간 머리를 스쳤다. 그렇지 않다면 이렇게 행적이 묘연할 수 없으니까. 더군다나 내가 수소문하고 다니던 때에 녀석의 동창에게서 소개받은 영식이의 고향친구를 만나고 나서 더욱 그런 확신이 들었다.

녀석의 고향친구는 영식이의 안부를 묻는 내게 도리어 면박을 주었다.

차영식이? 그런데 네가 걔를 왜 찾는 거냐? 금수저 물고 태어났다는 네가 흙수저로 태어난 녀석의 안부는 왜 묻는 건데? 그 애와 넌 태생부터 전혀 어울리지 않는다는 것을 너도 잘 알고 있잖아? 괜히 인간성 좋은 척 하지 말란 말이

다. 걔가 지금 어찌 되었는지 정말로 몰라서 그래? 이제 와
서 무슨 염치로 네가 영식이 친구행세를 하는데?

왜? 그게 무슨 말이냐? 영식에게 어떤 일이 벌어진 건데?

내 물음에 그 친구는 순간 믿지 못하는 표정을 지었다. 정
말 아무 것도 모르냐는 의심스런 눈길을 보내는 것이었다.

영식이와 나는 같은 학교에 다니지 않았다. 중학교 이학년
때 우연한 기회로 친구가 되었고, 서로 경쟁관계가 아니어서
꽤 오래 마음에 맞는 친구로 지냈다. 내가 식구들과 불화를
겪을 때 영식은 언제나 내 편을 들어주었다. 나를 특별하지
않은 한 인간으로 대해준 사람이 영식이었다. 거의 대부분
이 나를 경계할 때 그 애만은 내 말을 의심하지 않고 믿어주
었다.

그런데 고향 친구라는 그가 전하는 말은 황당무계하여 도
무지 믿기지 않았다.

너 솔직하게 말해 봐. 네가 절친이라고 우기는 영식이의
가정환경이나 자라온 내력을 알고나 있는 거냐?

나는 고개를 흔들었다. 사실 우리는 만나도 부모에 대한
얘기는 절대 하지 않았다. 영식이는 어땠는지 모르지만 나
는 부모를 자랑스럽게 생각하지 않았기 때문에 일부러 화제
에 올리지 않았다. 그래도 우리 집안이 워낙 유명해서 내가

말하지 않아도 알았을 테지만, 그 친구는 고맙게도 우리 집 안에 대해서 자세히 묻지 않았다. 그러한 내 사정 때문에 나는 친구의 가정형편을 묻지 않았고, 알아보려는 노력도 하지 않았다.

내가 고개를 흔들자, 그의 얼굴에 비웃음이 떠올랐다.

그래서 넌 영식이의 친구가 될 수 없다는 거야. 알아?

부모의 권력이나 경제상태가 친구가 되는 조건은 아니잖아?

내 반론에 그가 대답했다.

이론상으로는 그렇지. 그러나 현실은 이론하고는 항상 유리되어 있으니까. 너는 영식이를 친구라 생각했는지 모르지만 영식이 쪽에서 보면 동경의 대상이었을 지도 모르지.

친한 친구라면서 그렇게 매도하지 마! 영식이는 절대 그런 애가 아냐.

내가 부르르 성질을 부리자, 그가 말을 돌렸다.

됐고. 삼 년 동안 넌 영식이를 찾기는 했냐?

그거야……. 형편이 찾을 수가 없었기 때문에…….

그런데 이제 형편이 되었다?

아니, 그건 아니고…….

그가 자꾸 나를 죄인처럼 몰아대는 것에 화가 나서 내 얼

굴이 붉게 물들었다. 그러자 그가 어조를 바꾸더니 이렇게
말했다.

그래. 그런 가정에 태어난 것이 꼭 네 죄가 아니니까, 좌우
지간 알고 싶은 것이 뭐냐?

영식이가 지금 어디에 있는지 알면 이야기해 줘! 꼭 만나
고 싶어.

그래? 한번 만나 풀기는 해야겠지. 진도에 가 봐라. 고향
어디에 처박혀 있는지 나도 모르지만 아마 그곳 어디엔가 있
을 거다.

영식이의 고향친구는 그렇게 알려주었다. 그 애의 고향이
진도였구나. 진도.

나는 바로 대충 짐을 쌌다. 며칠이 걸릴지 돌아올 수나 있
을지 장담할 수 없는 길이어서 통장에 들어있는 돈도 일단
챙겼다. 내가 번 돈이 아니라 부모님에게서 받은 돈을 모아
둔 것이어서 조금 마음이 찔리기는 했지만, 그 돈은 유용하
게 쓰일 것이고 또한 꼭 필요해서였다.

진도로 가는 길은 만만하지는 않았다. 긴 시간을 걸려 땅
끝 마을이라는 해남을 지나 진도대교에 도착했다. 모습이
장관이어서 일단 버스에서 내렸다. 다리가 시작되는 지점에
연혁을 설명하는 표지판이 크게 세워져 있었다.

나는 천천히 읽어 내려갔다.

해남군 문내면과 진도군 군내면을 연결하는 이 대교는 1984년에 완공되었다고 적혀있다. 물론 대교가 놓이기 전의 진도는 우리나라 섬 중에서 제주도와 거제도 다음으로 큰 섬이었다는 부연설명도 있다. 진도 주변을 둘러싸고 있는 섬은 총 231개라 한다. 대부분이 무인도이고 그중 사람이 사는 섬이 42개라 표시되어 있다. 유인도 중 비교적 큰 섬으로 진도를 비롯하여 접도, 관매도, 동거차도, 서거차도, 하조도, 상조도, 가사도 등이 표시되어 있는데, 낯익은 섬 이름 하나가 내 눈길을 잡는다. 신문기사에서 또는 뉴스에서 자주 들어 귀에 익숙한 이름, 바로 동거차도다.

한참을 안내판 지도에 빠져있는데 누군가가 말을 걸어온다.

"학생, 팽목항에 가려고 하는 거여?"

돌아보니 낯모르는 중년 남자다. 뜨악한 내 표정을 본 남자는 손을 휘휘 저으며 빠르게 말한다.

"아녀! 난 나쁜 사람이 아녀! 내도 오늘 처음으로 이곳에 왔는디, 팽목항에 가려면 내 차로 같이 가자는 말이제."

남자의 친절이 생뚱맞기도 하고 의아하기도 했지만 인상이 선하여 나도 모르게 고개를 끄덕인다. 내가 조수석에 앉자 남자는 바로 차를 출발시킨다. 그러고는 궁금한지 또 묻는다.

"세월호 참사로 친구를 잃은 겨?"

"예……."

"오매, 으짤거나! 아무래도 그런 것 같아서 동행하자고 혔는디, 그라면 혹시 청년도 그 배에 탔던 것이여?"

"아니오. 그런 것은 아니고 그냥 친구가 그 배에 탔었는데, 실종자로 남았어요."

"저런! 실종자가 아직 아홉 명이나 남았다고 허던디 그 중한 명인가보구면. 이 노릇을 어째야 쓸까, 잉-."

남자의 목소리에는 자신의 일처럼 안타까움이 가득 담겨있다. 그러더니 갑자기 목소리를 높인다.

"그렇게 지도자를 잘 뽑아야 헌단 말이시. 벌써 삼 년이나 지났는디, 나라에서는 도대체 뭘 허고 있는지 몰러. 즈그 자식이라면 이렇게 놔 두겄어? 학생도 알지? 국정농단을 헌 자들 말여. 지 자식은 어떡허든지 출세시키려고 불법을 써서 이대에 넣으려고 고렇게 악착을 떨었더만, 허긴 그 농간에 허수아비처럼 따른 고위층 지도자나 재벌들이 더 나쁘지만 말여. 앙 그려?"

남자가 묻는 말에 나는 대답을 할 수가 없다. 그 고위층에 할아버지, 아버지, 형이 들어있으니 입이 열 개라도 무슨 할 말이 있겠는가. 아마도 남자는 누구엔가 그런 속심을 말하고 싶었던 모양이다.

가만히 있기가 멋쩍어서 내가 묻는다.

"아저씨는 어디서 오셨어요?"

"나? 전남 광주서 왔제. 전부터 한 번 와야지 와야지 허다가 이제야 오게 되었고만. 우리가 폴새 겪어본 일 아닌 갑네. 그려서 넘 일 같지 않어야. 더군다나 요새 시상 돌아가는 것을 보고 있노라면 빈정이 사나워 먹은 것을 모다 토할 것만 같당게. 이곳을 한 번 둘러보아야 헐 것 같아 길을 나섰는디, 오는 내내 자꾸 마음이 짠허더라고! 그래서 그 짝에게 말을 붙인 것이제. 그런 나가 보기엔 쫌 이상혔제?"

나는 솔직하게 고개를 끄덕인다. 그러자 아저씨는 호탕하게 웃으며 말을 이어간다.

"참으로 정직허고만! 그려! 젊은이라면 그렇게 당당혀야지. 나라를 책임진 사람들이 백년 묵은 여시처럼 그동안 자기들이 헌 일을 묻는데도 모릅니다. 기억이 안 납니다. 줄기차게 대답허는 고 주댕이들을 한 대 꽉 쥐어박고 싶당게."

차는 어느새 팽목항에 도착한다. 사실 집을 떠나올 때 계획은 이것이 아니었다. 친구를 찾아 진도에 내려온 것인데 묘하게 엮여버렸다. 이제 와서 선심을 쓴 아저씨를 무시하고

혼자 떠나기도 어려워졌다. 그래, 이왕 왔으니 역사적 사건
이 벌어진 현장을 눈으로 확인해 보는 것도 그리 나쁘지 않
을 것 같아 계획을 수정한다. 당분간 아저씨의 길동무가 되
어 주기로.

세월호가 침몰하는 장면을 나는 TV화면으로 보았다. 그
때 화면에 비치는 이곳 팽목항은 마치 전쟁터를 방불케 했
다. 유족들이 몰려들고, 기자들이 취재하느라 종종대고, 그
들을 돕겠다고 전국에서 봉사자들이 당도하고, 그런 난리
속에서도 정치인들은 사진 찍느라 부산하고, 화면으로만 보
아도 정신이 하나도 없을 지경이었다. 현장은 체계가 서 있
지 않았고, 배의 안전을 도맡은 선장과 선원들은 누구보다
먼저 도망가기 바빴다. 이 상황을 누군가가 책임지고 나서서
정리해 주기를 화면을 보고 있는 국민들은 모두 한마음으로
바랐다. 그리하여 뱃속에서 나오지 못한 학생들을 구해내기
를 두 손 모아 빌었다. 그러나 희망은 순식간에 절망으로 변
했다.

차에서 내려 둘러 본 팽목항은 마치 널따란 주차장 같다.
그 많던 사람과 건물이 없어진 터는 썰렁하기 그지없다. 그
래도 세월호 참사 위치를 가리키는 팻말에 쓰인 문구가 따
스하다.

잊지 않고 이곳 팽목항을 찾아주셔서 감사합니다. '세월호 가족식당'에서 차 한잔 하고 가세요.

아저씨와 나는 세월호 희생자 분향소라 쓰인 건물로 향한다. 건물 벽에는 노란색의 커다란 리본이 그려져 있고, 옆에는 '잊었는가, 진실을 인양하라'라는 문구가 우리를 맞이한다. 분향소 안에는 슬픈 노랫가락이 흐르고 있는데, 평일인데도 참배객이 꽤 많다. 정면에 304명 고인의 영정이 걸려있고, 향로와 꽃이 놓인 옆에 노란색 리본, 추모작품, 세월호를 다룬 책이 정리되어 있다. 그 옆으로 참배객들이 놓고 간 것으로 보이는 여러 종류의 빵과 과자, 음료수 등이 수북하게 쌓여 있다.

한쪽 벽에 설치된 화면에서 미수습자의 얼굴이 차례차례 지나가고 있다. 반가운 미소의 얼굴이 지나간다. 예기치 않은 만남에 나는 울컥 눈물이 터진다. 미안해! 정말 미안해! 지켜주지 못해서 미안하고, 구해내지 못해서 미안하고, 그동안 잊고 있어서 미안하고, 눈물이 그치지 않는다. 내 모습이 안 되어보였는지 아저씨가 다가와 내 어깨를 꼭 안는다. 아저씨의 품에 안겨 꽤 오랫동안 흐느낀다. 진정이 된 나는 아저씨와 나란히 서서 고인들에게 묵념을 한다. 할아버지와 아버지 그리고 형이 벌인 잘못을 용서해 달라고 속으로 빈다.

밖으로 나오며 아저씨가 묻는다.

"아직 물 밖으로 나오지 못한 친구가 그리워서 그리 서럽게 울었던 거여?"

나는 쑥스러운 표정으로 고개를 끄덕인다. 아저씨는 그 마음 잘 알겠다는 듯 말한다.

"그려. 우리가 겪은 5·18 광주민주화운동 실종자 중에는 지금까지도 찾지 못한 주검이 수두룩허니께! 그 심정 충분히 알고도 남는당게. 그란디, 당사자가 여자 친구 맞제?"

내가 다시 고개를 끄덕이자 안타깝다는 표정으로 나를 다독인다.

"사람은 말여. 누구나 슬픈 기억 하나쯤은 가슴에 품고 산당게. 그것이 언제까지나 슬픔으로만 남아있지는 않어. 지금까지 살아온 내 경험에 의하면 슬픔도 추억이 되더라고. 이제 곧 나라가 안정되면 친구의 억울한 죽음의 원인도 밝혀질 것이니께 조금만 참더라고! 알겠제?"

아저씨의 말이 무엇을 의미하는지 나는 잘 안다. 그러나 미소의 죽음에 대한 원인이 밝혀지는 날 나는 다른 의미의 괴로움에 직면하게 된다는 사실을 아저씨가 알 리가 없다. 국정농단의 일축을 담당한 가족들이 줄줄이 구속되고 나면 나는 어찌할 것인가. 아직은 오랜 세월 동안 쌓아온 권력의 힘으로 살아남으려고 온갖 술수를 쓰고 있지만, 언젠가는 그 권력도 허망하게 무너질 터인데 그런 다음 그들은 또 나는 어떻게 살 것인가. 두려움이 온몸을 감싼다.

어디로 가느냐고 묻지 않고 나는 아저씨의 뒤를 따른다. 멀리 빨간 등대가 보인다. 화면에서 보았을 때보다 색이 진하다. 그곳으로 가는 길목에도 노란 리본은 빽빽하게 들어차 있다. 수많은 추모그림이 걸려있고, 여러 가지로 표현된 예술작품도 설치되어 있다. 그중 가장 내 시선을 끌었던 것은 희생자가 남긴 축구화다. 일렬로 늘어놓은 축구화가 나에게 말하는 것만 같다.

이 신을 신고 운동장을 뛰어 다닐 때가 가장 행복했어.

반 대항 축구대회에서 결승골을 넣었을 때의 기쁨은 잊지 못해.

신발의 주인공이 그 축구화를 신고 신나게 운동장을 달리는 모습이 물 위에 떠오른다. 파도는 떠오르는 환영을 한순간에 삼켜버린다. 나도 모르게 긴 한숨이 터져 나온다. 아저씨가 안쓰러운 표정으로 나를 돌아본다. 나는 휘적휘적 앞장선다. 이번에는 아저씨가 나를 뒤따른다. 팽목항 빨간 등대 옆에서 우리는 한참 동안 말을 잊는다.

일행으로 보이는 한 때의 사람들이 등대 주위로 몰려온다. 그들이 나누는 대화가 귀에 파고든다.

저기가 바로 그곳이란 말이지?

하나가 바다를 손가락으로 가리킨다. 다른 이가 대답한다.

그렇다는구먼. 그런데 생각해 보라고.

또 다른 사람이 진지한 목소리로 말한다.

뭘 말인가?

생각해 보라던 사람이 설명한다.

본래 사고란 육지에서도 하늘에서도 바다에서도 나는 게 아니던가? 배 한척 뒤집어진 사고를 가지고 유별나게 난리를 치고 있으니 나라가 이렇게 시끄럽지.

다른 사람이 끼어든다.

그러게. 이제 잊을 때도 되었는데 벌써 삼 년이 아닌가? 그 유족들 참으로 끈질기지 않나?

그 말에 수긍하는 다른 사람이 말을 받는다.

그러니까 이런 말이 떠돌지. 시체장사를 한다고 말이야.

처음 말을 꺼낸 사람은 고개를 끄덕이며 쯧쯧 하고 혀를 찬다. 그러더니 모두 한데 모여 등대를 배경으로 기념사진을 찍는다. 아마도 이들은 남도 순회여행 상품 중에 이곳이 끼워져 있어 타의로 온 관광객인 모양이다. 그들은 기념사진

뒷면에 이 등대에 대해 어떻게 설명을 붙일까?

그들이 나누는 대화를 들으며 얼마 전에 읽었던 책이 떠오른다. 강남순이 쓴 『용서에 대하여』다. 지은이는 조금 더 정의로운 사회를 만들고자 할 때 꼭 필요한 것이 용서라 했다. 저자는 칸트, 아렌트, 데리다 등이 주장한 사상을 활용하여 용서를 논하고 있었다. 용서는 개인관계를 넘어 공적이고 정치적인 상황에서도 개입된다고 설명한다. 책 내용 중 지금까지 기억에 남는 구절은 바로 이 부분이었다.

"용서란 단순히 있었던 일을 없는 것처럼 덮는다거나, 피해자가 아픔을 간직한 채 힘겹게 살아가야 한다는 뜻이 아니다. 세간의 오해와 달리 용서는 부당한 행위에 대한 기억과 비판, 분노를 전제한다. 정의롭지 않은 일이 발생했을 때, 그 원인을 생각하고 정의를 세우기 위한 노력은 반드시 필요하다."

그런데 저들은 세월호 참사를 단순히 교통사고로 비교하며 이제 그만 잊어야 한다고 비난한다. 국가의 폭력에 대해 유족들은 아직 비판도 분노도 다 표출하지도 못했는데, 덮어버리라 윽박지른다. 원인을 파헤치고 정의를 세우려하는데 이제 그만 모두 잊으라 한다. 이 모든 과정을 하나도 거치지 않았는데 어떻게 국가를 용서할 수 있단 말인가. 성찰적 분노 없이 어찌 화해를 강권하는가.

나는 바다를 향해 크게 소리친다.

"미소야! 절대 용서하지 마라."

***

아저씨는 내 부탁대로 의신면 사천마을에 나를 내려준다.

이곳에 데려다달라고 한 이유를 아저씨는 나에게 묻지 않는다. 그러나 내가 자진하여 실토한다.

"친구의 고향이 거기라고 해서요."

아마도 몇 시간 같이 돌아다니는 동안 정이 들었나보다.

"그려! 친구 잘 만나고, 앞으로 열심히 살어."

열심히 살라는 말에 나는 흠칫 놀란다. 내 속마음을 들킨 것인가. 안녕히 가시라는 내 인사에 아저씨가 손을 흔들며 떠난다. 차의 뒤꽁무니에 대고 나는 오랫동안 손을 흔든다.

사천은 생소했으나 처음으로 만난 마을의 풍경은 꽤 친근하게 다가온다. 마을입구를 들어섰는데 인기척이 없다. 누구라도 만나야 영식이네 집을 물어볼 터인데 난감해진다. 나는 고샅길로 발걸음을 옮긴다.

내려오는 기차 안에서 나는 영식이가 태어난 사천마을에 대해서 인터넷검색으로 이것저것을 알아두었다.

진도는 과거에 선비들이 유배를 많이 와서 살았던 곳이라 한다. 그래서 자연스럽게 유배문화가 면면히 자리 잡게 되었다는 것이다. 시나 서예, 그림 등 풍류마을의 기틀이 그때부터 다져졌으며, 특히 소리가 발달하였다는 설명이다. 진도아리랑, 남도들노래, 다시래기, 진도북춤 등이 전해내려 오게 된 것도 바로 그런 연유라 한다.

일반적으로 진도는 섬이기 때문에 어업을 주로 할 것이라 생각하기 쉽지만 그렇지 않다는 설명이다. 주로 농사를 짓는데 진도에서 나는 쌀만으로 진도 사람들이 3년은 살 수 있다는 믿기지 않는 말도 전해진다는 것이다.

진도는 섬이지만 영식이의 고향인 사천마을은 바다와 거리가 먼 내륙이어서 농촌마을과 진배없다고 한다. 61가구가 사는 작고 아담한 마을인데, 집집마다 지붕을 기와형태로 바꿔 멀리서 보면 전통한옥마을과도 같은 분위기가 난다고 사진을 첨부한 친절한 설명이 붙어있다.

의신사천마을 역시 벼농사를 주로 하며, 하우스에서는 표고버섯 재배를 많이 한단다. 이곳에서 나는 표고버섯은 양은 물론 품질 또한 전국 최고의 표고버섯 생산지라는 설명이다. 가을이면 누렇게 벼가 익어가는 논밭 사이사이에 비닐하우스가 열을 맞춰 늘어서있는 모습이 참으로 장관이라고 소개하는 글도 보인다.

친구의 고향 마을에 대해 인터넷 검색을 하면서 영식이가 말하던 꿈이 그제야 이해가 되었다. 중학교 시절에 내가 녀석에게 장래 무엇을 하겠느냐는 물은 적이 있었다. 녀석은 이렇게 대답했다.

집에서는 공무원이 되라고 하지만 요즘은 그게 하늘에 별 따기 같고 아직 잘 모르겠어.

그래도 꿈은 있을 것 아니냐고 내가 재차 묻자 녀석이 생각지도 못한 엉뚱한 대답을 했다.

난 시골에서 살고 싶어. 농사도 짓고, 시간나면 내가 좋아하는 기타도 연주하면서 마음씨 착한 여자 만나 알콩달콩 살았으면 해!

녀석의 대답이 마음에 들지 않아 내가 이렇게 퉁을 주었다.

야! 인마. 그런 것이 무슨 꿈이냐? 장래 희망이란 항상 높은 이상을 가지고 정해야 되는 거야.

그러자 녀석은 사람 좋은 웃음을 씩 웃으며 이렇게 말했다.

자식! 지도 정하지 못했으면서 잘난 척하기는.

아마 이런 고향을 가졌기에 녀석은 그런 꿈을 나에게 말한 모양이다.

이런저런 생각에 젖어 걸음을 옮기고 있는데 멀리서 사물놀이 소리가 들려온다. 꽹과리 소리에 이끌리듯 나는 소리 나는 방향으로 빠르게 걸음을 옮긴다.

소리의 진원지는 마을회관이었다. 동네사람들이 모두 그곳에 모여 있었기에 고샅에 인기척이 없었던 모양이다. 나는 구경하는 사람들 사이로 끼어든다. 마을회관 마당에서는 내가 전에 한 번도 보지 못했던 광경이 펼쳐지고 있다.

낡은 병풍이 가로질러 펼쳐져 있고, 그 앞에 제사상과 촛불 두 개, 향로에서는 연기가 피어오르고 있다. 제사상 앞에 넓적한 명석이 펴져있다. 사물놀이 소리에 맞춰 굴건제복을 한 상주가 걸어 나와 제사상 앞에서 곡을 시작한다. 객석에서 조객 한사람이 제사상 앞으로 다가와 분향을 한다. 그런 다음 절을 두 번 하고 상주와 인사를 나눈다. 그러는 동안에도 사물놀이는 계속된다. 그 소리 때문에 조객과 상주가 나누는 대화는 들리지 않는다. 조객이 봉투 하나를 상주에게 준다.

틀림없는 상가의 모습이었다. 도대체 이건 무슨 일인가. 상가에서 사물놀이를 하다니!

내가 처음 상가를 방문한 것은 친구 누나의 장례식이었다. 물론 종합병원에 만들어진 장례식장이었지만 그곳의 분위기는 엄숙하기 그지없었다. 재난 같은 뜻밖의 죽음이었기에 더 그랬는지 모르지만 좌우지간 시종일관 웃을 수 없는 분위기였다. 녹음기에서 나오는 염불은 분위기를 더욱 가라앉게 만들었고, 간혹 누나 친구들의 흐느낌은 조문객들을 따라 울게 만들었다. 그때뿐만 아니라 내가 본 영화나 드라마 속에서 장례식 분위기도 그와 비슷했다. 지금까지 내가 본 장례식은 항상 엄숙했고 숙연했다. 그랬는데 이게 무슨 풍광이란 말인가.

나는 가까이 있는 사람에게 묻지 않을 수 없었다.

"지금 무엇을 하고 있는가요?"

중년의 여자는 나를 위아래로 쓱 훑어보더니 제법 친절하게 대답해준다.

"저건 말이제. 지금 다시래기를 연습허고 있는 것이여."

"다시래기요? 그게 무엇인데요?"

"허기사 진도사람이 아니면 모르는 것이 당연허제."

징, 북, 장구의 소리 때문에 들리지 않을 것을 걱정한 듯 큰소리로 다음과 같이 설명한다.

사천마을에 예로부터 전해 내려온 다시래기는 무형문화재 제81호로 지정되어 있다. 다시래기는 부모상을 당한 상주와 유족들의 슬픔을 덜어주고 위로하기 위하여 벌이는 상여놀이다. 전국에서 유일하게 이곳 의신사천마을에서만 지금까지 내려오는 풍습인데 상가 집에서 풍악으로 밤낮을 지새우는 것이다. 끊어질 듯 이어지는 사물놀이와 메김 소리는 흥을 돋기도 하고 슬픔을 주기도 하며 듣는 이의 마음을 차분하게 가라앉힌다. 옛날에는 대부분 당골래(무당)들이 했는데 지금은 인간문화재가 전승받아 하고 있다.

거기까지 자세하게 설명한 그녀가 내게 묻는다.

"총각은 어디서 왔능가?"

"서울이요."

"무엇땜새?"

"친구를 만나려고요."

"친구가 여기 사는 겨?"

"여기가 고향이라고 해서……."

"친구 이름이 뭔디?"

"차영식이요."

"오매. 그라면 영식이 친구인겨?"

"영식이를 알아요?"

"그럼. 알다마다. 여기는 가구 수가 많지 않아 가족처럼 다 알고 지내니께. 그란디 친구라고 허니께 물어봐야 쓰것고만! 갸가 공부를 허다 말고 와 이곳으로 급하게 내려왔당가?"

나는 대답하지 못한다. 그건 내가 묻고 싶은 말이다. 내가 대답을 하지 않자, 그녀는 다시 다시래기 판으로 눈을 돌린다. 나도 따라서 그쪽으로 관심을 보낸다. 상주와 조객이 나누는 대화가 그제야 들린다.

[상주]바쁘실 터인데 찾아주시니 감사합니다. [조객]어찌 이렇게 갑자기……. [상주]울화 때문에 빨리 돌아가신 거지요. [조객]하기사, 그런 얼토당토않은 오해를 받고 또 그런 수모를 겪으셨으니 나라도 참기 힘들었을 것이오. [상주]몽둥이로 때린 것보다 마음으로 수십 배, 수백 배 고통을 느꼈을 겁니다. [조객]시간이 지나면 모두 밝혀지겠지요. [상주]물론 그래야지요. 그들은 죄를 받을 거예요. 천벌을 받아 마땅하지요.

상주의 분노 섞인 말이 창이 되어 내 가슴을 찌른다. 천벌! 할아버지, 아버지, 형에게 내릴 천벌은 무엇일까? 창백한 내 얼굴을 흘낏 건너다본 아주머니가 묻는다.

"어째 기색이 영 안 좋구먼 그려."

"괜찮아요. 그런데 아주머니, 이 다시래기는 왜 연습하는 거예요?"

"총각은 들어 봤능가? 진도 신비의 바닷길을 말여."

그러고 보니 언젠가 방송에서 본 기억이 난다. 모세의 기적 이라는 제목으로 나왔던 방송을 보고 나는 대강 알고 있다.

진도 신비의 바닷길은 약 2.8㎞의 바닷길이 40여 m의 폭 으로 길이 만들어지는 신비로운 현상을 말한다. 이 기간에 열리는 축제에는 매년 국내외 관광객 100만 명이 찾아온다 고 한다. 바닷길이 완전히 드러난 바닷길을 보려고 전국에서 몰려든 관광객은 그 신비함에 입을 다물지 못한다고 한다. 나도 바닷길이 열려 땅이 나타나는 경이로운 화면을 목격했 다. 얼마나 감탄했는지 모른다. 그런데 그곳이 바로 이 부근 이라니! 물론 조수간만의 차이로 수심이 낮아질 때 바닷길 이 드러나는 자연적인 현상이긴 하지만, 모세의 기적이 연상 되어 깊은 인상을 받았다. 옛날 로마의 군대를 피하기 위한 모세의 간절한 기도로 바닷길이 열려 이스라엘 백성을 살렸 던 그 기적을 바로 우리나라 바다에서 볼 수 있다는 사실에 얼마나 가슴이 뛰었던지.

나는 다급하게 물었다.

"아주머니, 그 기적을 언제 볼 수 있어요?"

"와? 보고 싶은겨? 금년에는 조금 늦게 나타나는가 보더라고. 해마다 군에서 '진도 신비의 바닷길 축제'를 여는디, 금년에는 4월 26일부터 4월 29일이라 하데. 이 다시래기도 그때 공연하려고 지금 한창 연습하는 중이제. 총각도 시간이 나면 축제를 보고 가더라고. 필시 평생 기억에 남을 거고만!"

아주머니의 어조에는 자신이 사는 고장에 대한 자부심이 가득 담겨 있다. 4월 26일이면 두 달 가량이나 남아있다. 그때까지 내가 살아있을지 장담할 수 없어 나는 대답을 하지 않는다.

진도의 유일한 북춤이라는 쌍북 연주가 시작된다. 사물놀이의 장단에 맞추어 북치는 손이 날렵하다. 내가 감탄하는 눈으로 집중하자 아주머니가 곁에서 또 신나게 설명한다.

이곳 사물놀이의 가락은 남도가락이지만 그중에서도 진도의 사물놀이 가락은 좀 색다르다. 진도아리랑, 강강술래, 걸궁같은 공연은 모두 이곳 마을주민들이 담당한다. 어려서부터 접해왔기 때문에 진도사람이라면 모두 저 장단이 생활화되어 있다. 또한 진도의 무당은 강신무가 아닌 세습무다. 그 말은 이곳의 무당은 신 내림과 상관없이 가업으로 물려받는 것이라는 뜻이다. 그래서 진도 단골들은 육지의 강신무들이 하는 굿하고 많이 다른데, 굿을 저렇게 예능으로 소화시키는 재주는 이곳 진도에서만 볼 수 있다.

아주머니의 설명대로 쌍북춤은 예술이며 환상적이다. 내 감탄하는 표정을 본 아주머니가 으쓱 어깨를 들썩이며 자랑과 함께 이런 말을 덧붙인다.

"총각이 반해 버린 모양이구먼. 하긴 저런 소리에 반하지 않으면 그게 어디 사람이여? 이곳에서는 말여, 이 가락을 명인들로부터 직접 배울 수도 있당게. 총각도 한번 배워 볼 생각은 없능가? 영식이 친구라고 헝게 나가 소개시켜 줄 수도 있응게."

지금 나의 처지가 한가롭게 사물놀이나 배우고 있을 때가 아니라서 그렇지, 솔직히 말하면 이미 나는 그 소리에 반해 버렸다. 이곳에서 가락을 배우면서 사는 것도 나쁘지 않을 것 같다. 저 가락에 익숙해지면 내가 좋아하는 랩에 접목시키면 감칠맛이 더해질 것이 분명하다. 그러나 결심을 한다고 해서 이루어지리라고는 결코 생각지 않는다.

나는 아주머니를 향해 말한다.

"아주머니, 영식이네 집을 아신다고 하셨지요? 어딘지 알려주세요."

"지금 집에 없을 것인디?"

"왜요?"

"그렇게, 나도 이유는 잘 모르겠는디 가끔씩 훌쩍 집을 떠나 몇날 며칠 돌아다니다가 생각나면 돌아오고. 마치 도깨비 같당게. 없나 허고 들여다보면 집에 돌아와 있기도 허니께 또 모르겠고만. 집에 돌아와 있을지도."

나는 아주머니가 일러준 대로 영식이가 산다는 집을 찾아나선다. 워낙 좁은 동네여서 어렵지 않게 찾았다. 대문이 열려있다. 친구야! 부르며 마당으로 들어선다. 내다보는 사람이 없다. 녀석은 아직 돌아오지 않았나보다.

안방으로 보이는 방문을 열고 들여다본다. 녀석이 거처하는 방인 듯 한쪽 벽에 눈에 익은 기타가 세워져 있다. 나는 신발을 벗고 방으로 들어선다. 녀석이 돌아올 때까지 기다릴 수밖에 달리 방법이 없다는 생각에서다. 방 안의 물건은 매우 단출하다. 책상과 의자 하나, 벽에 붙은 작은 책꽂이, 그리고 옷을 넣어 놓았을 서랍장이 다였다. 낮은 서랍장 위에 녀석이 깔고 덮었을 요와 이불이 올려져있다.

방으로 들어와 벽에 기대어 앉는다. 사실 집을 떠나 이곳까지 온 여독이 방에 들어서자 한꺼번에 밀려왔다. 저절로 눈이 감긴다. 나도 모르게 잠이 든 모양이다. 내가 눈을 떴을 때는 밖은 이미 어두워져 있고 방 안은 캄캄했다. 벽에 기대어 녀석을 기다린다고 했는데 내가 요 위에 이불을 덮고 누워 있다. 나는 벌떡 일어나 밖으로 나온다. 틀림없이 영식이가 돌아온 것이라는 생각이 들었기 때문이다.

아니나 다를까 안방에 딸린 부엌에서 불빛이 새어나온다. 나는 부엌문을 벌컥 연다. 안에서 바라보는 녀석의 눈빛이 묘하다. 반가워하는, 귀찮아하는, 미워하는 표정이 섞인 눈으로 말없이 나를 바라본다.

나는 눈치도 없이 녀석을 덥석 껴안는다. 녀석은 아무 말 없이 내 손을 떼어낸다. 그러고는 차린 밥상을 들고 방으로 들어간다. 나도 끌리듯 따라 들어간다.

밥상을 가운데 두고 우리는 마주앉는다. 밥상은 생각보다 깔끔하게 차려있다. 가운데 된장국을 담은 뚝배기가 놓여있고, 빙 둘러 놓인 밑반찬이 맛깔스럽게 보인다.

나는 잔뜩 허풍이 든 목소리로 녀석에게 말을 건넨다.

"오우! 제법인걸? 자식, 너 음식점 차려도 되겠다. 야!"

과장된 내 말에도 녀석은 별다른 반응을 보이지 않는다. 우리가 친하게 지낼 때에는 녀석이 나에게 했던 행동이었는데, 도무지 까닭을 모르겠다. 자존심이 상했지만 표시하지 않으려 노력하며 다시 말을 붙인다.

"너, 나에게 유감이 많은가 보구나? 내가 모르는 무슨 일이 있었던 거냐?"

그의 입에서 처음으로 나온 말은 냉기가 가득 들어차있다.

"밥이나 먹어. 그리고 날이 밝으면 바로 떠나라."

"오랜만에 만난 친구를 그리 냉대하는 법이 어디 있냐? 내가 이곳까지 찾아오는데 얼마나 힘이 들었는데, 그냥 떠나라니 너 내 친구 맞냐?"

"친구? 우리가 친구가 될 수 있다는 망상을 넌 아직도 버리지 못했구나."

"한 번 친구는 영원한 친구라는 사실을 모르지 않을 터인데?"

녀석의 얼굴에 당황하는 표정이 뜬다. 아무 것도 모르는 것처럼 행동하는 내 태도가 이해되지 않는 모양이다. 그렇다 해도 삼 년이나 지난 일을 다시 끄집어내기 싫은지 살짝 얼굴을 찌푸린다.

나는 수저를 들고 밥을 먹기 시작한다. 깔끔하고 맛있게 보이던 밥상이었는데 분위기 탓인지 자꾸 목이 멘다. 녀석도 나와 똑같은 마음인지 먹는 모습이 시원찮아 보인다. 그래도 시장했던 참이라 그릇은 비웠다. 녀석은 말없이 상을 들고 나간다. 부엌에서 설거지하는 소리가 방까지 들린다. 나는 부엌으로 나가지 않는다. 편치 않은 녀석의 표정이 자꾸 나를 밀쳐냈기 때문이다.

방 안을 둘러보다 기타에 눈이 간다. 나도 모르게 줄을 고른다. 꽤 오랜만에 잡아보는 악기다. 동아리 시절 녀석의 기타 치는 솜씨는 누구나 탄복했었다. 그의 현란한 손놀림은 연주를 한층 돋보였다.

우리 동아리의 꽃은 기타와 드럼이야! 안 그래?

영식이와 미소가 없다면 우리 악단은 앙꼬 없는 찐빵이라니까!

맞아. 고무줄 빠진 빤스지.

그 말에 모두 킥킥 웃음을 터트렸다.

나는 눈을 감고 연주를 시작한다. 영식이처럼 잘 치는 솜씨는 아니지만, 그래도 들어줄 만한 연주 솜씨라는 자부심도 있고, 또 동아리 때 느꼈던 즐거움도 생각나 나도 모르게 연주를 시작한 것이다. '알함브라 궁전의 추억' 클레식기타의 선구자 타레카의 유명한 독주곡이다. 사실 이곡은 뛰어난 음악성과 경이로운 테크닉에 반해 한동안 골몰했던 터라 악보를 보지 않고도 연주할 수 있는 몇 안 되는 곡 중에 하나다. 5분여 길이의 곡을 다 외느라 참으로 힘들었던 기억을 떠올리며 혼자 연주에 취해 녀석이 들어오는 소리도 듣지 못했다.

곡을 마치고 눈을 떴을 때 녀석이 내 앞에 상을 탁 소리나게 내려놓는다. 상을 바라보니 소주병 몇 개와 간단한 안주가 놓여 있다. 아무래도 긴 밤을 지내기에는 이만한 것이 없겠다는 생각을 한 모양이다. 그러나 녀석은 술을 잘 먹지 못한다는 것을 나는 안다. 맥주 한 잔에도 쓰러지는 녀석이 별 일이라 생각을 하며 나는 괜한 너스레를 떤다.

"자식, 취하게 해서 뭔 짓을 하려는 꿍꿍이 수작이냐?"

***

정신없이 영식이집을 빠져나온다.

간밤에 벌어진 일이 주마등같이 머릿속을 스쳐 지나간다. 내가 무엇을 보았는가. 무엇을 들었는가. 실제로 일어난 일이 아니었으면 얼마나 좋을까? 고개를 흔들어본다. 그럴수록 더 똑똑하게 기억나는 녀석의 목소리. 아, 이 모든 것이 꿈이었으면.

차라리 녀석을 찾지 말 것을 뒤늦게 후회를 한다. 내가 말없이 떠난 것을 알면 녀석은 또 다른 괴로움에 시달릴 것이 뻔하다. 술에 취해 쓰러지면서 마지막 남긴 녀석의 말이 귀에 쟁쟁하다.

솔아! 내 친구 솔아! 나 너를 무척 좋아했다. 내 맘 알지? 근데 우리 아버지, 어머니, 동생을 생각하면 이제 네가 미워! 너처럼 가진 자들이 정말 밉다. 그러니 이제 우리 친구 같은 거 하지 말자. 너는 너의 길을 가고 나는 내 길을 가는 거야. 우린 만날 수 없는, 아니 만나서는 안 될 인연이었던 거야.

자꾸 뒤따라오는 녀석의 말을 상기하지 않으려고 나는 걸음을 재촉한다. 지금 가는 길이 어디로 통하는 길인지 알지 못한 채 빠르게 걸음을 옮긴다. 취한 녀석을 말리려고 어젯밤 나는 겁도 없이 술을 들이켰다. 물론 주량이 센 편이라 쓰러질 정도는 아니었지만, 시간이 갈수록 숙취가 심하게 밀려온다. 빠르게 걸은 탓인지 속이 울렁거리며 토할 것만 같다. 편의점이나 약국을 찾아보았지만 보이지 않는다. 아무래도 걷는 것은 무리라는 생각이 든다. 가까운 곳에 마을버스 정류장표지가 보인다. 어디로 가는 버스든 처음 오는 차를 탈 요량으로 간이정류장 의자에 앉는다. 한참을 기다렸으나 버스는 올 기미도 보이지 않는다. 아마 운행시간이 드문 모양이다. 그래도 다른 도리가 없기에 막연하게 기다린다. 이윽고 멀리서 달려오는 버스가 보인다. 그렇게 반가울 수가 없다. 버스 앞에 붙어있는 행선지는 굴포라 쓰여 있다.

나는 무조건 손을 들고 버스에 올라탄다. 첫차여서 그런지 버스 안은 텅 비어있다. 첫손님이 반가워서인지 기사가 먼저 인사를 한다.

"안녕? 학생 같은데 일찌감치 무슨 일로 어디를 가려고?"

나는 굴포요 라고 대답한다. 심심했던지 기사가 대화를 계속한다.

"여행 왔는가?"

나는 잠시 망설이다 대답한다.

"친구를 찾아왔다 가는 길인데……."

내가 말을 이어가지 않자, 고장의 기사답게 능숙하게 설명을 해준다.

"굴포 마을은 처음인가 보네? 이곳에 왔으니 이 고장에 대해 조금 알고 가는 것도 좋겠지. 내 간략하게 설명해 줄까? 굴포에는 배중손사당인 정충사가 있어. 배중손은 삼별초 난에서 공을 세운 장수지. 그런데 그곳에 가면 고산의 흔적도 함께 남아있고, 고산 윤선도 알지? 어부사시사로 유명한 문관 겸 문인 말이야. 그분이 해남에 있을 때 병자호란이 벌어졌지. 왕이 항복했다는 소식을 접하고는 이를 부끄럽게 여겨 산이 깊고 물이 맑아 아름다운 섬인 보길도에 은거 했다 하더라고. 그 무렵 이 굴포에 조선 건국 이래로 최초의 민간

간척사업을 일궈낸 분이 바로 고산이었지. 그 덕에 이 마을 주민들은 대대손손 터를 잡고 밭을 일구며 살 수 있게 되었고. 그리하여 매년 정월대보름에 마을주민들이 사당에 모여 고산 윤선도에게 감사의 제를 올리고 있지. 그런데 유감스럽게도 현재 고산을 모신 사당은 고려시대의 배중손장군의 사당에 세를 든 모양새여. 그것도 관리가 소홀하여 사당 곳곳에 잡초가 무성하고 훼손되고 있는 것을 보면, 이곳 주민으로서 면이 서질 않는다니까."

운전기사의 긴 설명을 들으며 나는 생각한다. 나라의 공복을 받으며 사는 사람이라면 최소한 백성을 위한 위민의 마음은 꼭 필요하다고. 주민들을 위하여 간척사업을 생각해낸 윤선도의 마음이 바로 그것이 아니었을까? 최소한 백성들이 밥은 먹고 살 수 있도록 해야겠다는 그 따뜻한 마음을 알기에 지금까지 후손들이 감사의 제를 올리는 것이겠지. 이어지는 기사아저씨의 설명을 귓등으로 흘리며 나는 깊은 생각에 잠긴다. 거울에 비친 내 모습을 살핀 아저씨는 말을 멈춘다.

한참 달리다 중간정류장에 선다. 서너 명의 사내들이 시끌벅적 차 안으로 올라온다. 서로 인사를 주고받는 모습으로 보아 기사와도 잘 아는 모양이다.

"오늘은 어디로 나가세요?"

기사의 물음에 한 사내가 대답한다.

"접도 쪽으로 출항하려는구먼요."

"요즘 무엇이 잘 잡히나요?"

"아직 철이 일러서 여러 종류가 나오지는 않겠지만 집에 죽치고 있으면 뭐헌데요? 한 바퀴 돌아 반찬거리라도 마련허야제."

대화내용으로 보아 어업을 생활의 방편으로 삼은 주민들로 보였다.

그들은 자리를 잡고 앉아 자기들끼리 대화를 시작한다. 외모로 보아 오십은 넘어 보이는데 뱃사람이라 그런지 어투가 실팍하다.

한 사람이 먼저 말을 꺼낸다.

어제 뉴스들 봤제?

물론 봤지.

그 뉴스를 보고 나는 열 받아서 쓰러지는 줄 알았다니께.

글씨 말여. 내도 복창이 터질 것 같았당게.

뉴스를 미처 보지 못한 사람이 궁금한 듯 눈을 두리번대며 묻는다.

무슨 소리여. 내는 어제 피곤혀서 일찍 자느라 못 봤는디,

또 무슨 일이 생겼당가?

자네처럼 안 봤으면 차라리 속은 편했을 거고만! 참말로 이게 나라냐? 허는 소리가 절로 나온당게.

그들이 나누는 대화에 나도 귀를 쫑긋 세운다. 녀석과 술자리를 하느라 뉴스시간을 놓쳤기 때문에 뉴스내용이 무엇인지 모른다. 버스기사도 궁금한 얼굴로 재촉한다.

처음 말을 꺼냈던 사람이 설명한다.

"시상에 삼 년이 지난 지금까지 저렇게 바다 속에 내비 둔다는 것이 말이 되냔 말여. 이제야 끌어 올리네 어쩌네 허는 꼴이 참말로 가짢당게. 세월호 말만 나오면 그 광경이 떠올라 나도 모르게 성질이 폭발헌단 말여."

"성님! 괜히 그러다 혈압 올라 쓰러지면 성님만 손해니께 진정하시랑게요."

"자네는 그 광경을 보지 않아 그리 말하는 거여. 지금까지도 꿈속에 자꾸 나타나 미치고 환장허겠는디 어떻게 참으라고 하는 겨!"

"아따, 성님. 우리가 언제 저 높은 양반들 믿고 살았능가요? 우리 목숨은 우리가 지켜야 하고, 우리 고기는 우리가 지켜야 허지라. 그렇게 맴 먹어야 편항게요."

그들의 대화를 듣고 있던 버스기사가 궁금증을 참지 못하고 묻는다.

"도대체 그날 무엇을 보았는데 그러시오?"

성님이라고 불린 사람이 한참 말없이 있다가 입을 연다.

"4월 16일 그날 우리는 4톤짜리 고깃배로 고기잡이를 가려고 준비를 하고 있었제. 그런데 마을회관 스피커에서 흘러나오는 이장의 말은 몹시 다급한 목소리였당게. 맹골수도에서 여객선 한 척이 침몰하고 있응게 선장들은 지금 바로 그곳으로 가서 인명을 구조하라는 말이었제. 전에도 진도 앞바다에서는 크고 작은 사고가 나면 으레 그리했으니께. 작업을 뒤로하고 우리는 모두 사고현장으로 배를 몰고 갔제. 우리가 사고지점에 도착했을 때는 이미 배가 70도 가량 기울여져 있었고, 바다 위에는 승객들이 별로 보이지 않았제. 그래서 우리는 서로 무전기로 연락을 주고받으며 배 가까이 다가갔지. 배가 곧 침몰할 것 같더라고. 그때 나는 배 안에 있는 한 사람이라도 더 구할 생각으로 막 물에 잠기려는 유리창을 통해 배 안을 들여다보았지. 이미 안에는 물이 거의 차 있었는데, 그 작은 창문에 붙어 살려달라고 손짓을 하고 있는 초롱초롱한 눈이 보였어. 순간 내 눈과 딱 마주쳤단 말이시. 나는 배를 가까이 대고 유리를 깨트리려고 시도했지. 민간어선에는 유리창을 깰 수 있는 도구인 앙카라는 게 있

184

응게. 해경 함정이 우리 배에 다가온 것이 바로 그 순간이었제. 함정에서는 무조건 빨리 배를 빼라고 명령을 내리더라니께! 민간인 배 때문에 자기들의 작전수행에 방해가 된다는 거여. 기가 막힌 일이잖여? 즈그들은 아무런 구조 활동을 하지 않으면서 민간인 배를 철수시키려고만 하는 것이 도무지 이해할 수 없었제. 우리는 어쩔 수 없이 뱃머리를 돌려야 혔당게. 나는 살려달라고 손을 내밀던 그 여학생의 눈빛을 아마 죽을 때꺼정 잊을 수가 없을 거고만. 개새끼들, 좆같은 새끼들이 일부러 안 구한 거랑게."

나는 눈을 감는다. 저이가 말하는 사람이 미소일 거라는 생각이 근거도 없이 문득 든다. 아! 오미소.

버스가 멈춘다. 눈을 떠보니 버스 종점인 굴포다. 버스에서 내린다. 해장으로 속을 풀어야겠다는 생각으로 버스기사가 추천한 식당을 찾는다. 기사가 추천한 굴포식당은 배중손사당 옆에 있다.

안으로 들어가 자리를 잡자, 주인이 물 컵을 들고 다가온다. 이 식당의 메뉴는 신기하게도 졸복탕 한가지다. 고르고 말고 할 필요가 없어 나는 졸복탕을 주문한다. 시간이 일러서인지 손님은 몇 되지 않는다. 그래서인지 음식은 생각보다 빠르게 나왔다. 몇 가지의 밑반찬과 함께 나온 졸복탕은 내가 생각했던 모양과 전혀 다르다. 나는 복이라 해서 매콤하고 시원한 생선탕을 예상했었는데, 나온 것은 추어탕이나 어죽 같다. 가져온 주인에게 추어탕과 비슷하다고 말하자, 주인을 고개를 끄덕이며 설명해준다.

"우리 집 졸복탕은 다른 가게와 만드는 방법이 완전히 다르제. 이곳 굴포나루에서 잡히는 졸복을 주로 쓰고 있응게. 갓 잡아 온 엄지손가락 굵기의 졸복을 된장 푼 물에 살점이 흐물흐물해질 때까지 고아서 그 국물에 고사리, 미나리, 부추 등을 넣고 다시 끓이는 겨. 식성에 따라 참기름을 치거나 식초를 넣어 먹으면 그 맛이 다른 곳에선 먹어 볼 수 없는 별미인 겨."

주인 말대로 처음 먹어보는 졸복탕은 참으로 특별했다. 맛있게 먹고 있는데 주인이 TV전원을 켠다. 때마침 뉴스방송이 시작된다. 조금 전 버스에서 들었던 이야기도 있고 해서 나는 밥을 입에 넣으며 화면에 시선을 보낸다. 드라마보다 뉴스에 더 관심이 간다는 사람들이 많아지는 요즈음이다. 예측이 불가능할 정도로 뉴스거리가 많아져 보고 싶은 마음도 크지만, 언제 나타날지 모르는 속보에 나는 늘 마음을 졸인다. 할아버지나 아버지가 감추려하는 진실이 언젠가는 터질 것이다. 그러면 나는 어찌해야 할 것인가.

간밤에 영식이는 만취했다. 맥주 한 잔이면 쓰러져 자는 녀석이 그 독한 소주를 서너 잔을 입에 털어 넣었으니 그럴 수밖에 없었다. 만취한 녀석은 횡설수설했다. 술을 쉽게 깨는 방법 중 하나가 끊임없이 대화를 하면 효과가 있다는 것을 알기 때문에 나는 녀석의 술주정을 말없이 받아주었다. 가끔씩 술잔을 비우면서 녀석의 말을 건성으로 받아넘겼다. 그러다가 녀석의 본심이 드러난 말이 내 머리를 세게 쳤다.

나는 어찌되든 상관없었어. 그러나 내 동생은 안 돼. 동생은 우리 부모의 희망인데 건들면 안 된단 말이야. 그렇게 갑질하면 벌 받아. 네게는 미안한 말이지만 언젠가는 꼭 천벌 받을 거야.

녀석은 쌍둥이 동생을 말하고 있었다. 동생이 화제에 오르면 녀석의 얼굴은 유난히 환해지곤 했다. 어쩌나 동생자랑을 늘어놓던지 자식, 넌 동생바라기냐? 하며 내가 놀린 적도 있었다. 아무튼 녀석의 말에 의하면 그의 쌍둥이동생은 공부 잘하는 모범생이었다. 녀석의 부모는 정성을 다해 동생에게 온 힘을 쏟고 있다고 했다. 동생만은 남들이 부러워하는 대학에 들어가 집안을 일으켜주길 바라는 마음으로 녀석의 부모는 고생을 즐거움삼아 산다고도 했다. 수재인 쌍둥이 동생은 부모의 희망이었다고, 동생 또한 그런 부모의 희망을 저버리지 않고 악착같이 노력하는 중이라고 녀석은 내게 뻐기며 자랑했었다.

그런데 말이다. 동생의 뒷바라지를 해야 할, 우리의 전 재산인 가게를 쑥대밭으로 만들어버린 갑질을 내가 어떻게 용서할 수 있겠냐? 그래도 나는 자존심 버리고 내가 떠날 테니 부모와 동생은 제발 건드리지 말라고 무릎 꿇고 빌었다. 허지만 내가 도대체 무슨 잘못을 했단 말이냐? 너와 친구로 지낸 것밖에 없는데 우리가 왜 당해야 하는 거냐? 응?

정신이 번쩍 들었다. 녀석이 이곳으로 숨어든 것이 바로 나 때문이었구나. 학교를 마치지도 못하고 도망치듯 떠난 것이 동생을 위한 희생이었단 말인가. 할아버지, 아버지는 왜 그들을 핍박했을까? 하등 그럴 이유가 없는 다른 세계의 사람들에게 무엇 때문에 그랬단 말인가. 괘씸죄였겠지. 아니면 내가 그들이 바라는 손자나 아들의 본래 위치로 돌아오길 바라는 뒤틀린 애정표현이었나.

나는 남아있던 술병을 들고 마셨다. 제 정신으로는 도저히 견뎌낼 자신이 없다. 나의 일탈 때문에 직장에서 쫓겨난 운전기사가 문득 생각났다. 딸의 치료비용을 챙기지 못해 힘들어하던 아저씨. 그에겐 아무런 죄가 없었다. 나의 일탈을 감추어 주었다는 그 사실 하나로 변명도 듣지 않고 가차

없이 쫓아내버리더니, 이번엔 친구 영식이도 그렇게 쫓아버린 것이었구나. 미소도 영식이도 기사아저씨도 나 때문에 그리 되었다는 것이 가슴을 무겁게 내리눌렀다.

밤새 뒤척이다 한숨도 자지 못했다. 안방을 들여다보니 녀석은 깊은 잠에 빠져있다. 더 이상 녀석에게 마음에 부담을 주고 싶지 않다. 녀석의 말대로 그에겐 아무런 잘못이 없다. 학교를 그만둘 이유도 없고, 고향에 내려와 은둔할 까닭도 없다. 문제는 오로지 나다. 문제의 제공자인 내가 그들이 괴로워할 때 아무것도 모른 척 살았다는 것은 용서받을 수 없는 죄인이다. 녀석의 머리맡에 간단한 쪽지를 남기고 나는 집을 나온 것이다.

그래, 넌 나의 친구야. 영원한 나의 친구. 미안하다.

굴포식당을 나와 굴포방조제 쪽으로 걸음을 옮긴다. 윤선도가 처음으로 막았다는 굴포방조제는 후에 다시 축조했다고 한다. 농경지로 활용하기 위해 축조하였다는 백동저수지가 보인다. 방조제를 따라 천천히 걸음을 옮기다 보니 고등학교 국어시간에 배운 어부사시사가 떠오른다.

어부사시사 중 춘사 일부분이 내 입에서 자연스럽게 흘러나온다.

앞 개에 안개가 걷히고 뒷산에는 해가 비친다.

배를 띄워라, 배를 띄워라.

썰물은 거의 나가고 밀물이 밀려온다.

찌거덩 찌거덩 어야차!

강촌의 온갖 꽃이 먼 빛이 더욱 좋다.

봄바람이 문득 부니, 물결이 곱게 일어난다.

돛을 달아라, 돛을 달아라. 어야차!

동호(東湖)를 바라보며 서호(西湖)로 가자꾸나.

찌거덩 찌거덩 어야차!

앞산이 지나가고 뒷산이 나타난다.

봄철을 노래한 어부사시사의 음률이 내 불편한 마음을 조금 가라앉힌다. 걷다보니 어느 새 굴포항에 도착한다. 멀리 죽도가 보인다. 만조 때라 그런지 항구에 물이 그득하다. 자리를 잡고 앉아 죽도 쪽을 바라본다. 물에 비친 햇빛이 쪼개져 반짝이는 모습은 푸른 하늘의 별빛 같기도 하다. 망연하게 바라보고 있는데 반가운 얼굴이 물 위에 떠오른다. 오미소다. 해맑게 웃는 미소가 나를 향해 손짓을 한다.

이리 들어와 봐. 여긴 참으로 푸근해. 어서 내 손을 잡아 줘.

나는 천천히 물속으로 발을 넣는다. 무릎이 잠기고 가슴까지 물이 잠긴다. 미소의 손을 잡으려는 순간 나는 물속으로 깊이 쓸려 들어간다.

대학병원에서 나는 눈을 떴다. 죽는 것도 마음대로 할 수 없다는 절망감이 몰려왔다. 그런데 입원해 있는 동안 환자들의 고통이 보이기 시작했다. 환자들의 고통을 보니 내 자살 소동은 사치였다. 어느 순간 죽는 것보다 살아서 할 일이 많다는 생각을 했다.

앞날은 내가 개척하리라. 결정을 내리고 나는 형에게 전화를 걸었다. 병원에서 나가게만 해주면 내 미래는 내가 책임질 것이라 큰소리쳤다. 다행히 형은 못이기는 척 내 부탁을 들어주었다.

***

숨이 벅차오른다.

나는 연습하고 있던 랩을 잠시 멈춘다. 왜 갑자기 숨이 차오르지? 어제 광장에서 느꼈던 환희 때문인가? 그럴지도 모

른다. 스무 살 인생에서 처음으로 맞닥뜨린 광경은 놀람 그
자체였다. 가슴은 마구 뛰고 숨이 벅차올라 금방이라도 터
질 것만 같았다. 이런 세상도 있었구나. 그동안 나는 어디에
있었나? 마치 타임머신을 타고 훌쩍 날아온 것 같은 다른
세상에 한동안 가슴이 벅차올라 숨을 쉴 수가 없었다.

형의 도움으로 병원을 빠져나온 나는 집으로 가지 않았다.

퇴원수속을 밟아주면서 형은 나를 향해 몇 번이고 다짐을
두었다.

김솔, 너, 꼭 약속 지켜라. 이렇게 널 도와주는 것도 이번
한번 뿐이라는 것을 명심하고. 약속대로 곧바로 복학하여
사시에 전념하고, 알았지? 만약 또 사고를 치면 너 뿐만 아
니라 나까지 영감에게 죽는다.

형이 손을 펴 자신의 목을 치는 흉내를 내며 말했다. 나는
열심히 고개를 끄덕였다.

알았어. 형. 죽으려다 살아난 놈이 무슨 다른 생각을 하겠
어. 걱정 마. 고마워, 형.

형은 뒤따르는 내가 안쓰러웠던지 지갑을 털어주었다. 많
지는 않았지만 내겐 유용하게 쓸 목돈이었다. 변두리 고시
촌에 방 한 칸을 얻었다. 그리고 아르바이트 자리를 구할 속
셈으로 거리로 나섰다. 형에게는 약속을 지키지 못해 진심

으로 미안한 마음이다. 하지만 더 이상 이전처럼 살고 싶지는 않았다. 전처럼 살지 않으려면 우선 할아버지나 부모의 도움은 받지 않아야 한다. 그런 결심으로 거리로 나선다.

사실 오랫동안 나는 모범생으로 살았다. 학교, 도서관, 학원, 그리고 집만 오고갔다. 그러다가 고1때 영식이의 부추김에 우연히 밴드동아리에 들어가게 되었다. 그 동아리는 교회에서 밴드반주를 하는 청소년 동아리 모임이었다. 내가 취미로 랩을 만들어 흥얼거리는 것을 본 영식이가 한 번 가보지 않겠느냐고 나를 이끈 곳이었다. 동아리는 여러 교회에서 참가한 희망자로 꾸며졌는데, 일주일에 한 번 모여 연습을 했다. 그 중에는 안산에서 올라오는 열혈 참가자가 있었다. 오미소였다. 그녀는 한주도 빠지지 않고 그 먼 길을 오곤 했는데 그녀가 맡은 파트는 예상치 못한 드럼이었다.

처음으로 그녀를 보았을 때 나는 숨이 막히는 줄 알았다. 나를 그곳으로 이끌었던 영식에게 내 감정을 솔직하게 말하자, 녀석은 껄껄 웃으며 말했다.

자식, 범생인 줄 알았더니 감정은 살아있네! 잘해 보게 친구.

아마 동아리에 그녀가 없었더라면 나는 좀 더 빨리 본래의 모범생 자리로 돌아왔을지도 모른다. 더군다나 그녀는 내가 작사 작곡한 랩에 관심이 많았고, 칭찬으로 용기를 북돋아 주었다. 그들이 매주 연습하는 곡은 주로 찬송가였다. 나는 교회를 다니지 않았으므로 그들이 연주하는 곡을 다 알지 못했다. 그러나 연습이 끝날 즈음에 그들은 항상 나의 자작 랩을 들어주었기 때문에 빠지지 않고 열심히 다녔다. 물론 그녀를 만나기 위한 마음이 더 컸지만 말이다.

막상 거리로 나섰지만 어떻게 해야 할지 막막하다. 아무 곳이나 들어가 아르바이트 자리를 달라고 말할 수는 없지 않은가. 그리고 보면 자신이 참으로 한심하다는 생각이 든다. 지금껏 부모의 보호 아래 화초처럼 지냈던 세월이 부끄럽기 짝이 없다. 마음 한 구석에는 집으로 들어가 부모가 바라는 대로 열심히 공부하여 안정된 생활을 할까 하는 미련도 약간 남아있다. 그러나 아직도 가슴 깊이 살아 숨 쉬는 미소에게 그런 못난 친구로 남고 싶지는 않다. 내가 왜 죽으려고 했는지 그것을 절대 잊어서는 안 되니까.

지하철 입구에 들어서자 많은 사람들이 밀려든다. 나도 함께 지하철로 떠밀려 들어간다. 잡을 손잡이도 없어 이리저리 흔들리는 몸의 중심을 잡으려 다리에 힘을 준다. 정거장을 지날수록 꾸역꾸역 밀고 들어오는 사람들로 이미 전철 안은 발 디딜 틈도 없다. 왜 이렇게 사람들이 몰리는 거지? 생각하다 오늘이 토요일이라는 것을 생각해내고서야 나는 기억해낸다.

아! 오늘은 토요일, 촛불집회가 있는 날이구나!

신문이나 방송에서 집회의 모습은 몇 번 보았다. 그러나 지금까지 참석해 본 적은 없다. 집안 어른들의 가르침은 항상 나를 두렵게 만들었다. 특히 어렸을 때부터 들어온 할아버지의 반복적인 주입식 교육은 내게 주술 같은 역할을 했다.

시위에 참석하는 놈들은 모두 빨갱인 게야. 내가 젊어서부터 죽자고 때려잡은 놈들이 누군 줄 아느냐? 바로 저런 종북 세력이란 말이다. 저런 놈들은 이 나라에 발을 붙일 수 없도록 만들어야 자유대한민국이 바로 서는 것이지. 또한 그것이 바로 우리 법조인이 나서서 할 일인 거고, 그러니 너는 절대 저런데 휩쓸려서는 안 된다. 알겠느냐?

어려서는 그 말이 참인 줄 믿었다. 할아버지 말대로 공산당 나라가 되어서는 안 된다고 생각했다. 그래서 할아버지나 아버지 또 형처럼 나도 유명한 법조인이 되어 나라를 바로 세우는 데 헌신해야겠다고 다짐을 했다.

그런데 세상이 정상적이지 않다는 생각이 들기 시작한 것은 나라를 떠들썩하게 만든 세월호 참사 때부터였다. 아마도 그 사건이 나와 직접적인 관련이 있어 더욱 심각하게 받아들였는지도 모르지만, 그보다는 도저히 이해할 수 없는 일이 눈앞에 펼쳐지기 시작했기 때문이기도 했다. 그때부터 나는 당연한 것들에 질문을 던지기 시작했다. 상식으로 도저히 이해되지 않는 물음들에 대한 질문을 던지자 답이 돌아왔다. 그러나 그 답들은 내 의문에 대한 갈증을 모두 해소해 주지는 못했다.

그 참사로 처음으로 따뜻한 정을 느꼈던 그녀를 잃었다. 그녀는 지금 바다 밑 뱃속에 갇혀 하루 빨리 꺼내주기를 간절하게 기다리고 있을 것이다. 사고 순간에 가장 먼저 떠오른 사람이 할아버지였다. 할아버지의 권력이라면 누구도 무시하지 못할 것이다. 그런 마음으로 다급하게 할아버지에게 달려갔다.

할아버지, 제 친구 좀 살려주세요.

내 다급한 부탁에도 불구하고 할아버지는 냉담했다.

너는 내가 하찮은 일에 관여하리라고 생각한 것이더냐?

할아버지! 그래도 사람들의 생명에 관한 일이잖아요?

그런데 관심 둘 시간 있으면 책 한번 더 보아라. 저런 크고 작은 사고야 매번 일어나는 일이고, 또한 관계기관이 잘 처리할 것이다. 그러니 너는 관심 끊고 네 본분을 망각하지 마라.

쫓기듯 총장실을 나오며 나는 정신을 차릴 수가 없었다. 세상이 발칵 뒤집혔는데 할아버지는 하찮은 사고일 뿐이라고 말했다. 마치 미미한 여객선사고인 것처럼. 정말 그럴까? 내가 바라본 광경은 사고가 아니라 참사였다. 또한 분명한 사실은 바로 인재라는 것이었다. 아무도 구하려 하지 않고 방치하는 모습은 가상현실처럼 보였다.

그녀가 수학여행을 떠나기 며칠 전 동아리에서 만난 우리는 처음으로 속마음을 털어놓았다. 동아리 활동이 끝난 후 자연스럽게 마주앉아 이야기를 나누었다. 그녀의 말을 듣고 있노라면 괜히 기분이 좋아졌다. 왜 그런지 생각해 본 적이 있는데 그것은 바로 꾸밈없는 솔직함이었다. 그녀는 마치 드럼을 치듯 명쾌하게 말을 이어가곤 했다. 그에 비해 나는 항상 어둔하고 자신 없는 음성으로 대답을 했다. 매번 그녀가 대화를 이끌어 나갔다. 그날 우리는 꽤 오랜 시간 이야기를 나누었다. 지금 생각해 보면 자신의 죽음을 예견하기라도 한 것이 아니었나 생각되었다.

솔아! 넌 내가 좋은 이유가 뭐야?

음! 솔직하고 유쾌하고 그리고 또 예쁘고…….

얘. 예쁘다는 소리는 너한테 처음 듣는다.

아냐! 너 정말 예뻐! 그런데 미소야, 넌 내가 왜 좋아?

글쎄. 솔직히 말해도 돼?

그래. 우린 친구 사이니까 속이면 반칙이지.

그렇지? 사실 처음 보았을 때 넌 무척 재수 없는 애였어.

뭐라고? 너 정말 이러기야?

솔직히 말하라며? 그런데 지금은 아냐. 왜냐고? 진실한 네 마음을 알게 되었으니까. 네가 만든 랩을 들으면 온몸에 소름이 끼쳐. 그 속에 네 속마음이 투명하게 보이는 거야. 너의 슬픔, 고민, 방황 등도 들리지만 그보다 내일의 희망이나 도전의식도 깔려있어. 매우 감동적이야. 너한테 처음으로 말하는 건데 솔이 네 노래를 들으면서 난 속으로 많이 울었어.

왜? 내 랩이 그렇게 슬픈 거야?

아니, 슬퍼서가 아니라 감동이지 뭐. 그런데 솔아, 궁금한 것이 있는데 솔직히 대답해 줄래?

응. 뭔데?

너희 집안이 아주 빵빵하다며? 대대로 법관을 지낸 유명한 집안이라고 하던데 정말이야?

그게 뭐. 자랑거리인가? 집안을 내가 택하여 태어날 수 없으니까 감수하는 것이지만, 난 별로야.

왜 그렇게 생각하는데? 보통 사람들은 그런 가문에 태어난 것을 영광으로 여기잖아?

그렇겠지. 그런데 사실 돈을 많이 벌고 권력을 누릴 수 있다는 것 외엔 건질 것이 없어.

피이ᅳ. 내가 보기엔 가진 자의 오만 같은데?

아냐. 진심이야. 난 미소 너처럼 하고 싶은 일 누리면서 살고 싶어.

가진 것이 있으면 마음대로 살 수 있잖아. 우리 같은 서민들은 하고 싶어도 돈이 없어 못 할 때가 많지만.

돈으로 절대 살 수 없는 것이 있지. 바로 자유라는 거.

자유? 솔이 넌 어디에 구속되어 있다고 생각하는데?

구닥다리 체제에 찌든 사람들! 그들은 언제까지나 그 체제 속에서 살기를 원해. 그래서 울타리를 치지. 체제가 다른 사람은 아예 들어오지 못하도록 늘 감시하지. 물론 그 체제를 반대하는 사람은 같은 그룹이라도 냉정하게 잘라버리는 거야. 그것이 비록 사랑하는 가족이라도 말이지.

솔이 네가 하는 말이 무슨 뜻인지 난 잘 모르겠어.

그래. 모를 거야. 당연해. 그래서 이런 말은 지금까지 한 번도 친구들과 말해 본 적이 없어. 그런데 미소 네 앞에서는 웬일인지 저절로 나오네?

그래도 솔아! 네가 내 친구라서 참 좋아. 넌 그렇게 말하지만 만약 내가 불의의 사고로 힘들어 할 때 넌 나를 도와줄 수 있잖아. 안 그래? 모른 척 하지는 않겠지?

마음이야 그렇지. 도움이 될 수 있을지 장담할 수는 없지만.

그랬다. 그녀가 불의의 사고를 당했는데도 나는 아무런 손을 쓰지 못했다. 아니 도리어 나의 비밀스런 일탈은 탄로 났고, 그에 대한 엄한 꾸지람과 함께 나는 속박되어 버렸다. 아버지는 내 일상을 감시하는 요원을 붙였고, 요원은 스물네 시간동안 나를 감시했다. 별 도리 없이 나는 모범생인척 고3을 보내고 대학에 들어갔다. 할아버지나 아버지가 원하던 대학교에 들어가자 족쇄는 조금 풀렸다. 감시요원은 느슨해졌고, 나는 시계추처럼 학교를 오갔다. 때때로 미소가 기억났지만 점점 희미해갔다.

광화문역에 이르자 사람들이 우르르 내리느라 법석댄다. 내리려는 의도는 없었는데 나는 밖으로 밀려나온다. 특별한 목적지가 없었던 터라 나는 다시 지하철에 오르지 않는다. 파도처럼 군중에게 밀려 지하에서 빠져나온다.

광화문역이란 이름은 경복궁의 정문인 광화문에서 따왔다고 들었다. 광화문의 주변지역도 통상 광화문이라고 부르지만 세종대로라는 명칭이 따로 있었다. 그 길에서 나는 세종대왕과 이순신 동상을 발견한다. 매주 토요일마다 저 많은 군중들을 내려다보고 있는 세종대왕과 이순신은 무슨 생각을 하고 있을까? 불현듯 궁금해진다. 세종대로와 인도는 인파로 빼곡하다. 막상 현장에서 보니 뉴스 화면에서 볼 때와 느낌이 전혀 다르다. 핸드폰에 나타난 시각을 보니 다섯 시가 조금 넘었다. 그런데 광장은 벌써 사람들로 빼곡하게 차 빈자리가 보이지 않는다.

시민발언대에 올라 연설을 하는 연설자의 모습이 곳곳에 설치된 무대에 비디오 영상으로 중계되고 있다. 발길을 멈추고 귀를 기울여본다. 세월호단체, 환경단체, 역사단체, 비정규직 등 각 단체에서 나온 사람들이 각기 자신의 억울함을 소리 높여 외친다. 무엇이 그들을 이 추운 겨울광장으로 몰고 나온 것인가. 유모차에 탄 아기, 교복 입은 학생, 대학생, 회사원, 백발노인, 휠체어를 탄 사람, 스님, 화기애애한 가족 등 다양한 세대와 여러 종류의 사람들이 한데 어울려 있는 데도 참으로 평화롭다.

사드 반대 풍선을 든 사람도 있고, 태극기를 두른 젊은 시위대 청년은 '가습기살균제의 조사'를 외친다. 온갖 생활 속의 불만이 거리에 넘쳐난다. 그랬다. 이곳은 그동안 가슴에 차곡차곡 쌓아두었던 하고 싶었던 불만을 풀어내는 곳이 되고 있다. 이곳에선 저절로 규율이 생기고 시키는 사람이 없어도 자유가 돋아난다. 내가 구가하고자 했던 구속되지 않은 자유를 나는 이곳에서 본다.

　나는 한 곳에 자리 잡지 않고 구경꾼처럼 주변을 살피며 계속 걷는다. 그러다 기이한 장면을 목격한다. 여러 사람이 조용히 둘러앉아 오직 한 사람을 주시하고 있다. 가까이 다가간다. 텔레비전에서 많이 보던 낯익은 얼굴이 거기에 있다. 저 사람은 지금 무엇을 하고 있는 것인가. 그는 이곳에 모인 한 사람 한 사람에게 차례대로 마이크를 넘긴다. 마이크를 넘겨받은 사람은 거침없이 말한다. 심하게 욕설을 내뱉는 사람도 있고, 자신의 소견을 조곤조곤 말하는 사람도 있다. 그 와중에 태극기와 성조기를 든 사람들 한 패거리가 몰려든다. 그들은 핸드마이크의 볼륨을 최대한 높여서 낯익은 얼굴을 향해 도발을 유도한다.

　"종북○○! 북으로 가라!"

　그는 흥분하지 않고 차분하게 대답한다.

　"나는 종북출신이 아니라 경북출신이오."

　태극기와 성조기를 든 사람이 흥분하여 소리친다.

　"여러분! 저 빨갱이들을 모조리 몰아냅시다. 이러한 위기 상황을 조장하는 저들을 우리 모두 힘을 합쳐 이 나라에게 영원히 몰아내야 합니다. 그렇지 않습니까? 여러분!"

태극기와 성조기를 든 무리들이 '맞습니다!' 하고 맞장구를 치며 우르르 몰려든다. 그런대도 낯익은 얼굴은 분노나 격앙된 표정조차 짓지 않는다. 대신 침착한 어조로 주위에 모여 있는 군중에게 차분하게 말한다.

"여러분은 지금 헌법적 권리를 행사 중입니다. 어느 누구도 우리에게 이 자리를 떠나라고 명령할 수 없습니다. 모두 함께 이 자리를 지킵시다."

와— 하는 함성과 함께 모인 사람들은 미동도 하지 않고 자리를 지킨다. 그들의 태도에 머쓱해진 도발자들이 슬금슬금 뒤로 물러선다. 그래도 체면은 살리고 싶었던지 물러나면서 소리친다.

"어둠의 세력들은 물러나라. 김정은의 조종을 받고 내려온 빨갱이들을 죽여라."

그들이 흔들고 있는 손 팻말엔 이렇게 적혀있다. "촛불은 인민, 태극기는 국민" "공산당이 싫어요" "빨갱이는 죽여도 된다." 할아버지나 아버지가 줄곧 하던 말이 광장에서 살아 움직이고 있다.

나는 놀란 눈으로 낯익은 얼굴을 바라본다. 두려움에 떠는 나와 달리 그의 표정은 변화지 않는다. 달려들지도 욕설을 퍼붓지도 따지지도 않는 그에게 더 이상 어찌해 볼 수 없었던지 도발자들은 올 때처럼 우르르 떠난다.

그들이 떠나자 마치 아무 일도 없었던 것처럼 그는 다시 토크를 진행한다.

"우리는 주권자이며(제1조), 인간다운 삶과(제34조) 쾌적한 생활(제35조)을 할 권리가 있습니다. 그런데 대통령이 특수계급을 만들어(제11조 2항 위반) 나라를 혼란하게 만들었으니(제84조 위반), 그를 쫓아낼 권리(제65조)가 우리에게 있습니다."

그는 헌법구절을 차근차근 읊는다. 시민들은 절규 대신 환호와 웃음으로 그의 헌법풀이를 즐기고 있다. 그는 우리가 처한 상황이 얼마나 비정상인지를 꼬집어 권력자의 위선을 풍자한다. 조금 전처럼 그에게 싸움을 거는 사람들이 많지만, 싸움 앞에서도 무엇이 비정상인가를 정확히 짚어준다. 듣는 이들은 가슴이 펑 뚫린다. 지금의 나처럼. 한 번으로 나는 그의 멘트에 반해버린다. 그가 나타나는 곳이면 어디든지 가려고 굳게 마음먹는다. 예정시간이 끝나 그는 다른 곳으로 이동하고 나도 발걸음을 옮긴다.

어느새 어둠이 내리고 있다. 본 대회 시간이 가까워오자 무대에서 식전공연이 시작된다. 나도 화면이 잘 보이는 곳에 자리를 잡는다. 아무런 준비도 없었던 터라 그냥 아스팔트 바닥에 주저앉자, 차가운 기운이 엉덩이를 타고 머리끝까지 올라온다. 옆을 둘러보니 모두들 준비한 깔개 위에 앉아있다. 더 이상 견딜 수 없어 나는 자리를 털고 일어난다.

여기저기 돌아다니다 깔개 파는 곳을 발견하고 구입한다. 막 돌아서려는데 이상한 불이 눈에 띤다. 무엇이냐고 물었더니 LED촛불이라 한다. 바람이 불어도 꺼지지 않는다는 LED촛불 한 개를 산다. 그리고 무대 가까이 자리를 잡고 앉는다. 오늘은 나도 병실 TV화면에서 본 촛불 파도타기를 할 수 있겠다는 생각에 가슴이 뛴다. 이런 상황도 이런 마음도 처음이다.

디스코 풍 리듬에 맞춰 흥겨운 비트가 스피커에서 흘러나오자 모인 군중은 촛불을 높이 쳐들고 몸을 흔든다. 나도 따라 한다. 한참을 흔들다보니 축제의 장에 온 것처럼 느껴진다. 이어서 연세가 제법 든 장년의 남자가 무대에 오른다. 마이크를 잡자마자 그는 어두절미하고 소리를 높여 노래한다.

열다섯에 촛불광장에 왜 왔냐고 묻거든, 엄마아빠가 말 사줄 돈 없어 나왔다고 전해라

20세에 이화여대에 입학하려 하거든, 총장학장에 엄마빽 없으면 못 간다고 전해라

30세에 촛불광장에 왜 왔냐고 묻거든, 알바인생이 지긋지긋해서 나왔노라 전해라

40세에 촛불광장에 왜 왔냐고 묻거든, 아들딸들에게 정의로운 세상 물려준다 전해라

50세에 촛불광장에 왜 왔냐고 묻거든, 파견인생에 정리해고 땜시 못 살겠다 전해라

아리랑 아리랑 촛불 아리랑, 촛불로 하나 되어 박근혜 탄핵~

군중들은 촛불을 흔들거나 손뼉으로 그의 노래에 힘을 실어준다. 백세인생을 패러디한 노래는 모인 사람들의 공감대를 얻어 광장은 단번에 뜨겁게 달아오른다.

축제의 장은 한참 더 이어진다.

***

간밤에 늦게 귀가했다.

　하마터면 지하철 막차도 놓칠 뻔했다. 헉헉거리며 겨우 지하철에 오른 나는 많은 사람 속에 숨이 막혔다. 참 부끄러운 말이지만 지금까지 난 지하철을 이용할 기회가 없었다. 나에 속한 개인기사는 일정표에 따라 나를 어디건 안전하게 데려다주었다. 학교와 학원과 집은 물론이고 친구를 만나거나, 특별한 약속이 있을 때에도 나는 늘 자가용을 이용했다. 물론 내 의지는 아니었다. 한시라도 어기면 그 자리에서 목이 달아나니 운전기사는 책임완수에 목숨을 걸다시피 했다. 자연히 내가 잡은 사소한 개인일정까지 기사는 모두 꿰고 있었다. 미용실에 간다거나 친구를 만나 게임방이나 노래방에 가는 사실도 감출 수없는 구조였다.

　내가 조금 커서 감추고 싶은 사실이 많아지자, 나는 운전기사와 모종의 비밀결탁을 꾀했다. 하루의 일과는 운전기사를 통해 시간별로 고스란히 어머니에게 보고되는 것을 알고나서 취한 조치였다. 마음이 선한 기사는 내가 안쓰러웠던지 숨길 수 있을 만큼 숨겨주거나 시간을 조절하여 보고하는 것으로 나를 도와주었다. 그러지 않았다면 랩을 하고, 미소를 만나는 그런 기회는 없었을 것이다. 한 가지 후회가 된 것이 내가 그런 일탈을 했다는 것이 발각된 다음 가장 먼저 기사아저씨가 잘린 일이었다. 그것도 그동안 일했던 월급조차 받지 못한 채 내쫓겼다. 그건 미처 생각해보지 못했던 결과였다. 물론 할아버지의 노발대발한 분노가 어머니 머리 위에 떨어졌으니 당장 그런 조치를 취할 수밖에 없었을 것이지만, 나로서는 지금도 아저씨에게 미안한 마음이 컸다. 더군다나 차를 타고 오고가며 들었던 기사아저씨의 가정사가 자꾸 생각나는 바람에 더욱 마음이 무거웠다.

어느 날 기사아저씨의 얼굴이 유난히 우울해보였다. 궁금하여 내가 물었다.

아저씨! 집에 무슨 일이 있어요?

한동안 아무 말이 없던 아저씨가 대답했다.

도련님께 말할 내용은 아니지만, 제 딸년이 많이 아파요. 병원에 더 입원해 있어야 하는데 병원에서 그만 퇴원하라고 하네요.

왜 나가라 하는데요?

입원비가 많이 밀렸거든요. 하루 이틀 치료해서 나을 병도 아니고……. 하지만 어떤 애비가 죽음을 앞둔 딸을 퇴원시키려 하겠어요. 그래서 하나 남은 집을 팔려고 내놓았는데 요즘은 매매가 활발하지 않아서 쉽게 팔리지도 않는군요.

따님이 앓고 있는 병명은 무엇이에요?

급성 백혈병이죠.

아저씨의 말을 듣는 순간 나는 가슴이 철렁 내려앉았다.

급성 백혈병으로 죽은 친구누나를 보았기 때문이었다. 친한 친구였기 때문에 병문안도 갔었고, 태어나서 처음으로 문상도 갔다. 장례식장에서 만난 친구는 내 앞에서 굵은 눈물을 뚝뚝 흘렸다. 진정된 친구의 입을 통해 알게 된 사실은 충격이었다.

누나는 살인당한 거야. 미필적 고의 살인이래.

누가 그런 말을 했어?

반도체 노동자의 건강과 인권지킴이를 맡고 있는 반올림이란 단체의 직원이 말해줬어. 누나의 죽음은 직업병에 의한 거래.

누나가 어디 다녔는데?

응, 전자 반도체 공장. 엄마는 누나를 죽음으로 내몬 사람이 자기라면서 지금도 정신을 차리지 못해.

그건 왜?

우리 누나 공부 잘했거든, 그런데 나 때문에 대학에 가지 않고 공장으로 간 거야. 몇 년 벌어서 대학에 꼭 가겠다고 이를 악물고 일했지. 그랬는데 느닷없이 백혈병으로 진단받고 한 달 만에 죽은 거야. 그러니 식구들 모두 정신이 나가 버렸지. 그런데 솔아! 더 기가 막힌 건 사업자대표의 행동이었어. 대표라는 사람은 나타나지도 않고 과장이라는 사람을 시켜 부의금만 삐쭉 보내고 만 거야.

얼마나 보냈어?

오백만 원.

친구의 입가에 조소가 떠올랐다. 녀석의 성격을 잘 아는 나로서는 몸에 전율이 흘렀다. 그 여린 녀석이 강한 자들의 그 뻔뻔한 태도에 이를 갈고 있었다.

솔아, 나, 결심했다.

뭘?

아무도 무시하지 못할 권력을 쥘 거야. 기필코 해내고 말 거야.

그 말대로 친구는 지금 독기를 품고 세상을 살고 있다는 것을 나는 알고 있다.

그런데 기사아저씨의 딸도 그 병이라 했다. 묻지 않을 수 없었다.

아저씨! 따님이 무슨 일을 했어요?

고등학교 마치자마자 회사에 들어갔지요.

무슨 회사예요?

전자부품을 만드는 회사였어요. 알아주는 회사에 들어갔다고 무척 기뻐했지요. 첫 월급 탔다고 나와 지 에미를 불러 근사한 곳에서 저녁도 사주면서 행복해 하던 아이였지요.

아저씨! 혹시 반올림이라고 아세요?

도련님! 그게 뭐하는 곳이죠?

직업병으로 고생하는 사람들의 인권을 찾아주는 일을 하는데, 혹시 따님을 도와줄지도 모르니 한번 찾아가 상담을 받아보세요.

기사 아저씨는 어린 내게 고맙다고 몇 번이나 고개를 숙였다. 그런 아저씨가 나 때문에 직업을 잃었다. 그 후로 어찌되었는지 지금 나는 모른다. 그래서 더욱 마음이 아프다.

늦잠에 취해 있는데 핸드폰 벨소리에 잠을 깬다. 발신자를 확인해보니 형이다. 받지 말까 하다가 통화음을 연결한다. 화가 잔뜩 난 형의 목소리가 귀를 때린다.

"너, 지금 어디야? 어디냐고?"

"왜 그래?"

"왜 그러냐고? 이 자식이 지금 나하고 장난 하냐?"

"내가 장난하는 것으로 보여?"

"장난이 아니면 뭔데? 네까짓 놈이 뭘 할 수 있는데?"

"항상 그런 식이었지. 너는 아무것도 할 수 없다. 그러니 시키는 대로 공부나 하라고. 내가 개, 돼지야? 가라고 하면 가고 오라고 하면 오는 그런 개, 돼지냐고?"

"아니, 이 새끼가. 정신이 나갔나? 너 지금 어디야? 빨리 말해?"

"이런 상황에 형 같으면 사실대로 불겠어? 아쉬운 사람이 찾아보라고 그래. 꽁꽁 숨어버릴 테니까."

"너! 나하고 약속했잖아? 집으로 들어온다고. 곱게 들어와서 하던 공부한다고. 그런데 네 놈이 이렇게 내 뒤통수를 쳐? 지금 영감이 널 찾으려고 눈에 쌍불을 켜고 있어. 인마! 그러니 좋은 말로 할 때 기어들어 와라. 알겠냐?"

"영감이 매순간 꺼내던 말 있잖아? 호적에서 파버린다고. 그러라고 해! 나도 그런 집안 손자 노릇 하기 싫으니까."

"너 정말 자꾸 어깃장 놓을래? 무슨 똥 폼을 잡고 지랄이야! 지랄이. 돈 없고 뒤에 빽 없으면 살기 어렵다는 것을 정말 모르고 나불대는 거냐? 그런 부모 만난 것도 축복이야! 새끼야!"

나는 전화를 끊어버린다. 나이 스물일곱에 벌써 극단적인 보수사상에 흠씬 물들어버린 형과 더 이상 대화를 나누고 싶지 않다. 물론 저렇게 현실적인 사고방식으로 굳어버린 형의 의식이 집안 교육 탓일 터이니 형도 피해자일수도 있겠다. 그러나 젊은이라면 비판적 사고도 겸비해야 중심을 잡을 수 있지 않겠는가. 더군다나 검사라면 더욱 필요한 덕목인데 그런 형의 앞날이 걱정이다. 틀림없이 할아버지 아버지 뒤를 이어 그런 쪽으로 줄을 서겠지.

다시 자는 것은 틀렸다. 나는 주섬주섬 잠자리를 정리한다. 그리고 한쪽에 붙박이로 설치되어 있는 작은 책상 앞에 앉는다. 생각날 때마다 랩가사를 적는 수첩이 펼쳐진 채 놓여있다. 어젯밤 광장에서 느꼈던 가슴 떨리던 희열을 적어놓은 채 잠자리에 들었던 기억이 난다. 그 순간을 기록하지 않으면 달아날 것 같아 늦게까지 고심하며 썼던 노랫말이다.

노랫말을 다시 한 번 리듬을 붙여 입속으로 되뇐다.

기다리는 거야

처음부터 내가 뭐랬어 뭐랬어 / 세상은 믿을 것이 못 된다고 / 꼰대들은 변하지 않는다고 / 말하지 않았어 말하지 않았어 / 않았어

그랬던 내가 무엇을 보았는지 / 당신은 모르겠지 정말

모르겠지 / 천둥이 번쩍이던 새까만 하늘에 / 오색무지개 꽃잎처럼 피어났지 / 피어났지

거짓말이라 말하지 마 하지 마 / 우리에게 희망이 남아 있다고 / 우리에게서 절망이 떠나간다고 / 광장엔 어느새 희망이 꽃 피었어 / 꽃 피었어

걱정하지 말고 맘껏 춤이나 춰 / 잠들지 않은 민주주의를 맞아 / 룰루랄라 룰루랄라 즐기는 거야 / 룰루랄라 룰루랄라 기다리는 거야 / 기다리는 거야

태극기

옛날부터 우리의 자긍심이던 태극기야 / 너의 자책하는 소리 내 귀에 들리는구나 / 내가 이러려고 국기가 되었나 / 너는 알고 있었니? 파란지붕에 사는 공주님의 / 심오하고 철학적이며 애매모호한 그 뜻을 / 애써 이해하려다 심장의 박동 수가 늘어난 어느 국민은 / 내가 이러려고 태어났나 자괴감이 든다며 / 오늘도 죄 없는 자판만 두드려대는구나

광장에서 만난 너는 반갑기만 한데 / 어중이떠중이 손

에 들린 너의 표정엔 / 진한 슬픔이 가득 차 보기에도 딱 하더라 / 그래도 어쩌겠니. 그건 너의 선택이 진정 아닌 걸 / 세상을 조금 더 살았다며 그러니 자신의 판단도 정확하다며 / 오늘도 너를 몸에 칭칭 감고 목청 높여 / 북으로 떠나라며 등 떠미는 그들의 생떼가 아니겠니 / 염병. 염병. 염병하고 자빠졌네

 그들은 말하지 특별하게 코너링이 좋았다고 / 또 이렇게도 말하지 신분제가 도입되어야 한다고 / 그래서 민중을 개돼지로 취급하면 되는 거라고 / 그들은 또 말하지. 능력 없는 니 부모를 원망하라고 / 우리는 대답하지 결코 진실은 침몰하지 않는다고 / 우리는 대답하지 뭣이 중헌디, 뭣이 중허냐고 / 우리는 또 대답하지 하야 하기 딱 좋은 날씨라고 /

 다시 전화벨이 울린다. 이번에는 어머니다. 나는 신경질적으로 배터리를 빼버린다. 휴대폰부터 바꿔야겠다고 생각한다. 집에서 설 자리를 찾지 못할 어머니의 처지를 잘 안다. 내가 이럴수록 어머니는 전전긍긍할 수밖에 없을 것이다. 그것을 잘 알기에 지금까지 참아왔던 게 아닌가. 그런데 더 이상은 참을 수가 없다. 참고 싶지도 않다.

그날 내가 들은 그것이 사실이라면 난 그 누구도 용서할 수 없었다. 아니 나라도 유족들에게 용서를 빌어야 한다는 생각이 강하게 들었다.

거의 집에 유배당한 상태인 채로 이 년 여를 지내고 나니 저절로 체질화가 된 모양이다. 학교에서 돌아오면 내 방 책상 앞에 콕 박혀 살았다. 식구들은 그런 내게 안심의 눈초리를 보냈다.

이제야 겨우 제정신을 차린 모양이군! 그래. 그렇게 2년만 더 노력해서 대대로 내려온 가업에 편승하렴. 그것은 집안의 경사요, 너에게는 창창한 앞날이 보장되리니. 장하다. 내 손자야. 멋지구나, 내 후배여.

할아버지와 아버지의 자애로운 눈길이 느껴지는 나날이었다.

저녁 음식이 좀 짰는지, 아니면 가족들의 시선에 부담이 많아서 빠르게 식사를 마친 탓인지, 그날은 유난히 목이 말랐다. 식구들의 눈에 띄지 않으려 조심스럽게 주방으로 나왔다. 물과 컵을 챙겨 내 방으로 돌아가는 참인데 역정이 가득 담긴 할아버지의 말이 귀에 잡혔다. 평소와 다른 거친 숨소리에는 노여움이 가득 들어차 있었다.

소리는 할아버지와 아버지가 비밀스럽게 대화를 나눌 때

쓰는 서재에서 흘러나왔다. 문을 닫으면 밖으로 전혀 소리가 나오지 않는 방음장치가 잘되어 있는 곳인데 누군가가 출입문을 꼭 닫지 않은 모양이었다. 다른 때 같으면 상관할 마음이 없어 그냥 지나쳤을 것인데, 할아버지의 한 단어가 내 발을 멈추게 했다.

도대체 부장검사라 하는 인간이 무슨 일을 그따위로 처리한단 말이냐? 2년이 지난 지금까지 세월호 7시간에 묶여 VIP의 심사를 상하게 하다니! 참으로 어이가 없구나.

총장님, 그건 무슨 말씀이세요?

뭐라? 부장검사는 아직 아무것도 모르는 것이더냐? 그리 정보력이 뒤떨어져 어떻게 이 사회를 바르게 끌고 나갈 수 있겠느냐?

나는 픽 웃고 만다. 가정에서도 그들은 검찰직위로 상대방을 부른다. 아버지는 할아버지를 총장님이라고 예를 갖추고 할아버지는 아버지를 부장검사라 칭한다. 참으로 민망하기 짝이 없다. 그러나 어쩌면 저런 검찰청의 수직관계가 지금의 범죄를 가능케 한 것이라 생각하니 이것이 바로 블랙코미디다.

그보다도 나는 세월호라는 단어에 꽂혀 어른들의 말에 귀를 기울인다. 세월호라는 말에 저절로 떠오르는 얼굴. 조금은 희미해졌지만 그녀는 아직도 내 가슴에 남아있었으므로.

할아버지의 말이 이어진다.

내가 젊었을 적, 처리했던 일을 하나 말해주랴? 나는 그 때 대공수사국장이었지. 대중들이 정부에 불만이 팽배해졌을 때 가장 쉽게 잠재울 수 있는 것이 무엇인 줄 아느냐? 간첩이 출몰했다고 하면 모든 이슈는 한순간에 잠재워지지. 그런데 너도 알다시피 우리가 계획하는 시기에 맞춰 간첩이 내려오지는 않지. 그때 내가 쓴 방법이 바로 간첩단조작이었어. 조작이 쉬웠느냐고? 물론 쉽지 않았지. 그러나 인간은 참으로 약한 동물이라는 것을 잘 아니까. 1981년도로 기억한다. 전두환 정부였지. 여기저기서 자라나는 불온한 싹들이 시국을 시끄럽게 하는 시기였고. VIP는 그자들의 입을 막을 방법을 찾아보라고 내게 명령했지. 전 정권에서 나는 그 방면에 뛰어난 해결사 노릇을 했던 사람이라는 것을 VIP도 잘 알고 있었던 거야. 걱정 마십시오, 각하. 하고 나는 자신 있게 대답했지.

진도가족간첩단 사건 말입니까?

그래. 맞아. 그것이 바로 내 작품이지.

하지만……, 그 사건은 얼마 전 모두 무죄로 판명이 났지 않았습니까? 그런데 어떻게?……

고문을 견뎌내는 사람은 많지 않으니까. 더군다나 무지한 국민들은 쉽게 잊으니까…….

무슨 이유에서인지 할아버지는 말을 끊었다. 한참 동안 침묵이 이어졌다. 먼저 입을 연 사람은 아버지였다.

하지만 총장님! 지금은 그때와 사정이 너무나 다르지 않습니까? 국민들의 머리가 몰라보게 깨어서 그런 술수로는 통하지 않는다니까요.

물론, 지금 부장검사에게 간첩사건을 조작하라는 것은 아니지. 지금 이 시기에 통하는 것을 써야지. 바로 여론전이 있지 않나? 여론을 선점하여 누구든 대타를 만들어 뒤집어씌우면 될 것 아니겠나? 방법은 여러 가지가 있으니까 이 어려운 시기에 부장검사가 한방 날리면 앞길이 탄탄대로가 열릴 것이니 머리 한번 굴려 봐!

가슴이 마구 떨린다. 그렇다면 지금까지 이해되지 않던 많은 사건들이 모두 할아버지와 아버지가 벌인 일이었단 말인가. 그녀 오미소가 아직도 바다에서 나오지 못하고 있는 것도 바로 그들 때문이었는가. 어쩌면 그럴 수가. 사람 목숨을 담보로 장난치다니. 용서할 수 없었다. 용서가 되지 않았다.

떨리는 발걸음으로 겨우 방으로 돌아온다. 운명이니 받아들이며 잊으려 애썼던 나 자신이 한없이 미워진다. 그리고 그녀에게 너무나 미안하다. 죽어야 할 아무런 이유도 없던 그녀가, 즐거운 수학여행 길에서 죽으리라 예측도 못했을 그녀가 내게 부탁했던 말이 마지막이 될 줄이야!

그래도 솔아! 네가 내 친구라서 참 좋아. 넌 그렇게 말하지만 만약 내가 불의의 사고로 힘들어 할 때 넌 나를 도와줄 수 있잖아. 안 그래? 모른 척 하지는 않겠지?

그날부터 나는 세월호 참사에 대해 알아보기 시작했다. 사건의 시작부터 진행과정을 일일이 파악해나갔다.

안산 단원고 학생 325명을 포함해 476명의 승객을 태우고 인천을 출발해 제주도로 향하던 세월호가 2014년 4월 16일 전남 진도군 앞바다에서 급변침을 하며 침몰했다. 그날 오전 8시 49분 맹골수도에서 배는 중심을 잃고 기울어져 표류하기 시작했다. 8시 51분 단원고 학생이 119에 구조요청 신고를 했고, 9시 35분 해경 함정 123정이 도착했다. 해경이 도착했을 때까지 '가만히 있으라'는 방송이 계속되었고, 선내에 가만히 있던 선객들은 배와 함께 침몰했다. 희생자는 295명, 실종자는 9명이다. 그 아홉 명 속에 내 친구 오미소가 들어있다.

사고 직후부터 배가 완전히 가라앉는 순간까지의 영상을 억장이 무너지는 심정으로 지켜보았다. 아무리 재생해 보아도 도무지 이해가 되지 않는 점이 너무 많았다.

가장 기본적인 '배가 왜 침몰했느냐'는 질문에 법원은 '현재로선 알 수 없다'라고 결론을 내렸다고 했다. 물론 선체를 인양해서 정밀조사를 해보아야 안다고 하면서도 인양에는 소극적이다. 왜일까? 두 번째 의문은 '왜 승객을 적극적으로 구조하지 않았느냐'이다. 10시 30분, 배가 완전히 침몰할 때까지 배 안에 들어가 승객을 구조한 해경은 한 명도 없었다. 왜지? 세 번째 '푸른 기와집에서는 그 시각 도대체 무엇을 하고 있었나'라는 물음을 던지지 않을 수 없다. 그 순간엔 그럴 수 있다고 이해해 보려고 노력했다. 갑자기 터진 불상사에 정신을 차리지 못해 컨트롤타워가 작동하지 않았겠지. 순수하게 믿어보려고도 했다.

그리고 네 번째 의문을 던져보았다. '참사의 진상규명이 왜 제대로 이루어지지 않고 있는가?' 이 물음에 대한 답을 민정수석은 비망록과 증언을 통해 고맙게도 우리에게 알려주었다. 'VIP가 검찰수사와 세월호 특조위 활동을 노골적으로 방해하도록 지시했다.' 그렇다면 관련 자료 파기, 증거은폐, 조작의혹을 세부지시한 자는 누구인가.

눈앞에 의혹의 얼굴이 떠오르는 순간 나는 다시 절망하고 만다.

제4장. 숨을 거두다

숨을 돌린다.

지난 삼 년을 어떻게 견뎌냈는지 스스로 생각해도 대견하다. 아직 다 끝난 것은 아니었지만, 국민의 생명을 지키는데 책임을 다하지 못한 지도자를 탄핵하여 법의 심판을 받게 한 것만으로도 꽉 막혔던 가슴이 조금이나마 뚫린다. 내가이곳 동거차도까지 내려와 감시의 눈을 자청한 것은 아직죽음을 확인하지 못한 딸아이 때문만은 아니다. 진실이 인양되지 않으면 앞으로 우리 사회는 어떠한 희망도 없다는 절박함이 더 컸다.

삼 년 전 그날 참사가 일어나기 바로 직전까지 우리 가족은 전과 다르지 않은 하루를 시작하고 있었다. 나와 아내는

다른 날처럼 일터로 출근하였다. 나에게 배당된 일감을 추린 후 자리에 앉아 일과를 시작하려는 순간 아내의 전화를 받았다. 시계를 보니 9시 35분이 막 지나고 있었다.

여보, TV 틀어 봐요. 뉴스가 나오는데 우리 미소가 탄 배 같아요.

아내의 목소리는 금방이라도 숨이 넘어갈 것처럼 떨렸다. TV 스위치를 올리자 바다 한가운데에서 큰 배 하나가 기울어지고 있었다.

전날 딸아이는 함빡 웃음을 띠고 내게 애교를 부렸다.

아빠! 태어나서 처음으로 배를 타고 여행을 가니 자꾸 마음이 설레네! 나 용돈 모아둔 것이 있으니 올 때 멋진 선물 사다줄게. 아빠! 기대해.

나도 웃음으로 대답했다.

선물은 무슨. 나는 괜찮으니 즐겁게 놀고 좋은 추억 많이 만들고 와라.

미소는 내게 안기며 대답했다.

응. 정말 내 생애 가장 멋있는 순간이 될 거야.

품 안에 든 딸아이의 방금 감은 머리에서는 살구향이 풍겨왔다. 나는 딸의 등을 가만히 다독였다. 아직 그 체온이 내 손과 가슴에 이렇게 남아있는데 이게 무슨 날벼락이란 말인가.

　나는 허둥지둥 학교로 달려갔다. 이미 소식을 들은 학부형들이 학교로 꾸역꾸역 모여들었다. 하나같이 어찌할 바를 모르고 갈팡질팡 난리였다. 밀려든 부모들은 여기저기 연락을 취하느라 체육관 안은 벌떼처럼 소란했다. 아내도 파랗게 질린 얼굴로 달려왔다.

　딸애에게 계속 연락을 취했지만 전화는 통하지 않았다. 체육관 안에 있던 부모 중 하나가 소리쳤다.

　우리 아들과 통화가 되었어요.

　떠들썩하던 실내가 갑자기 조용해졌다. 소리친 부모가 다시 말했다.

　가만히 있으라는 안내방송이 나와서 모두 제자리를 지키고 앉아있다고 하네요.

　와―. 함성이 체육관을 흔들었다. 구해주겠지. 어린 목숨들을 누군가가 꼭 구해주겠지. 나와 아내는 두 손을 마주잡고 기도하는 심정으로 서로를 다독였다.

　특별방송으로 내보내는 TV화면에 비치는 배는 마치 밑바닥에서 누군가가 끌어당기는 것처럼 천천히 가라앉고 있었다. 학부형 일부는 자리에서 발만 동동 구르고 있었지만, 일부는 사고현장으로 가야된다고 나섰다. 나와 아내도 급하게 준비된 버스에 밀리듯 올라탔다. 어디로 가는지조차 모르고 올라탔는데 가는 내내 아내는 울면서 말했다.

여보! 어떡해? 우리 아이 추울 텐데 두꺼운 파커라도 가져올 걸 그랬나? 아니지. 따끈한 매실차를 끓여올 걸. 여보! 우리 돌아가자. 가서 차근차근 준비하여 다시 오자. 응?

아내는 미친 것처럼 굴었다.

그때, 주머니가 부르르 떨었다. 진동으로 돌려놓은 핸드폰이 울린 것이다. 부리나케 꺼내어 화면을 켜니 딸아이다.

여보, 미소야, 미소가 살아있어.

온 얼굴에 눈물범벅이 된 아내가 내 핸드폰을 채갔다. 문자 발송시간은 정확히 10시 9분으로 찍혀 있었다.

아빠! 우린 모두 구조될 거야. 그러니 걱정하지 마. 구명조끼도 입고, 난간을 잡고, 애들이 다 뭉쳐 있으니까.

아이의 그 마지막 문자는 지금도 내 핸드폰에 또렷하게 살아있다.

내 딸 미소는 착하기도 하지만 참으로 예술적 감성이 풍부한 아이였다. 내가 뒷받침을 해주지 못해서 그렇지 만약 있는 집안에서 태어났더라면 충분히 예술가로 대성할 자질을 갖추었다. 내 딸이어서 그렇게 오판했다고 생각하지 않는다. 예능 부분에선 무엇이든 소질이 다분했다. 음악, 미술, 문학

등 재능을 골고루 다 갖췄다. 초등학교 때에는 글짓기대회에 나가서 상을 휩쓸었고, 그리기대회에서도 학교대표로 뽑혀 나가곤 했다. 그런 아이를 보면서 우리 부부는 부담을 느꼈다. 아이의 소질을 계발해주기 위해서는 돈이 많이 든다는 것을 잘 알고 있었기 때문이었다. 그만큼 부모의 재력이 필요한데 우리는 그렇게 해 줄 능력이 없었기 때문에 적극적으로 밀어주지 못했다.

집안사정을 잘 알고 있는 아이는 고집을 부리지 않았다. 열심히 공부하여 선생님이 되겠노라고 아이가 먼저 내게 말했다. 나는 좋은 생각이라고 찬성했다. 사실 미소처럼 음악, 미술, 체육 등 예체능을 잘하는 사람이 초등교사로서는 매우 적합하다고 판단했기 때문이었다. 말은 그렇게 했어도 아이는 아쉬움이 컸던 모양이었다. 중학교에 들어가면서 드럼에 빠져들기 시작했다. 열심히 음악밴드동아리활동을 했다. 참변을 당하기 직전까지 아이는 동아리에 빠짐없이 다녔다. 나는 막지 않았다. 그렇게라도 해서 충족되지 못하는 마음을 풀 수만 있다면 말리고 싶지 않았다. 매주 한 시간 이상 걸리는 도심까지 빠지지 않고 다니는 것이 아이에겐 어쩌면 해방구가 될 수 있겠다는 위안 때문이었다.

동거차도에 아침 해가 솟아오른다.

이곳은 세월호 인양 준비 작업을 볼 수 있도록 만든 감시 캠프가 있는 곳이다. 산등성이에 천막을 덧댄 허름한 초소를 세월호 가족들은 돌아가며 지킨다. 인양 사전 작업 중인 중국 업체 상하이샐비지가 작업하는 상황을 촬영도 하고 감시 일지를 쓰는 것이 우리가 여기서 하는 일이다. 이렇게라도 하지 않으면 무슨 일이 벌어지고 있는지 도무지 알아낼 수 없기에 나선 일이지만 쉽지만은 않다. 이곳은 유난히 모기가 많았을 뿐만 아니라 독풀, 뱀 등도 있어 항상 위험이 도사리고 있었다.

나는 이곳에서 사흘 동안 지키는 중이다. 오늘 다른 세월호 가족이 와서 교대해 줄 예정이다. 그들이 오기 전에 내가 해야 할 일이 있다. 이곳을 지키는 가족들은 하루에도 몇 번씩 임시초소를 오르내리곤 한다. 그곳은 산등성이 초소보다 최대한 바다 가까운 곳에 만든 또 하나의 임시초소다.

임시초소에 도착하여 바다 쪽을 바라보니 상하이샐비지가 더욱 선명하게 보인다. 나는 두어 장의 사진을 찍고 보이는 상황을 상세하게 장부에 쓴 다음 자리를 잡고 앉는다. 주변은 고요하다 못해 적막하다. 들리는 소리라고는 바위에 철썩이는 파도소리뿐이다. 발아래는 깎아지른 낭떠러지다. 밑은 검푸른 파도가 쉼 없이 밀려들고 밀려나간다. 어찌하다 내려다보면 숨이 막힐 정도로 아찔하다. 그래서 되도록 시선을 멀리 두곤 한다.

두 눈을 감고 생각에 잠긴다. 지금은 처음보다는 많이 나아진 편이다. 이렇게 혼자서도 견딜 수 있게 만든 것은 시간인 것 같다. 삼 년이란 세월이 조금씩 아주 조금씩 견딜 수 있는 힘을 준 덕분이다.

바로 그때 내 귀에 낯익은 소리가 들린다. 박새의 울음소리가 틀림없다. 나는 눈을 번쩍 뜬다. 소리는 들렸는데 새는 보이지 않는다. 딸아이가 자기를 잊지 말라고 내게 보내는 신호인 것만 같다.

어느 일요일 세 식구는 모처럼 시간을 내어 등산을 간 적이 있었다. 아이는 자연에도 관심이 많아 산에 갈 때마다 우리에게 새로운 사실들을 이야기 해주곤 했다. 그날도 산에 오르다 들은 새소리로 대화가 이루어졌다.

딸아이가 나와 아내에게 말했다.

아빠! 엄마! 알아요? 박새들은 저렇게 노래하는 동안 뇌세포가 자란대요.

나는 그 말을 농담처럼 받았다.

내가 알기로는 뇌세포는 태어날 때 만들어진 후 죽을 때까지 새로 만들어지지 않는다고 들었는데 그게 말이 되는 소리냐?

아닌데. 아빠? 그런 사실에 대한 연구내용을 신문에서 읽었던 기억이 나요. 카나리아연구로 학계에 충격을 준 노트봄 박사가 미국박새의 특이한 행동에 주목하여 그것을 또다시 증명했대요.

카나리아연구가 무엇인데?

25년 전 노트봄 박사는 카나리아를 가지고 연구를 했대요. 카나리아가 봄이 되면 새로운 노래를 배우며 짝짓기를 준비하는데 이때 뇌가 커진다는 사실을 발견한 거래요. 이 발견은 그동안 신경생물학자들이 믿었던 '신경세포는 새로 만들어지지 않는다'는 명제를 뒤흔들어놓은 쾌거라고 해요. 그런데 이번에는 미국박새에 대한 연구로 그것을 또다시 증명한 것이지요.

그때 아이가 우리에게 설명해준 내용은 이랬다.

미국박새는 가을에 식물의 씨를 자신만 아는 은신처에 숨겨놓고 겨울을 난다고 한다. 그런데 신기한 것이 이 장소를 기억해 내어 그곳에 돌아와 그 먹이를 먹는다는 것이다. 노트봄 박사는 미국박새가 먹이를 숨겨놓은 장소를 기억하기 위해 뇌의 특정부위에 새로운 신경세포가 생긴 것이라는 가설을 입증해 보였다는 것이다. 새로운 신경세포가 새로운 기억을 저장한다는 사실을 다시 한 번 증명했다는 말이었다.

그러면서 아이는 핸드폰에 저장된 박새의 울음소리를 나와 아내에게 들려주었다. '삐이- 삐이-, 쓰- 쓰- 쓰- 시치삐 시치삐, 쯔르르르르르' 등 다양한 소리였다. 울음소리가 하도 신기하여 나는 딸아이에게 내 핸드폰에도 저장해 달라고 했다. 그러고는 생각날 때마다 듣곤 하여 귀에 매우 익숙해진 소리였다.

나는 핸드폰을 켠다. 저장되어 있는 박새의 울음소리를 다시 재생시킨다. 반복하여 재생시키다 보니 울음소리가 이렇게 변주된다.

아빠! 고마워! 이제 곧 만날 거야. 아빠 곁으로 빨리 갈게. 그러니 너무 슬퍼하지 마!

나도 모르게 눈물이 주르륵 흐른다. 삼 년 동안 참아왔던 눈물이다. 아내 옆에서는 아내가 힘들까봐 참아냈고, 세월호 가족들 앞에서는 힘을 분산시키지 않으려 일부러 이를 악물었다. 그랬는데 박새의 울음소리에 그만 봇물처럼 터져버리고 만 것이다. 주변에 아무도 없다는 것에 용기가 났다. 한참을 소리 내어 엉엉 울었다. 울음 사이사이 그동안 딸에게 미처 하지 못했던 말을 섞어 토해냈다. 마치 딸애가 눈앞에 있는 것처럼.

나의 예쁜 공주 미소야. 이 아빠가 너무 미안하구나. 너를 지켜주지 못해서 미안하고, 너를 바다 속에서 꺼내 줄 힘이 없어 미안하고, 너와 함께 있어주지 못해서 미안하고, 살았을 때에 너와 많은 시간을 같이하지 못해서 미안하고, 네가 배우고 싶어 했던 것들을 밀어주지 못해서 미안하고, 가지고 싶어 했던 것들을 사주지 못해서 미안하고, 모든 것이 미안하구나. 그렇지만 내 딸아! 엄마와 나는 네가 우리 딸로 태어나주어서 고맙고, 말썽부리지 않고 커주어서 고맙고, 건강하고 바르게 자라주어서 고맙고, 많은 상을 타와 엄마아빠를 기쁘게 해 주어서 고맙구나. 정말 고맙구나.

가까운 곳에서 인기척이 들린다. 나는 얼른 눈물 자국을 닦는다. 오늘 나와 교대할 승범 아빠다.

"형님! 수고 많았소. 배가 곧 떠날 터이니 빨리 짐을 챙겨 선착장으로 가셔야지요."

나를 형님이라 부르는 승범 아빠가 감시캠프에서 기다리다가 내가 내려오지 않자 여기까지 일부러 찾아온 모양이다. 나는 감정이 진정되지 않아 고맙다는 말도 하지 못하고 감시캠프로 발길을 돌린다. 승범 아빠가 걱정스런 목소리로 당부한다.

"형님! 정신 똑바로 차리고 내려가십시오. 실수로 발이라도 헛디디면 어떻게 되는지 잘 아시지요? 저는 여기서 작업 현장을 좀 더 살펴본 다음에 가지요."

나는 몸을 돌리지 않고 손만 높이 들어 흔든다. 알았다는 표시다. 이제 이곳을 떠나 아내가 있는 팽목항으로 가야 한다. 미수습자들의 가족들은 집으로 돌아가지 못하고 그곳에 남아 함께 의지하며 지내고 있다.

처음부터 이럴 계획은 아니었다. 주검이 하나씩 올라올 때마다 천당과 지옥을 오르내렸다. 처음 며칠 동안은 주검으로 돌아오는 아이들 속에 딸아이가 없는 것을 다행이라 생각했다. 우리 아이는 틀림없이 살아있을 거야. 그런 희망의 끈을 놓지 않았다. 그러나 살아있을 확률이 완전히 사라진 후에는 아이들의 주검을 수습한 부모들이 부러워지기 시작했다. 오늘 나오려나. 내일은 나오겠지. 다음 날은 연락이 오겠지. 그렇게 가슴 졸이며 기다린 세월이 벌써 삼 년이 되어간다. 그동안 아내는 회사를 그만두었고, 나도 아르바이트를 그만 둘 수밖에 없었다. 아이를 물속에 둔 채 도저히 일을 계속할 수가 없었다. 자꾸 빠지는 것도 사장에게 미안했고, 이해한다고 말은 하지만 눈치가 보였다.

나와 아내는 할 수 있는 모든 노력을 다했다. 국회에서 벌인 노숙농성에도 참가하고, 광화문에서 시위도 했으며, 청

운동사무소로 몰려가기도 했다. 삼보일배 기도를 하고, 교우는 아니었지만 미사에도 참석하고, 목사의 인도에 따라 예배도 드리고, 불심을 믿으며 삼천 배도 올렸다. 아이만 바다에서 끌어올릴 수 있다면 무엇이던지 닥치는 대로 했다. 그러나 지금까지 아무런 성과를 얻지 못했다.

팽목항에 도착하여 컨테이너로 만든 임시거처에 도착한다. 맞이하는 아내의 눈가가 유난히 빨갛다. 또 무슨 일로 울었을까? 내가 이유를 묻자, 아내는 말하기 싫다는 표현으로 고개를 좌우로 흔든다. 주변에 있던 미수습자 가족들도 같이 운 모습이 역력하다.

내가 동거차도에 있는 동안 어떤 일이 생긴 것인가. 섣불리 추궁해보았자 아내는 입을 열 것 같지 않다. 나는 더 이상 묻지 않고 아내가 입을 열 때까지 기다린다. 이런 일이 어디 한두 번이었던가. 이제는 그 누구도 믿을 수 없다는 고립감이 이곳에 팽배해져있다. 그런 까닭으로 웬만한 상처는 스스로 다스릴 수 있을 정도로 속이 단단해지고 있는데 누군가가 유가족들의 가슴에 불을 지른 모양이다. 도대체 또 누구인가.

나는 아내의 손을 끌고 등대로 향한다. 그곳은 어느새 우리 부부의 아지트가 되고 있다. 미치도록 딸아이가 보고 싶을 때면 우리는 으레 그곳으로 간다. 가라앉은 배가 있는 쪽을 바라보고 있노라면 가끔은 아이의 환영이 보이기도 하고, 우리를 부르는 아이의 목소리가 들려오기도 하고, 아이의 드럼연주가 펼쳐지기도 한다. 그 순간에 이곳은 우리 가족 셋이 오붓하게 모이는 자리다.

오늘도 아내와 나는 등대 한 쪽에 자리를 잡고 앉아 바다 쪽으로 시선을 보낸다. 조금 전까지도 심하게 불던 바람이 잦아들며 파도도 잔잔해지고 있다. 아침에 눈을 뜨면 유가족들은 제일 먼저 바다부터 보는 습관이 생겼다. 날씨가 좋고 바람이 불지 않아야 인양작업이 순조롭게 이루어지기 때문이다.

나는 핸드폰에 저장되어 있는 미소의 드럼연주를 찾는다. 열대여섯 개 되는 곡목 중 아내가 가장 좋아하는 곡을 찾아 누른다. 가수 윤도현의 '잊을게'라는 곡이다.

이제는 유품이 된 딸아이의 핸드폰에서 복원해낸 드럼연주를 처음 들었을 때 가슴이 찢어질 듯 아팠다. 그리고 알아낸 사실은 아이가 유난히 YB밴드를 좋아했다는 사실이었다. 아이가 녹음해 둔 곡 중에서 그 가수의 곡이 유난히 많았다. 우리 부부는 처음에 아이 연주를 들을 수가 없었다. 이런 참담한 처지에 드럼연주는 어울리는 노래가 아니라는 생각이 들어서였다. 강렬한 비트 속에 폭발하는 가수의 노래는 듣기에 너무나 부담이 되었다. 다른 유가족 앞에서는 차마 틀수도 없었다. 그러다가 어느 날 무심코 버튼을 눌렀는데 들려 나오는 가사가 가슴에 들어와 꽉 박히는 것이었다. 딸아이가 우리에게 주는 메시지 같았다. 마치 아이가 자신의 미래를 알고 있었던 것처럼 느껴졌다.

아침에 눈을 떴을 때 너를 / 길을 걷다 멍하니 너를 / 지금은 내 곁에 없는 너를 / 그리워하네 바보처럼 / 나보다 행복하기를 바래 / 내 생각하지 않기를 바래 / 더 좋은 사람 만나길 바래 / 다시는 내게 올 수 없게

노래를 들으며 아내가 그 노래에 답하듯 혼잣말을 한다.
어떻게 너를 잊을 수 있겠니? 너를 잊고 어떻게 행복할 수 있겠니? 내가 그럴 수 있다고 정말 생각하는 거니?
노래는 계속된다.

안개처럼 사라져 간 다시 못 올 그 지난날 / 함께한 추억 모두 흘려보낼게 / 널 잊어야 해 힘들어도 / 널 지워야 해 기억 속에서 / 네가 떠난 후에 난 죽을 것 같이 아

파도 / 두 번 다시 울지 않을게 / 잊을게 잊을게

　연주곡에서 딸아이는 이제 그만 잊으라고 잊어야 한다고 우리에게 말하고 있다. 딸아이가 노래에 맞춰 연주하는 드럼 소리가 가슴을 때리고 온몸을 때리는 것 같다고 아내는 슬프게 울었다. 그러더니 어느 순간부터 아내가 달라지기 시작했다. 딸아이의 연주를 들으면 차츰 마음이 푸근해진다고 한다. 그 말을 듣고 보니 어느새 나도 그 음악으로 위로를 받고 있었다. 그 후로 우리 부부는 힘이 들 때나 아이가 보고 싶을 때 이 등대로 와서 딸아이의 연주를 듣곤 한다.

　아직도 휴대폰에 네 이름 / 지우지도 못하고 있어 / 전화기 들고 한참을 서서 / 널 생각하네 바보처럼 / 안개처럼 사라져간 다시 못 올 그 지난날 / 함께한 추억 모두 흘려보낼게 / 널 잊어야 해 힘들어도/ 널 지워야 해 기억 속에서/ 잊을게 잊을게 잊을게.

***

등대에서 돌아오니 팽목항이 유난히 수선스럽다.

이미 자신의 아들은 수습하여 장례까지 마쳤는데도 이 팽목항을 떠나지 않고 우리와 함께 있어주는 진영아빠에게 내가 물었다.

"무슨 일이예요?"

"굴포항에서 대학생이 물에 뛰어들었다는 뉴스가 방금 나왔어요."

"왜 죽으려 했는데요?"

"전말은 잘 모르겠고, 마침 그 부근에서 물질을 하던 해녀가 구출해서 제주도에 있는 큰 병원으로 이송했대요."

"그래도 참 다행이네요. 그런데 진도에도 병원이 있는데 왜 제주도까지 보낸 것일까요?"

"그게……. 들리는 소문으로는 검찰고위직 손자라고 하드군요. 이런 시골마을병원은 못 믿겠다는 거겠지요. 위세 자랑하느라 헬기를 띄워 수송해갔다고 하여 진도가 떠들썩해졌지요. 세월호 참사 때는 그렇게 미온적으로 활동하던 해양경찰청이 권력자 한 마디에 헬기를 띄웠다는 사실에 수군

수군 말들이 많아요."

"검찰고위직이라면 누굴 말하는 건가요?"

"그야, 추측이지만 지금 그런 권세를 부릴 수 있는 사람이 딱 하나잖아요? 모든 범죄의혹으로부터 미꾸라지처럼 빠져나가는 그 사람 말이죠."

아! 그 사람! 나와 인연이 닿을 수 없는 곳에 있던 그 고위직 관리에 관해 나는 조금 알고 있다. 그와 안면이 있다는 얘기가 아니라 딸아이를 통해서 그 집안 사정을 조금 들어서다. 어느 날 딸아이와 이런 저런 대화 끝에 물었던 적이 있었다. 아이의 시도가 조금 뜬금 맞기도 했고, 그에 대한 딸아이의 생각이 궁금해서였다.

무엇 때문에 드럼연주에 심취하는 것이냐고 내가 묻자, 딸아이는 이렇게 대답하는 것이었다.

음-. 처음 그 소리를 들었을 때 가슴이 뻥 뚫렸어요. 아빠는 내가 아직 어려서 세상에 대한 불평불만이 없을 거라고 생각할 테지만 그렇지만은 않아요. 나름대로 보는 것도 있고 듣는 것도 있지요. 그리고 그에 대한 판단도 할 수 있는데 도저히 내 힘으로 막아낼 수 없는 부조리는 내 의식을 힘들게 했지요. 그렇게 쌓인 스트레스가 드럼 리듬을 들으니 단 한 방에 날아가는 거예요. 그때 나는 생각했지요. 나를 살려줄 것은 바로 저것이다 라고요.

딸아이의 대답에 나는 고개를 끄덕이며 긍정의 표시를 해주었다. 그러자, 내 긍정에 안심이 되었는지 아이가 자기의 속심을 털어놓았다.

사실은 아빠! 비밀 하나 알려 줄까요? 근데 엄마에게는 말하지 마요! 약속하면 말해 주고 아니면 그만 둘래요.

비밀이라는 말에 부쩍 호기심이 생겼다. 저 어린 나이에 무슨 비밀이지? 나는 지키겠다고 약속을 했다. 잠시 망설이던 딸아이가 이렇게 털어놓았다.

사실은 음악도 좋지만 …… 남자친구가 더 좋아졌어요.

으음, 우리 공주에게 남자친구가 생겼구나? 축하해!

나는 필요 이상으로 환호를 해주었다. 그런 얘기는 주로 엄마에게 하는 것이라고 들었는데 엄마보다 아빠인 나에게 먼저 말해 준 것이 무척 기뻤다. 내가 반색을 하자, 그런 반응은 생각지 못했던지 딸아이는 좀 당황하는 표정을 지었다.

그리고 이렇게 퉁을 주는 것이었다.

내 아빠 맞아요? 보통 친구 아빠들은 딸에게 남자친구가 생기면 질투부터 한다던데 무슨 아빠가 그래요?

그럼 너도 다른 애들처럼 아빠에게 시집올 생각이었니?

내 말에 딸아이는 멋쩍게 헤헤 웃었다. 그러더니 이내 친구에 대해 풀어놓았다. 그 남자 친구의 이름은 김솔이고 나와 동갑이며 랩 가수를 꿈꾸는 아이라는 설명을 한 다음 나에게 이렇게 물었다.

아빠! 그런데 첫사랑은 정말로 이루어지지 않는 거예요?

나는 웃으며 대답했다.

그건 아냐. 왜냐면 엄마가 내 첫사랑이었거든!

정말이에요? 으응, 나는 몰랐네. 그런데 다른 고민이 하나 있어요. 아빠!

딸아이가 말하는 고민은 지금 우리나라에서 고민일 수밖에 없는 내용이었다. 딸아이가 다시 태어나지 않으면 이루어지기 힘들 그런 친구를 좋아하게 되었으니까. 현재 이 나라의 권력을 쥐고 흔든다는 집안의 아들과 우리 집안은 처음부터 다른 세계였다. 그렇다고 해서 딸아이에게 그대로 말해줄 수는 없었다. 그래서 나는 아직 훗날 있을 일이니까 그때 고민해도 된다고 얼버무렸다. 딸아이는 내게 남자친구라는 김솔의 사진을 보여주었다. 사진 속 얼굴은 참 잘 생겼고, 순해보였다.

굴포항이라면 이곳에서 그리 멀지 않은 항구다. 그 하늘의 새도 떨어뜨릴 만큼 권세가 높다는 집안의 아들이 무슨 까닭으로 이곳까지 내려와 죽으려 한 것인가. 쉽게 가늠이 되

지 않는다. 숙소로 들어가 계속되는 뉴스를 시청한다. 화면
에는 발 빠르게 젊은이를 구출했다는 해녀의 인터뷰가 시작
된다.

"어떻게 발견했는지 설명해 주시겠어요?"

기자의 질문에 해녀는 거침없는 입담으로 장황하게 대답
한다.

"그러니께 나가 잠수혔을 적에 가라앉은 물체를 보았지라.
얼핏 보기에 바위 같았어라. 그런디 가깝게 가서 봉게 사람
이어서 어찌나 놀랐던지 기절초풍헐뻔 혔지라. 처음에는 세
월호 희생자가 여기까지 떠내려온 줄 알았고만요. 그란디 몸
을 살펴봉게 옷이 멀쩡혔어라. 빠진지 얼마 되지 않게 보였
지요. 그래서 일단 밖으로 나왔당게요."

"왜 그랬나요?"

"나 혼자 힘으론 끌고 나올 수 없었응게요. 밖으로 나온
나가 함께 물질허는 잠녀를 불러 전후 사정을 설명하고 같
이 들어가 끌고 나왔구만요."

제주도에서 물질을 하는 어머니를 둔 나는 그 상황을 쉽
게 이해한다. 물질로 나를 키우고 공부시킨 어머니를 어려서
부터 보고 자란 덕분이다. 본래 해녀들이 물질을 나갈 때에
는 반드시 두 명이 짝을 지어 일을 하는 것이 원칙이다. 물

질을 하다 위험에 처했을 때 빠른 대처가 필요하기 때문이다. 진도라는 곳이 그리 넓은 곳이 아니어서 생활하다보니 자연히 알게 된 사실이 많다. 진도에서 물질을 하는 해녀는 현재 딱 두 명이라는 사실을 나는 들어서 알고 있다. 그 해녀들이 작업을 했기에 망정이지 그렇지 않았으면 그 젊은이는 목숨을 건지기 어려웠을 것이다.

그 방송을 보고 있던 유가족들은 하나같이 눈시울이 붉어졌다. 모두 가슴에 자식을 묻고 있으니 누군가가 죽으려했다는 말만 듣고도 눈물을 흘리곤 한다.

나는 밖으로 나와 전화를 건다. 문득 어머니 생각이 나서다. 오랫동안 벨이 울렸는데 무슨 일이 있는지 받지 않는다. 갑자기 두려움이 몰려온다. 연세가 많으시기에 이럴 때면 가슴이 마구 뛴다. 훌쩍 가볼 수 없는 처지라 더욱 그렇다. 다시 시도해 보았지만 역시 받지 않는다.

안으로 들어오자 진영아빠가 빨리 오라고 손짓한다. 그러고 보니 바로 그 역사의 시간이 된 모양이다. 헌법재판소에서 대통령 탄핵 소추 심판이 내려지는 바로 그 순간이다. TV 앞에 둘러앉은 유가족들은 침묵 속에 이정미 헌법재판소장 권한대행이 낭독하는 판결문을 숨죽인 채 듣는다. 한 자 한자 읽어내려 갈 때마다 가슴을 졸인다. 이러다 정말로 탄핵이 기각되는 것은 아닌가. 그리되면 우린 누구를 믿어야 되나. 우리 아이들은 누가 찾아주나. 판결문이 낭독되는 21분 동안 유족들의 얼굴은 시시각각 변한다. '재판관 전원의 일치된 의견으로 주문을 선고합니다. 피청구인 대통령 박근혜를 파면한다.'는 판결이 내려졌을 때에야 그곳에 있던 모든 사람들은 자리에서 일어나 환호성을 지른다. 서로 부둥켜안고 팔짝팔짝 뛰기도 하고 뱅그르르 돌기도 하고, 마구 손뼉을 치기도 한다. 무겁기만 하던 유족들이 머무는 거처의 분위기가 참으로 오래간만에 살아난다.

삼 년 전 참사가 일어났던 바로 그때 우리는 한마음으로 최고지도자를 믿었다. 그런데 얼마 되지 않아 우리는 알아 버렸다. 결코 믿어서는 안 되는 사람이 바로 최고지도자라는 사실을. 허탈했다. 우리들은 따질 사람을 찾을 수가 없었고, 책임지는 사람은 더더욱 없었다. 우리를 대표한다고 하는 어느 국회의원은 선박사고일 뿐이라며, 해양교통사고일 뿐이라고 우리에게 떼쓰지 말라고 했다. 국민 중 누구는 지독한 말로 유족들의 가슴에 피멍을 들게 만들었다. 시체 장사를 하지 말라고. 누가, 어느 누가 죽은 자식을 이용하여 돈을 벌려고 한단 말인가. 우리는 진실은 그게 아니라고, 진실을 세상에 알리려고 삼 년을 매달렸다. 그랬더니 이번에는 그만했으면 됐으니 이제 잊으라고 난리다. 우린 아직 아홉 명이나 가족의 시신을 찾지도 못했는데 잊으라니 그게 될 말인가.

못 믿을 사람도 많았지만, 세상에는 우리를 이해해주고, 격려해주고, 보듬어주는 국민들도 많다. 그날을 생각하면 저절로 눈시울이 뜨거워진다.

세밑이었던 12월 31일 밤이었다. 동거차도에서는 미수습자의 빠른 수습과 세월호 인양을 기원하는 노란색 풍등이 까만 하늘 속으로 날려졌다. 또 1일 새벽에는 동거차도 임시천막에 차례상이 차려졌다. 미수습자 숫자에 맞춰 떡국 아홉 그릇이 올려졌다. 생전에 아이들이 좋아하던 피자와 치킨도 놓였다. 차례 상에 절을 한 세월호 참사 희생자 가족과 시민들은 모두 펑펑 울었다. 이런 시간이 얼마나 더 계속되어야만 아이들을 만날 수 있을까.

차례를 마친 우리는 일부러 멀리서 찾아온 시민들과 함께 진도 앞바다를 향하여 미수습자 아홉 명의 이름을 한 명씩 한 명씩 목 놓아 불렀다. 그러고는 온 힘을 다해 소리쳤다. '제발 어서 돌아오렴!' 전날 밤 가족들이 날려 보낸 노란풍등이 올라간 하늘 저편에서 새해 첫날 해가 둥실 떠올랐다. 마치 우리들의 마음을 잘 알았다는 대답 같았다.

차례를 마치고 준비한 '새해 기원문'을 한목소리로 외쳤다.

"촛불항쟁에 나서준 국민께 진심으로 감사드립니다. 2017년은 국민의 힘으로 세월호 인양과 진상규명을 실현하는 한 해가 될 것입니다. 세월호 참사의 진실을 낱낱이 수사하고 박근혜와 공범세력들을 전원 처벌해야 합니다."

참으로 오랜만에 마음껏 울고 또 웃고 있을 때 유족대표자가 던지는 한마디에 실내는 한 순간에 조용해진다.

"대통령은 파면되었지만 세월호 7시간 의혹을 밝혀내지 못한 상황에서 우리가 마냥 기뻐할 때만은 아닌 것 같습니다."

그의 말이 맞았다. 검찰도 특검도 헌법재판소도 우리가 바라는 진실을 건져내지 못하고 있다. 사저로 쫓겨나면서까지 탄핵받은 대통령은 전 청와대 대변인의 입을 빌려 '진실은 반드시 밝혀진다'고 주장한다. 우리가 알고 있는 진실과 대통령이 바라는 진실은 같은가, 아니면 다른가.

헌법재판관 판결문에 두 재판관이 낸 보충의견은 이러했다.

"국가 최고지도자가 국가위기 상황에서 직무를 불성실하게 수행하여도 무방하다는 인식이 반복되어서는 안 되므로 박대통령의 성실한 직무수행 의무위반을 지적한다."

그렇다. 누가 뭐라고 해도 그날 대통령은 직무를 위반했다. 미용시술을 했네, 혼밥을 먹으며 TV를 보았네, 이런 트

집을 잡을 마음은 추호도 없다. 그러나 일국의 지도자라면 제일 먼저 국민의 생명을 안전하게 지켜야 할 의무가 있지 않은가. 보통 우리 같은 필부필부(匹夫匹婦)가 아니지 않은가. 더군다나 휴일도 아닌 평일에 별다른 이유도 없이 집무실에 출근도 하지 않고 관저에 머물렀다는 사실은 어떤 변명을 해도 받아들이기 힘들다. 회사의 말단사원도 회사에 사고가 터지면 휴일에도 뛰어나가는 것이 상례이거늘 나라에 대형 재난이 발생하였는데도 집무실로 뛰어가지 않고 관저에 그냥 머물렀다? 바른 정신을 가진 국민이라면 어찌 따지지 않겠는가.

바지 속에 넣어둔 휴대폰이 부르르 떤다. 어머다. 좀 전에 전화를 받지 않아 마음이 불안했는데 낯익은 전화번호만 보아도 안심이 된다. 통화버튼을 누르자 반가운 소리가 들려온다.

"어미여. 어찌 지내는가?"

울컥 목이 멘다. 삼 년 동안 변함없이 들리는 어머니의 첫마디다. 오지 말라고, 절대 이곳에 오지 말라고 말리는 내 말을 어머니는 수긋하게 따라주었다. 그리고 아들이 며느리가 어찌 지내는지 궁금해서, 아니 궁금하기보다 걱정하는 마음이 그 말에 오롯이 담겨있다.

"어머니! 별일 없으시지요?"

"그려. 나야 무슨 일이 있겠냐만……."

그 어투엔 틀림없이 할 말이 있다는 얘기다. 그러나 내 처지를 잘 알고 있으니 차마 말을 꺼내지 못하는 것이 분명하다. 내 도움이 필요하지 않으면 절대 입 밖으로나 표정으로도 표현하지 않는 성격임을 나는 잘 알고 있다.

더 이상 캐묻지 않고 나는 말한다.

"어머니. 어미와 함께 지금 바로 출발하지요."

당황한 어머니의 목소리가 전화기를 타고 들려온다.

"아녀! 급한 일은 아녀! 그러니 자네 일 다 보고 시간나면 한번 들르게."

통화를 끝낸 나는 아내에게 제주도에 다녀오자고 말한다. 어머니에게 무슨 일이 있는 것이냐고 아내는 눈을 동그랗게 뜨며 묻는다. 나는 별일 아니라고 고개를 흔들며 말한다.

"한번 다녀와야 할 것 같아서, 애만 찾고 일만 해결되면 그곳에 내려가 살자고 약속했던 것이 어느새 삼 년이 지나버렸네. 앞으로 얼마나 더 기다려야 할지도 모르겠고, 그러니 한번 다녀오자고."

아내는 별 이의를 달지 않고 따라나선다. 위성도시로 올라온 다음부터 고향으로 가는 길이 매우 멀었다. 인천에서 제주도까지는 배로 가면 13시간이나 걸렸다. 물론 김포에서 비행기를 타고 가면 빠르게 갈 수도 있겠지만, 아내와 나는 돈을 아끼려고 주로 배를 이용했다. 저녁에 출항하는 배를 타면 아침에 제주도에 도착했다. 불편하기는 하지만 잠은 배에서 자고 도착하여 낮에 볼 일을 다 본 다음에 돌아올 때도 저녁 배를 타곤 했다. 그렇게 하면 금요일에 떠나 일요일 아침에 돌아올 수 있으니 출근에는 별 지장이 없었다. 물론 그렇게라도 고향에 다녀온 것은 손을 꼽을 정도이지만.

말없이 따라나선 아내가 갑자기 걸음을 멈추고 내게 묻는다.

"어떻게 가려고요?"

나는 별 생각 없이 대답한다.

"장흥이나 목포에 가서 배를 타지 뭐. 인천에서보다는 시간이 많이 안 걸려."

아내가 뭔가 할 말이 있는 모양으로 멈춰선 자세로 따라오지 않는다. 내가 왜 그러느냐고 묻는데도 아내는 머뭇거리며 말을 하지 않는다.

"왜 가기 싫어? 나만 갔다 올까?"

"가기 싫은 건 아니고……. 배 타기 싫어요."

아차! 했다. 세월호 참사 이후 아내는 배 타는 것을 무서

위했다. 정신과의사는 아내의 그런 증상을 외상 후 스트레스라고 진단을 내렸다. 아직 다 치료되지 못했음을 깜빡 잊고 있었던 것이다. 배를 타지 못해 동거차도에 한 번도 가지 않았던 아내였는데 그걸 잊다니! 나는 아내에게 미안했다.

"알았어. 우리 비행기 타고 가자."

그제야 아내가 걸음을 옮긴다.

비행기를 타려면 광주까지 가야만 한다. 시간을 아끼기 위해서 나는 오랜만에 자가용을 움직일 생각을 한다. 진도에서 광주까지 대중교통을 이용하려면 길도 서툴고 시간도 많이 소비할 것이라는 우려가 생겼기 때문이다.

팽목항 주차장에 오래 세워둔 차는 먼지를 두껍게 뒤집어쓰고 있었다. 그동안 아내는 팽목항에 있는 미수습자 유족을 위해 만들어놓은 컨테이너거처에서 주로 생활하고, 나는 동거차도와 팽목항을 오가며 지냈기 때문에 자가용은 사실상 버려져있다시피 했다. 집에서 필요한 물건을 대강 챙겨 차에 싣고 이곳 팽목항에 올 때만 해도 며칠만 있으면 이 차를 몰고 집으로 다시 올라가리라 생각했었다. 그런데 그 시간이 이렇게 길어 질 줄이야.

쌓인 먼지를 대강 닦고 차에 오른다. 오랜만에 잡은 핸들이 자꾸 흔들린다. 그런 내가 걱정이 되는지 아내가 낮은 목소리로 말한다.

"이제 한고비를 넘겼으니 편한 마음으로 다녀옵시다. 그만 긴장 풀어요."

아내가 말하는 한고비의 뜻을 잘 아는 나는 아내를 향해 미소로 답한다. 그동안 우리는 지도자가 잘못한 게 없어서 밝혀낼 수 없었던 게 아니라 파란지붕 아래 버티고 있는 권력의 비협조로 진실이 밝혀지지 않았다는 것을 누구보다 잘 알고 있다. 그런데 이제 그것을 막고 있던 대통령이 탄핵으로 물러났으니 한 고비를 넘겼음은 당연하다. 그러나 아직도 완전히 끝난 것은 아니라는 생각이 든다.

광주공항은 처음 가는 길이었지만 쉽게 도착했다. 요즘은 내비게이션 덕분에 모르는 장소도 힘들지 않고 찾을 수 있다. 지은 지 얼마 되지 않았는지 공항대합실은 제법 넓고 깨끗하다. 표가 없으면 어쩌나 걱정했는데 휴가철이 아니어서 다행히 발권할 수 있었다.

수속을 마치고 여유가 남은 시간에 대합실을 돌아본다. 이층에는 한식당과 커피숍 그리고 편의점이 있다. 여유롭게 커피 한 잔을 마실 요량으로 나는 아내와 더불어 드롭탑 카페에 자리를 잡는다. 커피 한 잔씩을 앞에 놓고 내가 아내에게 말한다.

"여기서 제주도까지 45분이면 간다는구먼! 이렇게 편리해진 세상을 살게 해 주지 못한 내가 죄인일세. 당신에게 정말 미안해!"

아내가 웃는다. 곱고 환하게 웃는 아내의 모습을 참 오랜만에 본다.

*　*　*

삼 년 만에 찾은 고향은 참 많이 변해있다.

이곳에서 자라 고등학교까지 다녔으니 눈에 익을 만도 한데 너무나 많이 변해 낯설다. 고향의 집은 작은 어촌임에도 불구하고 여러 군데 개발이 되었거나 공사 중인 곳이 눈에 많이 띈다. 특히 바다 쪽 전망이 좋은 곳에는 관광객을 유치할 숙박시설이나 음식업소가 난립으로 들어서 있다. 처음에는 내가 동네를 잘못 찾은 줄 착각까지 했다. 그런 나를 보고 아내가 미안한 마음을 내비친다.

"우리가 오랫동안 자식노릇을 못했네요. 자식 찾겠다고……."

"그래서 내리사랑이라는 말이 생겨났겠지. 부모에게서 받은 사랑을 자식에게 되돌려주는 게 순리 아니겠어?"

집은 비어 있었다. 물질을 가셨나? 그런 생각을 하며 방 안으로 들어선다. 그런데 실내에 온기가 전혀 없다. 더군다나 언제 쌓아 놓았는지 알 수 없는 그릇들이 개수대에 잔뜩 들어있다. 아마도 꽤 오랫동안 집을 비운 모양이다. 아내도 이상하다는 표정을 지으며 팔을 걷어 부친다. 설거지부터 할 모양이다. 아내가 주방으로 들어가고 나는 어머니께 전화를 한다. 오랫동안 신호가 간 다음에야 연결된다.

"어머니, 저 집에 도착했는데 어디세요?"

"응, 아범. 어떻게 빨리 왔구먼. 저녁에나 도착할 줄 알았 는데."

"어머니가 너무 보고파서 비행기 탔죠. 뭐."

몇 년 동안 하지 않던 농담 섞인 살가운 말이 듣기에 어색 했던지 어머니는 잠시 말이 없다. 아마도 전처럼 배를 타고 올 것이라는 예상으로 집을 비운 모양이다. 우리가 온다고 하니 맛있는 해산물을 준비하러 물질을 갔으리라 지레짐작 하며 내가 연거푸 묻는다.

"지금 물질 가신 거예요? 언제 오세요?"

내 물음에 대답을 하지 않고 어머니가 돌려 묻는다.

"어미랑 같이 온 겐가?"

내가 그렇다고 대답하자 잠시 뭔가 생각한 다음 말을 잇는다.

"지금 병원에 있는데 이리 좀 와 주었으면 좋겠네."

병원이라는 말에 놀라 내 목소리가 커진다.

"어디 아프신 거예요? 그런데 제게 왜 연락을 하지 않았어요?"

"아니야. 내가 아픈 것이 아니니 걱정 말게."

"그런데 왜 병원에……."

만나서 이야기하자며 병원이름과 병실호수를 알려준다. 어머니가 아픈 것은 아니라고 한 말에 일단 안심한다. 그렇다면 누가 입원해 있단 말인가. 이곳에 친척이 있는 것도 아니고 친한 친구도 이미 세상을 뜬 것으로 알고 있는데 짐작이 되지 않는다.

아내를 재촉하여 택시를 불러 타고 어머니가 알려준 병원으로 간다. 통화내용을 듣지 못한 아내가 병원에 간다는 내 말에 역시 나처럼 놀란다. 미안해하는 표정이 역력하다. 무슨 일인지는 알지 못하지만 어머니가 편찮으신 것은 아니니 걱정하지 않아도 된다는 설명에 그제야 얼굴이 풀어진다.

"무슨 일일까요?"

"가보면 알겠지. 뭐."

병실로 올라갔을 때, 어머니는 한 침상 옆에서 환자의 손을 꼭 쥐고 있다. 나와 아내가 들어서자 그 자세로 엷은 미소로 맞아준다. 환자의 얼굴에는 심한 통증이 나타나있다. 살펴보았지만 내가 아는 얼굴이 아니다. 어려서부터 엄마의 심부름을 도맡아 했기 때문에 물질을 하는 해녀들은 거의 다 안다. 마을의 어른이나 아이들도 대부분 기억하고 있다. 그런데 이 환자는 낯설다. 아마도 내가 섬을 떠난 이후에 이 동네로 이사 온 사람인 모양이다. 그렇다 해도 이렇게 병구완을 할 정도면 어머니와 친하게 교류한 모양인데 그동안 그 사람에 대해 들어본 기억이 없다.

궁금한 마음에 참지 못하고 어머니를 향해 누구냐고 묻는다. 어머니는 우리에게 잠깐만 기다리라고 말한다. 한참 후에 한 소녀가 병실로 들어선다. 다가온 소녀에게 어머니가 말한다.

"잠깐 나갔다 올 테니 엄마 옆을 꼭 지켜야 혀."

아이가 고개를 끄덕이자 어머니는 나와 아내를 밖으로 이끈다. 환자의 가족들이 잠깐 쉴 수 있도록 만들어놓은 휴게실에 자리를 잡는다.

어머니는 나와 아내를 건너다보며 조심스럽게 말을 꺼낸다.

"힘들쟈? 그래도 어쩌겠냐? 참을 수밖에. 서슬 푸른 권력도 우리 힘으로 몰아낼 수 있어 속은 후련하더구먼. 이제 모든 진실이 밝혀지겠쟈?"

"네 어머니. 작은 희망이 좀 보이네요. 그런데 저 분은 누구세요?"

"사연을 말하자면 좀 길어야. 아범, 시간여유는 좀 있는가?"

나는 고개를 끄덕인다. 사실 참사 이후 삼 년 동안 하루도 편하게 지낸 날이 없었다. 이왕 고향에 내려가니 이번 기회에 조금 쉬고 오자고 비행기 안에서 아내와 상의가 되었다. 내가 고개를 끄덕이자 어머니의 표정이 환해졌다. 혼자 힘으로 해결하기 어려운 일을 의논할 상대를 만났을 때 짓는 반가운 표정이었다.

어머니가 이야기를 시작한다.

"아범이 자랄 때 내가 가장 자주했던 말 기억허는가? 앞일이 어떻게 벌어질 줄 모르고 윽박지르기만 했던 이 어미가 그때는 야속한 마음이 많이 들었을 거여."

지금 어머니가 무슨 이야기를 하는지 나는 안다. 그때 어머니는 내게 귀가 닳도록 반복했었다. 세상을 살아가는 데에 참는 것이 제일이라고, 세상은 혼자의 힘으로 절대 바꿀 수 없으니 순응하라고, 국가권력에 맞서는 것은 목숨을 내

놓는 바보 같은 짓이라고, 그러니 시위현장에는 얼씬도 하지 말라고 강조했다. 특히 대학시절엔 내가 시위에 동참할까봐 어머니가 얼마나 전전긍긍했는지 나는 잘 알고 있었다. 어쩌다 집에 내려오면 나를 붙잡고 어찌되든지 하나뿐인 목숨은 보존해야 한다고 자신이 겪은 일을 예로 들면서 막으려고 애를 썼다.

사실 죽음의 현장에서 혼자 살아나온 어머니로서는 그 트라우마로 평생 시달렸을 것이다. 절대 무너지지 않을 국가란 권력에 대든다는 것은 바로 죽음이라고 몸으로 체험했으니까, 아들의 안위를 위해 그럴 수밖에 없었으리라 이해를 했다. 그래서 양심에 가책을 느끼면서도 나는 젊었을 때 시위대 앞에 나서지 않았다.

그런데 지금 느닷없이 왜 그 이야기를 꺼내는지 얼른 판단이 서지 않는다. 지금 내가 관여하고 있는 세월호에 관련된 일을 막아보려는 속셈인가. 아니면 손녀딸을 잃고 그 상실감으로 그동안 내세웠던 어머니의 소신을 접으려는 것인가. 하긴 요즘 벌어지고 있는 촛불집회를 보았다면 어머니도 생각이 바뀔 수도 있을 것이다. 혼자의 힘으로 바꿀 수 없는 부패한 권력도 국민의 힘으로 물리칠 수 있다는 경험을 우리가 지금 하고 있지 않은가.

나는 조심스럽게 묻는다.

"저에게 하고 싶은 말씀이 있으시죠?"

마음을 들켰다고 생각했는지 어머니가 움찔 놀란다. 그러다가 이내 결심이 섰는지 나와 아내를 번갈아 보며 대답한다.

"아범과 어멈의 의견을 듣고 싶네. 내가 한 아이의 후견인이 되려하는데 자네들 생각은 어떤겨?"

생각지도 못한 말에 나와 아내는 서로 얼굴을 마주본다. 조금 전 병실에서 보았던 아이가 떠오른다. 그 애가 도대체 누구인데 후견인을 자처하려는지 궁금해진다. 무슨 이야기인지 자초지종을 말해야 이해를 할 수 있지 않느냐며 내가 재촉한다.

어머니의 전후 사정을 대강 간추려 설명한다.

"저들은 5년 전에 이웃집에 이사 온 모녀여. 아이의 엄마가 병을 고치려고 이곳으로 내려왔는데 그동안 병이 더 심해졌지. 의사의 말로는 보름도 넘기지 못할 것이라고 허네. 나도 저들의 사정은 자세히 알지 못하지만 아이의 말에 의하면 모녀에게 일가친척이 없다네. 엄마가 죽고 나면 저 아이는 고아원에 보내지질 않겠나? 그런데 나는 저 아이를 고아원으로 보내고 싶지 않어. 그래서 면사무소에 가서 물어봤지. 그랬더니 나는 나이가 많아 아이를 양녀로 삼을 수 없다 안 허냐. 그 대신 아이가 성인이 될 때까지 돌보아주는 후견인제도가 있다고 알려주더구먼. 그걸 신청하면 가능하다고 하데. 나는 그렇게라도 해주고 싶으이. 그래야 아이엄마도 안심하고 눈을 감을 수 있을 것 같고. 그러니 솔직하게 대답해 주게."

나는 바로 대답하지 못한다. 아내도 내 눈치를 보며 선뜻 말을 꺼내지 않는다. 사실 아내도 나와 같은 생각을 했으리라. 어머니의 연세가 있으니 만약 세상을 뜰 경우 저 아이는 또 다시 마음의 상처를 받겠지. 그러니 그렇게 쉽게 결정할 일이 아니라는 마음일 것이다. 그렇다고 아무 말도 하지 않고 있기엔 어머니의 표정이 너무 간절해 보인다.

그 아이와 같이 살고 싶은 이유가 무엇이냐고 내가 묻는다. 자신의 마음을 정리하는지 잠시 생각하던 어머니가 이렇게 답한다.

"저 아이를 보고 있으면 내 어릴 때가 자꾸 생각나네. 지금 딱 저 아이 나이 때 나도 물질을 시작했거든! 네 외할아버지와 외할머니 그리고 외삼촌까지 한꺼번에 죽임을 당한 후 나는 살기 위해서 물질을 했고, 평생을 바다에서 살았지. 그런데 저 아이도 엄마가 죽고 나면 나와 똑같은 처지로 살아야 한다고 생각하니 잠이 오지 않는다네. 더군다나 아이 엄마가 앓고 있는 병이 국가가 잘못해서 벌어진 일이라는 것을 알고 나니 더 불쌍하고, 그래서 내 마음이 영 편치 않아야."

"무슨 병인데요?"

"가습기살균제에 의한 폐섬유화 증세라 해. 폐가 딱딱하게 굳어 결국 죽는다는……."

어머니의 그 말에 나는 숨이 턱 막힌다. 국가의 부실한 대응으로 벌어진 침묵의 살인이라는 병, 어떤 항생제나 항 바이러스제도 소용이 없는 환자라는 말에 가슴이 먹먹해진다. 어머니가 겪은 4·3 사건이나, 내가 겪은 세월호 참사나 모두 국가의 폭력으로 벌어진 사건이다. 가습기 살균제로 인한 환자도 똑같은 피해자라 할 수 있다. 나는 가습기살균제 피해자 가족들을 만난 적이 있다. 세월호 참사 직후 세상이 한참 시끄러울 때 그들은 팽목항까지 찾아와 우리를 위로했었다. 자신들의 문제도 해결하지 못한 처지에 있으면서도 그들은 우리와 함께 진실을 건져 올리자고 소리를 높였다. 지금도 생생하게 기억에 남은 모습이 떠올랐다. 돌때부터 12년째 산소 호흡기를 달고 사는 13살 소년이 휠체어를 타고 직접 우리 앞에 나타났을 때 유가족들은 놀라서 입을 다물지 못했다.

가습기 살균제 피해자들은 한 목소리로 우리에게 경고했다.

"이런 사태가 올 때까지 방치한 정부는 지금까지 어떤 사과조차 하고 있지 않습니다. 피해자는 넘치는데 가해자는 없습니다. 진실이 떠오를 때까지 절대 멈추면 안 됩니다."

나는 어머니를 건너다본다. 몇 년 사이에 많이 쇠락해 보인다. 이제 쉬어도 될 나이인데 인정에 끌려 고생을 사서 하려는 것 같아 속이 상한다. 그러나 어머니의 의지를 꺾을 마음은 없다. 아이의 생각은 어떠냐고 내가 묻는다. 내 관심이 반가워서인지 어머니의 말에 생기가 돈다. 아이는 전부터 자기를 잘 따르며, 어린 나이에도 물질을 좋아해 상군해녀가 되겠다는 꿈을 가지고 있어 무엇보다 마음에 든다고 한다. 거기에 성격도 사분사분하고 인사성도 밝아 마을에서 귀염을 독차지하고 있는 아이라는 설명이다. 손녀를 잃고 허전해진 자리에 이미 아이가 마음속 깊이 자리 잡은 모양이다.

나는 어머니에게 시간을 가지고 생각해 보자고 말한다. 아내와도 의논해보고 아이의 생각도 확인하는 작업이 필요했기 때문이다.

우리가 병실로 들어왔을 때, 아이는 제 엄마 옆에서 소리

내어 책을 읽고 있다. 우리가 다가간 것도 모르고 글 읽는 데에 빠져있다.

"등대의 색깔은 왜 다를까요? 등대는 바닷가나 섬 같은 곳에 탑 모양으로 높이 세워져있는 시설입니다. 등대는 불을 켜서 밤에 다니는 배에게 뱃길과 위험한 곳을 알려줍니다. 등대에는 빨간색등대도 있고, 흰색등대도 있습니다. 왜 그럴까요? 빨간색등대는 빨강불빛을 내고, 흰색등대는 초록불빛을 냅니다. 바다에서 항구 쪽을 바라볼 때 빨간색등대는 등대의 오른쪽이 위험하니 왼쪽으로 가라는 뜻이고, 흰색등대는 왼쪽이 위험하니 오른쪽으로 가라는 뜻입니다."

아이가 읽고 있는 책은 삼학년 사회교과서다. 방금 아이가 읽은 내용을 들으며 나는 팽목항의 등대를 떠올린다. 팽목항의 등대는 빨간색이다. 그 등대를 친구 삼아 그 곁에서 삼 년을 지냈지만 왜 빨간색등대인지 생각해 본 적이 없다. 생각해 볼 그런 여유조차 없었다. 그런데 아이가 읽고 있는 내용을 들어보니, 그 등대의 기능이 무척 중요함을 알게 된다. 세월호는 항해를 하면서 등대의 오른쪽 해류를 조심했어야 했다. 과연 배를 조종하는 선장이나 항해사나 조타수들이 제대로 역할을 다 했을까? 아직도 의문이다.

아이엄마는 고통이 심한지 잔뜩 얼굴을 찌푸린 채 눈도

뜨지 않는다. 그 옆에서 책을 읽고 있는 모습은 좀 생경스럽다. 어머니가 작은 목소리로 설명한다.

"아이의 엄마는 아이가 책 읽어주는 것을 많이 좋아한다네."

그 말에 가슴이 송곳에 찔리듯 아프다. 죽어가는 엄마 옆에서 엄마를 위해 책을 읽어주는 저 마음을 어떻게 이해해야 할까. 자꾸 눈물이 나려고 한다.

아내가 아이를 데리고 병실을 나간다. 음료수라도 사 먹이고 싶은 모양이다. 나도 슬며시 뒤따라 나선다. 우리가 할머니의 아들, 며느리라는 사실을 알고 있어서인지 아이는 어디로 가는지 묻지 않는다. 아이를 데리고 간 곳은 지하 1층에 자리 잡은 찻집이다.

아내는 아이를 위해 케이크 한 조각과 우유를, 그리고 나를 위해 블랙커피를 주문한다. 자신은 매실차를 주문한다. 그러는 과정에서도 아이는 별말이 없다. 그저 다소곳이 의자에 앉아 우리를 번갈아 쳐다본다. 그 이상한 분위기가 부담이 되어 아이를 향해 내가 묻는다.

"이름은 뭐니? 나이는 몇 살?"

"이름은 최은진이고요, 나이는 열 살이에요."

"으응. 은진이구나. 내가 누군지는 알지?"

"네."

"솔직하게 말해 줄래? 할머니와 살고 싶어?"

"네."

"왜? 이유가 뭐야?"

"짱~할망은……. 정말 우리 할망 같아요."

그때, 아내가 주문한 케이크와 차를 가지고 와서 아이와 내 앞에 놓는다. 아이가 고맙다는 표시로 고개를 숙인다.

"맛있게 먹어."

아내가 말한다. 그 모습에 나는 깜짝 놀라 아내를 바라본다. 아내가 딸아이에게 먹을 것을 준 다음에 말하던 익숙한 어조다. 나를 마주쳐다보며 미소를 띠는 아내의 얼굴이 모처럼 편안해 보인다. 우리는 자신들의 앞에 놓인 차를 마시느라 잠시 말을 멈춘다.

그때, 갑자기 실내가 시끄러워진다. 누군가가 벽에 설치되어 있는 텔레비전을 작동시킨 모양이다. 팽목항에서나 동거차도에서 지낸 삼 년동안 이런 소란은 스스로 자제했다. 웃기려고 애쓰는 코미디프로도, 자꾸 먹으려는 요리프로도, 사랑타령이나 막장으로 치닫는 드라마도, 스포츠 채널까지도 우리는 틀지도 보지도 않았다. 다만 우리가 주로 본 채널은 항상 뉴스 프로그램이었다.

하도 시끄러워 주인을 향해 꺼달라고 말을 하려는 찰나 화면을 가리키며 아이가 반갑게 소리친다.

"어! 저기 라이언 오빠네!"

그 소리에 나와 아내는 화면을 바라본다. 막 무대에 등장하여 랩을 시작하는 가수의 모습이 왠지 어디서 많이 본 것처럼 익숙하다. 나는 고개를 갸웃거리며 기억해내려 애쓴다. 요즈음 음악 프로그램을 전혀 보지 않은 처지에 더군다나 래퍼를 기억할리는 없는데. 아이에게 묻는다.

"저 래퍼 이름이 라이언이니?"

"예!"

"너는 어떻게 저 오빠를 알아?"

"우리 병실에 입원했던 오빠예요."

"어디가 아파서?"

"죽으려고 물에 뛰어들었대요. 그런데 해녀가 살려주었대요."

아! 바로 진도 앞바다에 뛰어들었던 그 청년? 나는 놀라 입을 다물지 못한다. 아이에게 다시 묻는다.

"저 오빠 본래 이름이 뭔지 아니?"

"예, 본명은 김솔이랬어요. 그런데 자기는 라이언이라는 이름이 훨씬 좋대요."

김솔. 딸아이가 좋아한 청년의 이름이다. 그래서 낯이 익었던 것이구나. 아까부터 궁금했는지 아내가 아이를 향해 묻는다.

"얘야. 넌 왜 해녀가 되려고 하니?"

"그냥요. 물속에 들어가 있으면 참 따뜻해요. 마치 엄마의 품안에 들어가 있는 것처럼요."

"아! 그렇구나. 그렇지만 얘야! 바다가 위험한 곳이라는 생각은 들지 않니?"

"세상에 위험하지 않은 곳이 어디 있나요? 우리 엄마도……."

아이는 깜짝 놀란 듯 말을 끊는다. 아이의 엄마에게 어떤 사연이 있긴 있는 모양이다. 나와 아내는 아이에게 더 이상 묻지 않는다. 그리고 라이언이라는 래퍼의 노래에 귀를 기울인다.

우리는 어디로 가는가 / 진실을 찾아가는 이 길이 / 정말 맞는 것인가 / 내가 사랑했던 사람들은 / 다 어디로 갔는가 / 따뜻한 희망을 찾아 떠난 / 그들을 따라 나는 가리 / 나는 가리 나는 가리

***

아이엄마가 숨을 거뒀다.

어머니의 권유를 뿌리치지 못하고 나는 상주노릇을 했다. 기껏해야 마을사람들의 조문이 다였지만, 아이에게 상주를 시킬 수가 없다는 얘기다. 아이는 생각보다 잘 견디는 것처럼 보였다. 한 가지 우려를 보이는 건 제 엄마가 죽은 순간부터 어머니 곁에서 떨어지지 않는다는 점이다. 처음에는 죽음이 무서워서 그러려니 생각했다. 그런데 갈수록 더욱 심해지는 것이었다. 치마를 붙잡고 졸졸 따라다니는 바람에 어머니는 화장실도 제대로 다니지 못할 지경이었다.

아이는 어머니를 따라다니며 귀찮게 무엇인가를 자꾸 묻고 있었다. 손님접대와 상주노릇을 하느라 어머니에게 그 까닭을 직접 물어보지 못했다. 초상을 치르고 집으로 돌아와서 그 사실이 생각났다.

정확한 사실을 알아야만 할 것 같아 어머니의 거처인 안방으로 들어간다. 대소사 중에 가장 힘든 것이 초상이라고 어머니는 기진맥진한 모습으로 누워있다. 내가 들어가자 자리에서 일어나려고 한다. 나는 그대로 누워계시라고 말하며 옆에 앉는다.

어머니가 먼저 말을 꺼낸다.

"아범, 참으로 애 많이 썼구먼. 고맙고 미안허이."

"무슨 그런 말씀을 하세요. 그런데 어머니, 초상마당에서
은진이가 뭔가를 묻는 것 같던데 무슨 말이었어요?"

"응ᅳ. 그게……. 자기를 고아원에 보낼 것이냐고 자꾸 묻
더구먼. 아마도 조문 온 해녀들이 주고받는 말을 들은 모양
이여. 불쌍한 마음에서 생각 없이 아이를 걱정해서 한 말일
터이지만, 아이는 많이 불안했던 모양이네."

"그래서 아이에게 뭐라고 하셨어요?"

"확실한 확답을 하진 않았지만 나는 너와 평생 살 것이니
아무 걱정하지 말라고 달랬네. 그런대도 행여 시설에서 데려
갈까 봐 내 꽁무니만 졸졸 따라 다닌 거지. 그래서 말인데
아범, 내가 말했던 문제에 대해서 어멈과 상의는 해 보았는
가?"

나는 분명한 대답을 하지 못한다. 어머니가 아이의 후견인
이 되면 어머니의 사후엔 내가 돌보아주어야만 한다. 그런데
딸아이의 실종문제가 아직 해결이 나지 않은 상황에서 힘겨
운 나날을 보내고 있는 아내에게 또 다른 마음의 짐을 지우
고 싶지 않다. 그래서 아직 아내와는 진지하게 상의하지 않

았다. 그렇다고 어머니에게 그런 형편을 정직하게 말하기도 어려웠다. 시간을 가지고 생각해 보는 중이라고 돌려서 대답을 한다.

때마침 핸드폰이 울린다. 승범 아빠다.

"형님, 아직 고향에 계시죠?"

"왜? 무슨 일이 있는가?"

"기사 보지 못했습니까?"

"기사? 무슨 기사?"

"세월호 배가 올라온답니다."

"뭐라고? 배가 올라온다고?"

"네! 형님! 박근혜가 내려가니 세월호가 올라온다고 여기 팽목항은 지금 난리가 아닙니다."

"알았네. 바로 가지."

그 사실을 전해들은 어머니는 걱정하지 말고 어서 떠나라고 재촉한다. 어머니에게 아이의 행방을 묻는다. 집으로 가자고 끌었지만 아이는 자기 집으로 가겠다고 고집을 부렸다고 한다. 아마도 엄마에 대한 그리움이 밀려온 모양이다. 아이만 보낼 수 없어 어멈과 같이 보냈노라고 어머니가 답한다. 나는 부리나케 아이의 집으로 간다. 오래 비워둔 집은 문 앞부터 싸한 냉기가 돈다. 아내는 아이를 위해 군불을 지

피고 있다. 부엌에 있는 아내에게 승범 아빠의 말을 전하자 아내는 눈물부터 쏟는다. 그러고는 어서 가야된다며 부리나케 부엌을 빠져나온다.

나는 방으로 들어간다. 아이는 안방 한 가운데에 우두커니 서서 울고 있다. 이제야 엄마의 부재를 몸으로 느낀 것이리라. 들어온 나를 바라보는 아이의 슬픈 시선은 마주보기가 힘들다. 그러나 아이의 마음을 다독거려 주는 것보다 얼른 딸 곁으로 가야 한다는 생각이 내겐 더 급하다.

나는 아이의 손을 잡고 솔직하게 말한다.

"은진아! 내 말 잘 들어. 아저씨는 지금 팽목항으로 가야 돼. 아저씨의 딸이 삼 년 동안이나 세월호 배 안에 있었단다. 그런데 이제야 배를 바다에서 끌어올린다는 구나. 아저씨는 딸을 만나러 지금 바로 출발해야 돼. 그래서 아저씨가 우리 은진이에게 부탁이 하나 있는데 들어줄래? 아저씨와 아줌마가 딸을 만나고 돌아올 때까지 은진이가 할머니를 돌보아 주었으면 좋겠는데 할 수 있겠어?"

아이가 순순히 고개를 끄덕인다.

어머니에게 아이를 데려다 주고 나는 급하게 택시를 불러 아내와 함께 공항으로 향한다. 택시 속에서나 비행기 안에서 줄곧 나 자신과 싸운다. 배가 올라온다니 한편으론 안심이 되지만, 다른 한편으론 정부에 대한 불만으로 가슴이 터질 것만 같다. 승범 아빠의 전화를 받고 제일 먼저 든 생각은 '왜 이제야?'라는 물음이다. 정확하게 1072일 만에 들려온 소식은 기쁨보다는 원망이 더 크다. 삼 년 가까이 정부에서 발표한 대책들이나 사건처리가 파노라마처럼 머리를 스쳐 지나간다.

운명의 날 2014년 4월 16일 세월호 참사가 발생한다.

온 국민을 슬픔의 구렁텅이로 침몰시킨 참사는 그해 11월 11일 수색작업을 종료한다. 미수습자 아홉 명을 배 안에 두고서 말이다. 나를 포함하여 미수습자가족은 찢어지는 가슴을 안은 채 수습작업을 종료하는데 찬성한다. 그 대신 빠른 인양을 정부에 촉구한다. 그러나 약속과는 달리 정부가 지연작전을 쓰고 있다는 사실을 유족들이나 미수습자가족은 눈치 챈다.

당 수석대표가 앞장서서 세금도둑이라 말하며 특조 위를 흠집 내는가 하면, 어느 당 의원은 천문학적 비용이 드는 인양은 포기해야 된다고 앞장서서 여론을 조장한다. 또 어떤 의원은 세월호 참사를 교통사고라고 폄하하며 정부책임이 전혀 없음을 강조한다. 그것뿐이 아니다. 일부 보수단체는 SNS를 통해 유가족들이 16억 원을 이미 받고서도 더 받으려고 떼를 쓴다는 가짜뉴스를 퍼트리며, 나랏돈을 그만 쓰라고 여론을 호도한다. 그러나 진실을 알고 있는 국민들을 이길 수 없다는 사실을 알게 된 정부가 2015년 4월 22일 드디어 해수부를 통해 세월호 인양을 발표한다. 참사가 난지 일 년이 넘은 때이다. 정부는 그해 8월 4일 인양업체로 중국의 상하이샐비지를 선정하고 확정시킨다. 그리고 3차에 걸친 특조위 청문회가 국회에서 열린다. 그때마다 유족들은 청문회장를 드나들며 참사에 대한 원인규명을 간절히 바랐지만, 아무런 소득도 없이 2016년 9월 30일 특조위는 활동을 종료한다.

미수습자가족들은 이제 정부의 어떤 말도 믿지 못한다. 인양이 지연되는 이유가 바로 정부에게 있다는 것을 확실하게 알았기 때문이다. 당시 청와대를 근무했던 한 관계자는 우리에게 이런 증언을 해주었다.

세월호 참사 이후 수습하는 과정에서 국민들의 불신이 팽배하게 된 것을 청와대에선 무척 부담스러워 했다. 청와대가 컨트롤타워가 아니라는 말에 대한 반발과 7시간 의혹 등 줄기차게 쏟아지는 비판을 없애려고 애썼다. 그래서 어떻게든 인양하지 않고 일단락 짓고 싶어 하는 분위기가 팽배해있었다. 그런 분위기 탓에 청와대 안에서는 세월호의 세자조차 입에 담는 것을 모두 꺼려했다.

이와 같은 정부의 분위기로 보아 인양에 관한 준비는 턱없이 부족했으리라 짐작된다. 부실한 사전조사와 판단착오 등이 정부에서 약속한 연내 인양을 실패하게 만든 중요요인이 되었을 것이다. 그러자 해수부는 해상크레인을 잭킹바지선으로 플로팅 독을 반잠수식 선박으로 인양공법을 변경한다. 그러는 동안 시간은 또 어김없이 흘러간다.

해가 바뀌어 2017년 3월 19일 새로운 공법으로 시험인양을 했으나 줄꼬임 현상으로 실패했다는 소식은 3일 전에 승범 아빠가 전해주어 알고는 있었다. 그런데 바로 오늘 시험인양이 실시된다는 것이다. 시험인양이 성공해야 본 인양을 실시한다는 설명을 하면서 승범 아빠는 울먹이고 만다.

"형님! 시험인양에 성공하지 못하면 어쩌지요?"

나는 희망의 끈을 놓고 싶지 않다. 이번에는 틀림없이 올라올 것이다. 그것도 온전하게 올라와야만 한다.

전남 진도 팽목항에 도착한다. 삼 년간 우리의 눈물을 말없이 받아주고 품어준 항구다. 평소보다 많은 참배객이 삼년 전처럼 북적인다. 나는 울컥 눈물이 솟구친다. 아내도 참을 수 없는지 눈물을 훔친다. 지금까지 우리에게 힘을 보태준 사람들이 바로 저 국민들이다. 슬픔도 같이 해주고, 분노도 같이 나누며 여기까지 오게 해준 그들이 너무 고맙다.

내가 사무실로 들어가자 미수습자대표가 빠르게 다가왔다. 나를 기다렸던 모양이다. 둘러보니 미수습자가족이 다모여 있다. 그들의 표정에는 하나같이 긴장 속에 결연한 의지가 담겨있다. 대표자의 설명에 의하면 바로 국민에게 보내는 호소문을 발표한 후 맹골수도 탐사현장으로 갈 계획이라고 한다. 누구도 대표의 말에 이의를 달지 않는다. 우리는 팽목항 등대로 향한다. 등대 앞에는 참배객과 기자들이 이미 자리를 잡고 있다. 우리가 등대 앞에 서자 사진기자들의 셔터가 불을 뿜는다. 가슴에 불꽃이 번진다.

미수습자대표가 그들 앞에서 미리 마련한 호소문을 읽는다.

"국민 여러분! 세월호의 인양을 위해 기도해 주세요. 3년째 차디찬 물속에서 아직도 돌아오지 못하고 있는 가족을 데리고 집으로 가고 싶습니다."

우리는 해양수산부가 마련한 어업지도선 무궁화 2호를 타고 맹골수도 인양현장으로 달려간다. 1시간여 만에 현장에 도착한다. 그곳은 인양지점에서 1.8km 떨어진 곳이다. 인양작업에 지장이 있다고 더 이상 가까이 가지 못하게 막는다. 참사 당일도 해경은 유족들을 막았었다.

상하이샐비지의 재킹바지선이 불을 밝힌 채 작업하는 모습이 잡힐 듯 멀리 보인다. 1072일 만의 마중이다. 한 엄마는 삼 년을 기다렸는데 하루를 못 기다리겠느냐며 눈을 감고 기도한다. 다른 엄마는 늦어서 미안하다. 이제 어둡고 추운데서 나와 엄마랑 손잡고 집에 가자며 딸의 이름을 애타게 부른다. 가족들은 흔들리는 뱃전을 부여잡고 자신의 아들딸의 이름을 부르며 오열한다.

피 말리는 순간이다. 해수부에서 발표한 시간이 지났는데도 전해지는 소식이 없다. 실험인양이 성공해야만 본인양을 시도할 수 있다고 했는데, 어찌되었는지 연락이 오지 않는다. 무궁화 2호에 타고 있는 가족들이 술렁인다. 그리고 이내 미수습자대표 앞으로 모여 어찌된 일이냐고 따져 묻는다.

해수부에서 발표하기를 정상적으로 진행되지 못하면 들어 올린 선체를 다시 내려놓아야 한다던데 그런 상황이 아닐까요? 시간이 너무 지체되고 있네요.

그러게 말이에요. 올라오지 못하면 어쩌지요?

우리 미리 비관하지 맙시다. 우리가 이렇게 한마음으로 기도하고 있는데, 하늘이 무심하지 않으면 도와주겠지요. 차분히 기다려봅시다.

내가 나서서 주위를 다독인다. 이미 주변은 어두워져 바닷물이 먹물처럼 새까맣게 변하고 있다. 흔들리는 뱃전에 서서 바지선의 불빛을 쳐다보고 있노라니 따라오지 못하고 팽목항에 남아있는 아내의 얼굴이 떠오른다. 이번에는 죽을망정 배를 타보겠다고 고집을 부리는 아내를 간신히 달래어 떼어놓고 왔다. 혼자서 얼마나 슬프고 초조할까. 본인양이 시작되면 그 소식을 전하려했다. 그런데 그게 언제가 될지 모르는 지금의 상황을 뭐라고 전할 것인가.

망설이다 나는 아내에게 전화를 건다.

"난데 지금 당신 어디 있어?"

"등대 옆에요. 인양현장 불빛을 바라보고 있어요."

"날씨가 찬데 그러지 말고 숙소에 들어가 있어. 좋은 소식 전해지면 바로 알려 줄게."

"우리 미소가 밖으로 나오면 엄마부터 찾을 텐데 내가 어떻게 들어가요."

"아무래도 시간이 많이 걸릴 것 같아. 그러니 고집부리지 말고 숙소에 들어가 있다가 내가 전화 하면 밖으로 나오면 되잖아. 그렇게 해! 여보."

아내는 대답이 없다. 그곳에서 밤을 새울 작정인 모양이다. 정 그렇다면 옷이라도 따뜻하게 입고 유족들과 함께 있으라고 당부를 한 후 나는 전화를 끊는다.

문득 전에 신문에서 보았던 무측은지심 비인야(無惻隱之心 非人也)라는 어귀가 떠오른다. '상처를 입은 이웃을 향하여 측은한 마음이 없는 자는 사람이 아니다.'라는 뜻이다. 왜 느닷없이 이 글귀가 떠오른 것일까? 그렇다. 내가 지켜본 지도자의 잔영이 아직도 내 머릿속에 뚜렷하게 남아있다. 참사 다음 날 진도체육관에서 우리를 바라보던 싸늘한 시선, 304명의 영정 앞에서도 사진 찍는 장소에만 신경을 쓰던 모습, 피켓 들고 진실을 밝혀달라는 유족들을 외면하고 도도한 표정으로 지나치던 태도, 언제든지 청와대로 찾아오라고 언제든지 연락하면 다 받아주겠다던 초기의 약속을 지키지 않은 거짓말, 끝내는 세월호 유가족을 포함해서 진상 규명을 요구하는 시민들까지 아예 불순분자로 취급해버리는 그런 지도자에게서 무슨 측은지심을 바랄 것인가.

깊은 생각에 빠져있을 때, 미수습자대표가 소리친다.

"세월호 선체 본인양이 시도된다고 합니다."

시계를 보니 오후 8시 50분이다. 미수습자가족들은 서로 부둥켜안고 기뻐한다. 정상적으로 진행되면 내일 오전 11시 경에 수면 위 13m까지 부상할 것이라고 한다. 가족들의 표정은 밝아지고 배가 무사히 오르기를 기도하며 두 손을 모은다.

나는 아내에게 이 소식을 전하려고 주머니에서 핸드폰을 꺼낸다. 막 통화를 시도하려 하는데 전화벨이 울린다. 수신자를 확인해보니 동거차도에 있는 승범 아빠다.

"형님! 들었어요? 지금 막 본인양이 시작되었대요."

"나도 방금 들었네. 이제야 좀 안심이 되네. 그곳 동거차도는 어떤가?"

"이곳에도 유족과 기자들이 몰려와 많이 시끄러워요. 우리가 외롭게 투쟁할 때나 왔어야지. 잔칫날도 아니고……."

승범 아빠가 투덜댄다. 인양작업을 감시하기 위해 동거차도에 임시천막을 치고 유족들이 감시에 나선 것은 일 년 육 개월 전이다. 팽목항에서 동거차도에 오는 배는 하루에 딱 한 번이다. 운행시간은 2시간 30분이나 걸린다. 그런 이유 때문에 임시천막을 지키는 일은 유족이나 미수습자가족이 도맡아하고 있다. 일반 시민들이 들리는 일은 거의 없었다. 그런 곳에 사람들이 이제야 뒤늦게 찾아와 북적이고 있으니 심통이 난 모양이다.

나는 승범 아빠의 마음을 풀어주기 위해 시중에 돌고 있는 떠도는 말로 눙친다.

"내가 이러려고 투쟁했나 하는 자괴감이 들 정도로 괴로운 모양일세 그려?"

전화기에서 킥킥 웃는 소리가 들린다. 나는 사람이 참 간사한 동물이라고 생각한다. 조금 전까지만 해도 웃는 것조차 죄스러워했는데, 세월호가 올라온다는 그 사실 하나에 마음의 여유가 생겨 농담을 하게 되었으니 말이다. 나도 모르게 피식 웃음이 나온다.

그래도 지금까지 잊지 않는 국민들이 많았기 때문에 여기까지 올 수 있었다고 생각하니 고맙기도 하다. 팽목항에 들린 참배객들이 너무 늦어서 미안하다며 눈물을 글썽일 때면 울음바다가 되곤 한다. 아들과 함께 왔다는 참배객은 이런 말을 남겼다.

"세월호 인양을 시작했다는 말을 듣고 안 오면 평생 후회가 될 것 같아 미룰 수 없었습니다. 무사히 인양되어 실종자들을 꼭 찾았으면 좋겠습니다."

세월호 참사를 말할 때 하나같이 가라앉았던 진실을 밝혀내야 한다고 목소리를 높인다. 아직도 세월호가 가라앉은 이유도 정확하게 파악되지 않고 있다. 관계자들은 배가 올라오면 밝힐 수 있을 것이라 장담하지만 그러기에 너무 늦지 않았나 하는 걱정이 앞선다.

김종구 칼럼니스트는 신문에 기고한 글에서 미국의 저명한 인권변호사 브라이언 스티븐슨의 말을 빌려 우리에게 이렇게 말한다.

"진실과 화해를 함께 요구하지 말고 진실을 요구해야 한다. 사람들이 그것을 듣고 나서 스스로 그 진실과 화해하길 원해야 한다."

맞는 말이다. 유족들이나 미수습자가족이 가장 먼저 원하는 것은 진실이다. 세월호 침몰의 의혹으로 제기된 문제들은 배를 인양하면 얼마간 해소될 수도 있을 것이다. 화물과다 적재 때문이었는지, 외부 충격 때문이었는지, 기관실 조타실 등 선체의 기계적 결함이었는지, 해경의 구조는 적절했는지 등 밝힐 것이 너무나 많다. 외부적으로는 3년이란 긴 시간 인양을 서둘지 않았던 정부에 대한 의혹도 풀어야 할 숙제다. 이러한 진실이 말끔하게 파악되어 모든 문제에 이의를 제기하지 않게 되었을 때 우리는 비로소 화해를 거론할수 있다.

그 가장 기본이 되는 물증이 지금 올라오고 있는 것이다. 밤이 점점 깊어지자 몸에 감겨드는 체감온도가 자꾸 떨어진다. 가져온 담요를 어깨에 둘러보지만 추위는 막아내지 못한다. 그런 가운데에서도 엄마들은 하나라도 놓칠까봐 공사쪽에 시선을 떼지 못한다. 이 밤이 지나야만 배의 모습이 드러날 것이다. 그러니 순번을 정해 돌아가면서 쉬는 것이 어

떠냐고 누군가가 의견을 냈지만, 모두 고개를 흔든다. 떠오
르는 배를 눈으로 직접 확인해야만 한다는 결연한 의지에
어찌할 방법이 없다.

"이 날을 손꼽아 기다렸는데, 하룻밤 자지 않는다고 죽진
않겠지요."

엄마라서 절대 포기할 수 없다는 말이 마음을 때린다.

***

환호성이 터진다.

3월 23일 오전 4시 47분, 드디어 눈으로 확인 가능할 정
도로 선체가 올라오고 있다. 얼마나 가슴 졸이며 기다렸던
모습이던가. 아주 조금씩 선체를 끌어올리는 작업은 보는
이로 하여금 숨 막히도록 안타깝지만 그렇게 하지 않으면 배
의 중심이 흐트러져 어떤 결과가 올지 모른다는 말에 우리
는 참아낸다. 오전 11시 그렇게 보고 싶었던 세월호가 드디
어 모습을 드러낸다. 녹슬고 긁히고 찢어지고 구멍이 뚫린
처참한 모습을 보니 참담한 마음을 가누기가 힘들다. 왼쪽
으로 누운 채 올라온 배에는 수십 군데 구멍이 나 있다. 상

처투성이의 배를 보면서 또 우려하는 마음이 커진다.

'저 구멍으로 딸애가 유실되었으면 어쩌지? 배가 올라왔는데도 아이를 찾을 수 없으면 어쩌나?'

나만 그런 걱정을 한 게 아닌 모양이다. 곁에 있던 가족도 나와 똑같은 생각을 한 모양이다.

"도대체 이 정부를 믿을 수가 없어요. 유실을 방지하기 위해 창문이며 출입구에 그물망을 설치했다고 장담하더니 저게 뭐죠? 멀리서 보는 우리 눈에도 빠진 곳이 여럿 보이는데 그곳으로 아이들이 이미 빠져나갔으면 어떡해요?"

배 안 식구들은 같은 우려를 했는지 모두 불안한 얼굴이 된다. 당한 사람이 아니고서는 이 마음을 이해하지 못할 것이다. 미수습자가족은 유가족이 된 사람들을 부러워한다. 이 얼마나 아이러니한 상황인가.

나는 시선을 멀리 보낸다. 하늘에 갈매기 한 떼가 몰려온다. 괭이갈매기다. 괭이갈매기는 우는 소리가 고양이와 비슷하여 고양이라는 뜻의 '괭이'가 붙었으며 천연기념물 제335호로 지정되어 있다. 대학 시절 나는 한 때 새에 관해 흥미가 생겨 이 섬 저 섬을 돌아다녔다. 주로 섬에 사는 새를 관찰하고 사진도 찍어 블로그에 올리곤 했다. 그때 갈매기를 구분하는 방법도 터득했다.

붉은 부리 갈매기는 부리와 다리가 붉은색이고, 머리에서 가슴, 배는 흰색을 띠며, 눈앞과 뒤에 갈색 얼룩이 있다. 등과 날개 윗면은 잿빛을 띤다. 재갈매기는 머리와 몸의 아랫면은 백색이며 몸 윗면은 청회색이다. 부리는 황색으로 육중하며 끝에 적색 반점이 있다. 괭이갈매기의 등과 어깨 쪽의 깃, 그리고 날개 윗면은 푸른빛이 도는 짙은 회색이고 바깥쪽의 첫째날개깃 선단은 검은색이나, 흰색의 작은 점무늬가 있다.

갈매기는 바닷새를 통틀어 일컫는 말이다. 강어귀나 바다에 살며 겨울 철새이다. 날개 길이는 35㎝, 꽁지 길이는 14㎝가량이다. 발에는 물갈퀴가 있어 헤엄을 잘 친다. 둥지를 중심으로 서로 간에 영역을 정하며 때로는 심하게 싸우기도 한다. 둥지는 풀줄기로 간단하게 만들고, 3~4개의 알을 낳는다. 새끼는 걸어 다니지만 둥지 안에서 어미가 주는 먹이로 자란다. 갈매기는 생선을 주식으로 하여 물고기가 많은 곳에 모여들기 때문에 고기잡이배의 길잡이 구실을 하기도 한다.

직장을 따라 안산으로 올라간 다음에는 그럴 기회가 거의 없었지만, 워낙 흥미가 많아 지금도 하늘을 바라보는 일이 잦다. 새를 보면 나도 모르게 기분이 좋아진다. 눈에 익은 새를 만나면 마치 옛 애인을 만난 것처럼 마음이 설렌다.

지금이 바로 그런 순간이다. 괭이갈매기의 출현은 내게 좋은 일이 생길 것 같은 예감을 갖게 한다. 우리가 탄 배 위를 빙빙 도는 것으로 보아 먹이를 달라는 표시다. 요즘 갈매기들은 영리해져서 수고스럽게 사냥을 하려고 하지 않는다. 관광객들이 던져주는 먹이에 길들여져 있기 때문이다. 아마도 저 갈매기들도 우리에게 먹이를 달라고 머리 위를 선회하는 게 틀림없다. 한참을 돌던 갈매기 떼가 기다림에 지쳤는지 배를 떠나 한참 작업 중인 재킹바지선 쪽으로 날아간다. 나도 모르게 손을 높이 들어 흔든다.

배 한 척이 우리 배를 향하여 빠르게 다가온다. 급하게 필요할 때 사용하기 위한 방편으로 세월호 희생자 유족들이 십시일반 돈을 모아 구입한 배다. 노란 천에 4·16연대라 쓰인 깃발이 보인다. 깃발을 나부끼며 배가 우리 쪽으로 쏜살같이 다가온다. 급하게 전할 일이 생긴 모양이다. 다가온 배에 승범 아빠의 얼굴이 보인다. 무슨 일이냐고 묻자, 얼른 배를 옮겨 타라며 나를 재촉한다. 내가 배에 올라타자 그는 팽목항 방향으로 빠르게 기수를 돌린다. 유족들 중 몇 사람이 이 배를 운행하기 위해 시간을 내어 운행기술을 배웠다. 그중 한 명이 바로 승범 아빠다. 방향키를 잡고 키를 조종하며 승범 아빠가 전후사정을 설명한다.

"형님 본가에 다녀와야 하겠소. 여기는 우리들이 잘 지켜보고 있을 터이니 걱정 말고 다녀오시오."

"어머니에게 무슨 일이 생겼다는 연락이라도 왔는가?"

"어머니 문제는 아닌 것 같소. 형수님이 자세하게 얘기하지는 않고, 형님이 다녀와야 할 것 같다고 전해 달라는군요."

나는 아내에게 전화를 하려다 그만둔다. 팽목항에 가서 물어보면 될 것이니 궁금함을 잠시 접어둔다.

승범 아빠가 나를 향해 조심스럽게 묻는다.

"형님! 마음에 준비는 하고 계시지요? 벌써 삼 년이란 세월이 흘렀는데 제대로 남아있긴 어렵지 않겠어요?"

그가 지금 무엇을 걱정하는지 나는 안다. 나도 주검이 온전하게 남아있으리라고는 생각하지 않는다. 그러나 떠나기 전날 내 품에 살포시 안기던 그 온기를 다시 느끼고 싶다. 머리카락에서 나던 살구향도 그립다.

기다리고 있던 아내가 달려온다. 간밤을 꼬박 세운 듯 얼굴이 부석부석하다. 내가 묻기도 전에 아내가 내 귀에 대고 작은 목소리로 말한다.

"어머니께서 여러 번 생각 끝에 어쩔 수 없이 연락한다면서 미안해 하셔요. 이곳 사정은 너무 잘 아는데 어쩔 수 없 대요, 어머니 혼자 해결할 수 없는 문제가 생긴 모양이에요. 간밤에 은진이가 없어졌다는군요."

"무슨 그런 일이?"

"여기는 내가 있을 것이니 당신은 다녀와요. 그리고⋯⋯."

아내가 무슨 말인지 하려다 멈춘다. 무슨 말이 하고 싶은 것인가.

나는 부리나케 차를 몰고 광주공항으로 간다. 왜 이리 한 꺼번에 일이 벌어지는 것인가. 사실 딸아이 문제가 일단락되 면 은진이의 입양문제도 진지하게 고려해볼 생각이었다. 안 산에서의 생활을 정리하고 고향으로 내려와 새롭게 인생을 살아보는 것도 좋겠다 싶었다. 먹고 살 만큼만 일하고 나머 지 시간은 내가 하고 싶은 일을 하면서 살아야겠다는 계획 도 그려보았다. 그러나 아직 딸아이의 시신도 찾지 못한 상 황에서 그런 생각을 하는 것이 딸아이에게 너무 미안해서 미루고 있었다. 그런데 아이가 없어졌다니! 무슨 일이 벌어 진 것인가. 가슴이 마구 뛴다. 숨이 가빠온다. 제발 아무 일 도 없어야 할 텐데.

제주공항에 도착하여 택시를 타고 집으로 향한다. 내 마 음만 바쁠 뿐 차는 한가롭게 움직인다. 참지 못하고 기사를 재촉한다. 나이가 꽤 들어 보이는 기사가 웃으며 대답한다.

"손님 얼굴을 보고 벌써 눈치 챘지요. 바쁠수록 돌아가라고 하질 않던가요? 서둘다 더 큰 횡액을 당하는 수도 있으니까요."

듣고 보니 맞는 말이기도 하다. 서둘러 가려다 사고라도 나면 더 큰 일이지 않은가.

백미러로 내 얼굴을 슬쩍 건너다본 기사가 말을 걸어온다.

"표정으로 보아 관광으로 온 것은 아닌 것 같고 제주도엔 어찌 오셨소?"

"고향이지요. 어머니가 아직 이곳에 사시고요."

"아! 그래요? 어머니 연세가 어떻게 되시나요?"

"올해 여든이에요. 그 연세에 아직도 물질을 하신답니다."

"그래요? 건강은 타고나신 모양이군요. 실은 나도 올해 팔십이랍니다. 놀면 뭐하냐는 생각에 다시 핸들을 잡았지요."

"그렇게 보이지 않네요. 힘들진 않나요?"

"돈에 욕심 부리지 않으면 괜찮아요. 체력에 맞게 운행하면 되니까요."

기사와 이야기를 나누다보니 어느새 고향마을이 보인다.

마당에 들어서 안채를 들어가려다 보니 댓돌 위에 낯모르는 신발이 놓여 있다. 누군가가 와 있는 모양이다. 나는 안방에 대고 어머니를 부른다. 안방에서 들어오라는 소리만 흘러나온다.

안으로 들어서자 낯모르는 이가 어머니와 마주앉아 있다가 자리에서 일어선다. 그리고 손을 내밀고 악수를 청한다. 나는 영문도 모르고 그의 손을 잡는다. 어머니 곁에 내가 자리를 잡자, 그는 자신의 신원을 밝힌다. 읍내에서 사무실을 내고 활동하고 있는 동네변호사라 한다. 그가 내민 명함에는 동네변호사 김호중이라고 쓰여 있다. 나는 오진국이라고 이름을 밝힌다.

변호사는 바로 이야기를 시작한다.

"오 년 전 은진이 어머니가 저를 찾아왔어요. 그때는 건강이 그리 나빠 보이지 않았지요. 그녀가 제일 먼저 내게 부탁한 말은 비밀을 지켜달라는 거였어요. 뭔가 말 못할 사정이 있구나하고 짐작만 했지 자세히 캐묻지 않았지요. 의뢰자들은 변호사를 믿는 마음이 생겨야만 솔직하게 사정을 털어놓거든요."

아이엄마는 유명한 종합병원의 간호사였다. 산부인과 부서에서 일했는데 주로 신생아실을 담당했다고 한다. 그가 간호사로 있을 무렵 전국에 가습기 열풍이 불었다. 살균제에 대한 실험결과가 이루어지지 않았는데 소비자들의 입을 통해 전국적으로 퍼지기 시작했다. 여유가 되는 젊은 엄마들은 아이를 위해서는 살균제를 꼭 써야 한다고 블로그에 사용 후기를 올리기 시작했다. 젊은 엄마들은 병원 측에도 가습기에 살균제를 써달라고 진정하기에 이르렀다. 병원에서는 절대고객인 젊은 엄마들의 의견을 무시하기가 어려웠다. 그래서 우선 그녀가 근무하는 신생아실부터 사용하라는 지시가 내려졌다.

그녀는 성실한 성품이었다. 병원의 지시를 어김없이 따랐다. 그녀가 근무하는 신생아실은 밤이나 낮이나 살균제로 소독한 가습기가 가동되었다. 산모들은 흡족해했다. 그런데 어느 날부터인가 그녀는 몸에 이상을 느끼기 시작했다. 병원에 근무하고 퇴근하면 머리가 지끈거렸고 가슴에도 약간의 통증이 왔다. 그러다가도 집에서 쉬고 나면 증상이 사라졌다. 이상하다고 느꼈지만 참을 만하여 따로 검사를 받지 않았다.

오 년이 지난 어느 날이었다. 그녀는 갑자기 숨을 쉴 수가 없었다. 입원하여 검사를 했는데 담당의사는 치료할 수 없는 희귀병이라는 진단을 내렸다. 그녀는 의사 말을 곧이곧대로 믿었다. 대학병원의 이름난 의사가 자신과 같이 근무하는 간호사에게 거짓 진단을 내렸으리라고는 꿈에도 생각하지 않았다. 의사는 공기 좋은 곳에 가서 편하게 쉬는 것이 그중 가장 좋은 방법이라고 권했다. 병원에 사표를 내고 제주도로 내려갈 결정을 했다. 그때 그녀에게는 다섯 살짜리 딸이 있었다. 간호사를 하면서 제대로 엄마노릇을 하지 못했는데 지금부터라도 엄마 노릇을 할 수 있어 다행이라고 생각했다.

그런데 그녀가 본 기사 하나가 마음에 걸렸다. 정체불명의 폐질환 사망자가 늘어나 정부에서 사실관계를 추적해 보았다는 것이다. 역추적해 보니 아무래도 가습기살균제가 문제인 것 같다는 내용이었다. 방망이로 머리를 얻어맞는 충격이었다. 오 년동안 매일 가습기를 깨끗이 씻고 물에 넣어주었던 살균제! 참을 수가 없었다. 근무했던 종합병원으로 달려갔다. 원장을 만났다. 원장은 폭로해보아야 이길 싸움이 아니니 운명이라 생각하라며 봉투를 내밀었다. 그때 그녀는 딸의 얼굴이 떠올렸다고 했다. 어차피 살 수 없다면 딸이라도 살리자. 독한 마음으로 거액이 든 봉투를 들고 나왔다는 것이다.

나는 묻지 않을 수 없었다.

"엄마가 피해자가 되었는데 어떻게 딸인 은진이는 괜찮았을까요?"

변호사도 그녀에게 그 점을 먼저 물었다고 했다. 그녀는 참으로 천행이었다며 이렇게 답했다고 한다.

"하늘이 도왔지요. 보통 직업과 달리 간호사는 낮과 밤을 교대로 근무를 하지요. 그래서 아이를 돌보기가 참 어려워요, 직장을 그만둘 수도 없고 해서 아이를 봐줄 사람을 구했지요. 마침 할머니 한 분을 소개받았어요. 할아버지가 돌아가신지 얼마 되지 않아 적적해서 아이를 돌보면 좋겠다는 생각이 있었대요. 은진이를 보더니 그렇게 예뻐하는 거예요. 자기가 집에서 데리고 있을 테니 애기엄마는 시간 날 때 와서 얼굴만 보고 가라는 거였죠. 나로서는 너무 좋은 조건이었어요. 그렇게 맡겨 다섯 살까지 손녀처럼 키워주셨죠."

그때까지 말이 없이 듣고 있던 어머니가 입을 연다.

"아! 그래서 아이가 나를 제 할머니처럼 좋아하며 따랐나 보구면."

그녀는 간호사였기 때문에 자신의 아기의 위생에도 유난히 신경을 썼다고 했다. 그래서 아기 방에 가습기도 들여놓고 살균제도 많이 사놓았다고 했다. 그런데 어느 날 들렀더니 가습기는 전혀 사용하지 않았는지 먼지를 뒤집어쓰고 있었으며 살균제도 그대로였다. 그녀는 할머니에게 왜 가습기와 살균제를 쓰지 않았느냐고 크게 화를 냈다고 한다. 할머니는 그녀의 등을 툭툭 두드리며 말했단다.

"애기 엄마, 이 집은 아파트가 아니라, 가습기가 필요하지 않아. 이 집에서 삼남매를 다 키웠는데, 어려서 감기 한 번 걸린 적이 없어. 병원에 간 것도 손에 꼽을 정도야. 그러니 아무 걱정하지 마."

만약 자신이 아이를 돌보면서 가습기를 계속 틀었다면 어찌 되었을까요? 말하면서 그녀가 펑펑 울었다고 변호사는 말했다.

거기까지 듣고 상황은 얼마간 파악이 되었다. 그런데 그 이야기를 하기 위해 변호사가 어머니와 나를 찾아온 까닭은 아직 알 수 없었다. 그녀의 살아온 이야기를 이렇게 자세하게 전해주는 이유도 이해가 가지 않았다. 내가 그 점을 묻자 변호사는 이어서 말했다.

"죽기 한 달 전쯤 아이 엄마에게서 연락이 왔었지요. 그녀는 병원에서 받은 거액의 돈이 든 통장을 건네주며 딸을 위해 써달라고 부탁을 하더군요. 가능하면 아이가 좋아하는 할머니와 함께 살 수 있도록 주선해 달라고 내게 말했어요. 오진국씨의 사정도 들었는지 그런 슬픔을 당한 사람이면 은진이를 잘 보살펴 줄 것 같다고 하더군요. 양부모가 되어 주었으면 원이 없겠다는 말을 남겼어요."

변호사는 결심이 서면 연락을 달라는 말을 남기고 돌아갔다.

그가 돌아간 후 나는 차오르는 분노로 한참동안 내 가슴을 두 주먹으로 친다. 어머니가 놀란 얼굴로 나를 바라본다. 어머니가 겪은 4·3사건, 아이 엄마가 겪은 살균제 피해 사건, 그리고 내가 겪은 세월호 참사, 이것들은 별개로 일어난 사건 같지만 아니었다. 꾸준히 이어온 국가의 폭력이란 자각이 들어 도저히 참을 수가 없었던 것이다.

문득 정신을 차린다. 은진이가 없어졌다고 하지 않았던가, 나는 어머니를 향하여 화난 목소리로 다그친다. 이러고 있을 일이 아니라 아이부터 찾아야 하지 않느냐고.

어머니가 대답한다.

"아범, 아이의 아빠가 되어주면 안 되겠나? 자네가 약속만 하면 아이는 돌아올 것이네."

"어디에 있는지 아신다는 말씀이세요?"

"아마도 거기에 있을 것이네. 전에도 심술이 나면 그곳에 가곤 했으니까."

"그곳이라면 어디를 말하는 거지요? 아니, 어머니가 알고 계시면 나를 부를 이유가 없었잖아요?"

"아이를 데리고 올 사람이 아범뿐이니까 나로서는 어쩔

수 없었다네."

나는 어머니와 함께 집을 나선다.

얼마만인가. 참으로 오랜만에 어머니와 단둘이서 걷는다. 나도 모르게 어머니의 손을 잡는다. 까칠까칠한 손마디이지만 꼭 잡아주는 손길이 따스하다. 평생 물을 헤집으며 살았던 손길에서 전복, 소라, 문어, 미역, 다시마의 향기가 풍기는 것만 같다. 그런 어머니의 길을 따라가겠다고 나선 겁 없는 아이가 갑자기 너무나 보고 싶어진다.

어머니를 재촉하여 아이가 있다는 곳으로 간다. 어린이 해녀관이다. 어린이들이 제주해녀 관련 놀이기구를 만지고 놀면서 해녀와 제주바다를 느끼도록 만든 놀이터다. 아이는 어린이 영상실 안에 있는 의자에서 곤하게 잠들어 있다. 간밤에 관리인이 발견하지 못하고 그대로 문을 잠그고 퇴근한 모양이다.

어머니와 내가 들어가자, 아이가 눈을 뜬다. 배시시 웃는 모습이 어릴 때 딸아이와 영락없이 닮았다.

아이에게 다가가 내가 묻는다.

"은진아, 아저씨 딸 할까?"

아이는 말없이 내 품으로 뛰어든다. 아이에게서 살구향이 풍겨온다. 눈을 감는다. 나는 바다에 딸을 묻고, 바다에서 딸을 건져 올린다. 쿵쿵 뛰는 어린 심장소리가 내 귀까지 들린다.

나는 아이를 살포시 안아 올린다.

숨비의 환생

노령 장편소설

발 행 처·도서출판 청어
발 행 인·이영철
영   업·이동호
기   획·이용희
편   집·방세화
디 자 인·이해니 | 이수빈
제작이사·공병한
인   쇄·두리터

등   록·1999년 5월 3일
(제321-3210000251001999000063호)

1판 1쇄 인쇄·2019년 8월 10일
1판 1쇄 발행·2019년 8월 20일

주소 · 서울특별시 서초구 남부순환로 364길 8-15 동일빌딩 2층
대표전화 · 02-586-0477
팩시밀리 · 0303-0942-0478

홈페이지·www.chungeobook.com
E-mail·ppi20@hanmail.net
ISBN·979-11-5860-680-0(03810)

이 도서의 국립중앙도서관 출판시도서목록(CIP)은 서지정보유통지원시스템 홈페이지
(http://seoji.nl.go.kr)와 국가자료공동목록시스템(http://www.nl.go.kr/kolisnet)에서 이용
하실 수 있습니다.(CIP제어번호: CIP2019030095)

이 책은 2019년 전라북도 문화관광재단 에서 지원받아 출판하였습니다.